KB044909

그냥 엄마

일러두기

서울대 교육학 박사학위 논문 〈시각장애 어머니의 유아기 자녀 양육에 대한 사례 연구〉(2020)를 바탕으로 새롭게 쓴 글이다.

국립국어원의 '한글 맞춤법' 원칙을 따르되, 입말을 그대로 살리기 위해 대화문에 한해 예외를 두었다.

본문에 등장하는 인물의 이름은 모두 가명이다.

본문에 수록된《안녕, 나의 등대》펼침면은 원저작권사와 한국어판 저작권사 양측의 동의를 얻어 사용했다.

그냥 엄마

보이지 않는 엄마와 보이는 아이가 전하는
가장 선명한 사랑의 흔적

윤소연 지음

시공사

Prologue

그들의 삶과 나의 삶은 맞닿아 있다

나에게 시각은 아이를 갖고, 낳고, 기르는 모든 과정에 절대적으로 필요한 감각이었다. 임신 사실을 아는 것부터 그랬다. 나는 임신 테스트기의 두 줄을 내 눈으로 확인했다. 아이가 태어나길 기다리는 동안에는 초음파 사진을 보며 그 모습을 상상했다. 아이와 함께하는 순간을 영원히 남기고 싶을 때는 언제든 사진기를 꺼내 들었다. 아이와 함께 책을 보고, 그림을 그리고, 같은 곳을 바라보며 이야기 나눌 수 있었다. 아이를 눈으로 본다는 것은 나에게 가장 큰 기쁨이고 행복이었다.

게다가 보인다는 것은 너무나 편했다. 나는 볼 수 있기에 아이에게 하나하나 말할 필요가 없었다. 굳이 말로 하지 않아도 아이가 무엇을 하는지 금방 알 수 있었다. 바로 옆에 있지 않아도 아이를 파악하는 게 어렵지 않았다.

그러다 문득 질문이 생겼다. 만약 내가 볼 수 없다면 어떨까? 나아가 '보는 것이 중심이 되는 세상에서 보이지 않는 엄마는 어떻게 보이는 아이를 기를까?' 하고 말이다. 이는 유아교육을 공부하는 연구자로서 갖는 궁금증인 동시에, 두 아이를 기르는 엄마로서 갖는 궁금증이었다. 나는 이런 질문을 품은 채 초여름의 어느 날, 보이지 않는 어머니와 보이는 아이를 처음 만났다.

시각장애와 관련된 여러 단체의 문을 두드린 끝에 다양한 가족 구성원으로 이루어진 세 가족을 만날 수 있었다. 세 엄마는 볼 수 없었고, 세 아이는 볼 수 있었다. 그리고 그 세부 사정은 조금씩 달랐다. 선천적으로 전맹(빛을 전혀 지각하지 못할 정도로 시각에 장애가 있는 상태)으로 태어난 이, 교통사고로 청소년기에 중도 실명한 이, 저시력으로 살아가다가 초등학생 때 실명한 이가 훌쩍 자라 엄마가 되었다. 세 엄마는 모두 손수 자녀를 양육했고, 아이들과 친밀한 관계를 유지하고 있었다.

나는 세 엄마와 자녀가 살아가고 있는 양육의 현장을 깊이 이해하기 위해 그들과 오랜 기간 함께했다. 처음에는 세 가족을 통해 '보이지 않음'이라는 공통된 현상의 실제를 살펴보고자 했는데, 점차 사례들을 가로지르는 유사성과 함께 개별 사례의 독특성을 찾아볼 수 있었다. 만나는 횟수가 늘어갈수록 세 시각장애 어머니와 세 자녀에게서 나타나는 일반적 특성뿐만 아니라 각 개인의 고유성에 집중하게 되었다. 그렇게 나는 점차 개별적인 존재로서의 시각장애 어머니와 자녀를 이해해갔다.

나는 아이를 기르며 '이상적인' 좋은 엄마가 되기 위해 노력했다. 좋은 엄마가 된다는 것은 내 인생의 화두였다. 내가 '엄마'라는 과정 속에 있을 때, 그들을 만나게 된 것은 정말 다행이었다. 보이지 않는 엄마, 그들은 정말 좋은 엄마였다. '좋은 엄마'는 혼자 되는 것이 아니라 아이와 함께 되어가는 것이다. 그리고 이 여정은 자신을 잘 아는 것에서부터 시작된다. 자신의 한계와 가능성을 매일같이 탐색해온 세 어머니는 스스로를 잘 아는 사람들이었다. 어느샌가 '시각장애'는 그들에게 그냥 엄마를 구성하고 있는 많은 수식어 중 하나가 되었다. '베이킹을 좋아하는 엄마, 자수가 있는 옷을 좋아하는 엄마, 커피를 좋아하는 엄마, 그리고 시각장애 엄마'와 같이 말이다.

나는 엄마들을 보며 나의 일부를 느꼈고, 아이들을 보며 나의 아이들을 떠올렸다. 그들을 보며 나를 성찰했고, 그들의 장점을 닮아가려 노력했다. 그렇게 그들의 삶과 나의 삶은 '엄마'라는 지점에서 맞닿아 있었다.

이 책은 총 4장으로 구성되어 있다. 1장부터 3장까지는 장마다 서로 다른 시각장애 엄마와 자녀를 보면서 다양한 양육의 현장에 젖어 들 수 있도록 했다. 나는 '시각장애' 엄마 또는 '전맹' 엄마보다는 그냥 엄마로서 그들 자체를 보려고 노력했다. 그리고 엄마와 함께 살아가는 아이들의 모습을 있는 그대로 담아내려고 했다. 이를 통해 이 세상을 살아가는 한 명의 엄마로서 시각장애 엄마와 아이들의 삶에 다가갈 수 있었다.

4장 '평범하지만 특별한 사람들의 이야기'에서는 이 책에 대한 전반적인 이해를 돕고자 했다. 먼저 장애를 바라보는 관점을 소개하고, 내가 세 시각장애 엄마를 바라보는 관점에 관해 언급했다. 이어서 시각장애 여성의 '어머니 됨'의 의미와 시각장애 엄마를 둔 비장애인 자녀를 바라보는 시선에 대해 이야기했다.

세 가족의 삶의 일부에 동참할 수 있어서 영광이다. 또 그들의 삶을 나의 말로 담아낼 수 있어서 기쁘다. 온전히 그들의 시선에서 서술하려고 최대한 노력했으나, 부족한 부분도 있을 것이다. 따뜻한 마음으로 너그러이 이해해주시길 바란다.

차례

3장

엄마 박민정과 아들 민준이의 이야기

4장

평범하지만 특별한 사람들의 이야기

1장

엄마 김은선과 딸 은솔이의 이야기

'엄마 글자' 그림책을 읽는 시간

— (등대 그림을 가리키며) 엄마 이게 뭐야?

— (등대 그림 위에 붙어 있는 점자 스티커를 만지고) 등대. 밤에 깜깜하잖아. 바다에 떠 있는 배가 밤에 깜깜하면 무섭잖아. 그래서 불을 비춰주는 거야.

— 엄마 나도 여기 가고 싶어.

— 여기 가고 싶어? 여기 등대에 가보고 싶어?

— 응. 여기 가고 싶어.

— 어떻게 가는지 엄마가 한번 생각해볼게. 우리 은솔이 바다 보고 싶다고 했지? 엄마랑 여름에 바다에 갈까?

보이지 않는 엄마와 보이는 아이는 등대 그림을 보며 이야기를 나눈다. 책을 사이에 둔 모녀에게는 보이는 것과 보이지 않는 것이 크게 문제가 되지 않는다. 아이는 그림책을 보며 엄마와 이야기하는 것이 마냥 좋고, 엄마는 자신의 모든 감각을 활용해 아이의 든든한 등대가 되어준다.

은선의 집에 갈 때마다 그녀와 딸 은솔이가 책 읽는 모습을 자주 볼 수 있었다. 은선은 은솔이와 그림책 읽는 시간을 좋아한다. 은선은 그림책을 통해 아이와 대화하고, 아이는 엄마와의 이야기를 통해 세상을 배워나간다. 그림책은 보이지 않는 엄마가 보이는 아이와 함께 앉아서 세상을 보며 공감하는 특별한 방법이다.

은선은 시중에 판매되는 그림책에 일일이 점자 스티커를 붙여두었다. 점자 그림책을 만들기 위해서는 일단 보이는 사람의 도움을 받아 책 내용을 컴퓨터 파일로 문서화해야 한다. 그 후에는 투명 라벨지에 점자로 내용을 찍어낸다. 투명 라벨지를 사용하면 책에 붙였을 때, 기존의 글과 그림을 가리지 않을 수 있다. 그리고 다시 한 번 보이는 사람의 도움을 받아서 적절한 위치에 점자 스티커를 붙이면 그녀와 아이만의 그림책 완성!

점자책 한 권을 만드는 데에는 꽤 오랜 시간이 걸린다. 경제적인 부담도 무시할 수 없다. 책값에 점자 프린터나 라벨지도 필요하다. 보이는 사람의 도움도 많이 필요한 작업이다 보니 뭐라도 사례를 하게 된다. 그래서 다른 엄마들은 점자책 대여 서비스를 이용하거나 음성 지원이 되는 책을 활용하는 게 편하다고 했다. 하지만 은선은 점자책 만드는 일을 그만둘 수 없다. 편리함을 뛰어넘는 은솔이와의 교감이 있기 때문이다. 엄마가 온전히 이해한 책. 그 속의 정성과 사랑. 은선은 은솔이가 그런 것들을 간직했으면 했다.

그녀에게 점자 그림책은 너무나 소중하다. 아니, 그보다 점자

책을 만드는 이유, 아이와 함께 책 읽는 시간이 너무나도 소중하다. 은솔이가 글자를 읽을 수 있게 되면 지금처럼 교감하며 책 읽는 시간은 줄어들 것이다. 그래서 함께하는 오늘 이 시간이 더욱더 값지게만 느껴진다. 고될 수도 있는 일이지만, 은선은 점자 책 만드는 작업을 게을리하지 않는다.

어린이집에서 돌아온 은솔이는 곧장 책꽂이에서 책 한 권을 꺼내 온다. 반짝반짝 빛나는 눈을 하고서는 엄마에게 달려가 그림책을 읽어달라고 한다. 어떤 때는 그녀가 먼저 책을 골라 은솔이에게 읽어주기도 한다. 차분한 목소리로 책을 읽는 이는 은선이지만, 일방적으로 책을 읽어주는 것과는 다르다. 엄마와 은솔이는 '함께' 책을 읽어나간다.

은솔이가 마음에 드는 책을 펼치고는 엄마에게 이 부분을 읽었는지 안 읽었는지 물어봤다. 그러면 은선은 손가락으로 점자를 짚어보며 확인한다. 아이가 물어본 부분은 아직 읽지 않은 부분이다. 엄마는 은솔에게 아직 읽지 않았다고 말하고, 은솔이는 마저 책을 읽어달라고 한다.

은선은 다정하게 책을 읽어준다. "등대지기는 망원경으로 바다를 살펴보았어요. … 등대에 불을 밝히고, 업무 일지를 쓴 다음 둘이서 먹을 저녁을 차렸어요. 등대지기 아줌마가, 이거, 이

게 뭐냐면 도르래야. 도르래. 도르래를 타고 큰 배에서 등대로 아저씨한테 건너왔네. 그치? 아줌마가 도르래 타고 왔네. 도르래. 이름이 도르래래."

은선은 책에 쓰인 내용을 읽으며 은솔이가 이해할 수 있게 상황을 자세히 설명해주었다. 이렇게 엄마와 아이는 함께 책을 읽어나갔다. 은솔이가 내용에 대해 질문할 때면 엄마는 그 페이지의 점자를 처음부터 다시 읽고 대답해주었다. 은선과 은솔에게 책 한 장의 의미는 남달라 보였다. 한 장을 넘기는 것이 남들보다 조금은 더딜 수도 있다. 하지만 그림책 한 장을 통해 엄마와 아이는 온전히 세상을 이해하고 서로의 감정을 공유하고 있었다. 그림책 읽기는 그들에게 의무감이 아닌, 즐거운 배움과 공감의 시간이었다.

다음 페이지를 읽으며 은솔이가 엄마에게 묻는다. "왜 아저씨 자지?" 처음에 은선은 아이의 말을 이해하지 못하고 "어?"라고 말했다. 그러자 은솔이가 다시 한 번 엄마에게 같은 질문을 했다. "왜 아저씨 자지?" 은솔이는 그림을 보고 침대에 누워 있는 남자가 자고 있다고 생각했다.

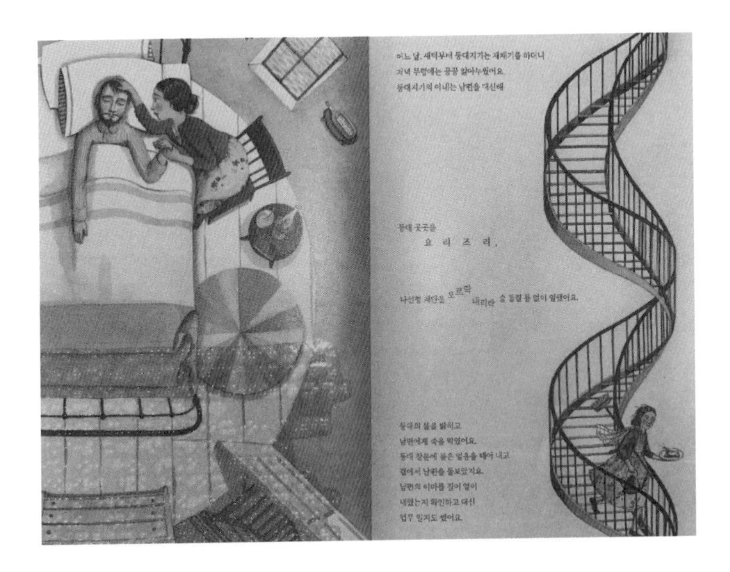

그녀는 점자로 책의 내용을 확인했다. "어… 아저씨가 재채기를 하더니 저녁 무렵에 끙끙 앓아누웠… 아프대. 너무너무 많이 아프대"라고 답해줬다. 그리고 책을 마저 읽었다. "등대지기의 아내가 남편을 대신해 등대 곳곳을 요리조리, 나선형 계단을 오르락내리락 숨 돌릴 틈도 없이 일했어요."

은솔이도 엄마의 말을 듣고 내용을 이해했는지 책을 한 장 넘겼다. 다음 페이지의 그림을 보고 "고래! 엄마 고래 아빠 고래!"라며 들뜬 목소리로 말했다. 은솔이 말에 은선은 맞장구를 치며 엄마 고래가 아기 고래를 너무 사랑한다고 알려줬다. 그녀의 부드러운 목소리 때문인지 마치 그 말이 그녀가 은솔이를 무척이나 아끼고 사랑한다는 말처럼 들렸다. 두 사람이 책을 읽는 시간 내내 행복과 사랑이 묻어났다.

은선과 은솔이는 그림책을 보며 이런저런 이야기를 나눴다. 점자 스티커가 붙어 있기에 그녀도 아이와 함께 그림을 볼 수 있었다. 덕분에 그림책 읽기 시간은 더욱 풍성해졌다. 이렇게 보이지 않는 엄마와 보이는 아이는 그림책을 통해 함께 같은 세상을 보고 있었다.

점자 그림책은 은선과 은솔에게 어두운 밤에도 아주 좋은 친구가 되어주었다. 잠자리에 들기 전, 아이와 책 읽는 시간이 점자책 덕분에 자유로웠다.

나의 경우 자기 전에 아이가 책을 읽어달라고 하면 독서등을 켜고 은은한 불빛 아래에서 책을 읽어주게 된다. 그럴 때면 아이는 나의 목소리보다는 그림에 집중하는 것 같다. 때로는 그림에 매여 아이의 상상력을 제한하기도 했고, 글자 수에 매여 아이의 능력을 임의로 판단하기도 했다. 어떨 때는 시각적 단서가 아이와 나의 소통을 막는 걸림돌이 된다고 느꼈다.

나와 달리 은선은 밤에 불을 켜지 않아도 손가락으로 점자를 훑어 은솔이에게 이야기를 들려줄 수 있었다. 그러면 은솔이는 자연스럽게 엄마의 목소리와 이야기에 집중했다. 은선은 반딧불이가 반짝이는 시골 밤, 할머니가 아이에게 옛날이야기를 들려주듯 오랫동안 책을 읽을 수 있었다. 도란도란 이야기를 나누듯 책을 읽으면 그곳에는 엄마와 은솔이만의 꿈결 같은 시간이 펼쳐졌다.

은선은 선천적으로 시각장애를 갖고 있어서 어린 시절 그림책을 볼 수 없었다. 컴퓨터를 할 수 있게 되면서부터는 문학은 접할 수 있었지만, 미취학 아동일 때는 그림책에 접근할 기회조차 없었다. 그림책을 보려면 어머니나 다른 사람의 도움이 필요했다. 하지만 그녀의 어머니는 너무 바빴다. 은선의 동생도 은선처럼 보이지 않았으니 그녀의 엄마가 해야 할 일은 끝이 없었다.

은선은 그런 엄마를 이해했다. 다정하게 책을 읽어주는 성격도 아니었고, 엄마가 자신의 입장을 잘 몰랐으니 그럴 수 있다고 생각했다. 또 자신에게 그림을 어떻게 설명해주어야 할지 난감할 수도 있는 일이었다.

그녀는 초등학교에 진학하고도 그림책을 본 기억이 없었다. 그런데 그림책을 읽을 수 없었던 경험이 오히려 은솔이와의 시간을 더 풍성하게 만들어줬다. 그녀는 나에게 아이의 그림책을 공부하는 시간이 너무너무 재미있다고 말했다. "진짜 너무 재밌다"고 몇 번이나 강조했다. 그러면서 만약 자신이 아이에게 책을 읽히고 싶은 욕심으로만 점자책을 만들기 시작했다면 힘들었을 거라고도 했다. 나도 이 말에 깊이 공감했다. 아이를 키우다 보면 엄마의 욕심이나 희생만으로는 달성하기 힘든 일들을 참 많이 만나게 된다.

책은 아이에게도 새로운 세상이었지만, 엄마 은선에게도 새로운 세상이었다. 그녀는 그림책을 통해 닫혀 있던 세계가 활짝 열리는 듯한 황홀함을 느꼈다. 시작은 오로지 아이를 위하는 마음에서였다. 어느새 그림책을 공부하는 과정은 그녀에게도 진짜 너무 재미있는 시간이 되었다.

그녀가 단순히 아이에게 책을 읽히고 싶은 욕심만으로 점자책 만들기를 시작했다면 어땠을까? 책을 만드는 과정이 단지 힘든

'노동'으로만 느껴졌을 수도 있다. 책 한 권을 완성하기 위해 매번 남에게 부탁해야 하는 상황이 부담스럽기도 했을 것이다. 은선은 점자 그림책을 만들고 읽는 걸 스스로 즐겼다. 본인이 즐거웠기 때문에 번거롭게 느껴질 수 있는 과정까지 만끽할 수 있었다.

은선은 그림책을 엄마의 '즐거운 탈출구'라고 표현했다. 이런 표현은 평소 그녀가 엄마로서 살아가는 것뿐만 아니라 여자로서의 삶, 그리고 자기 자신으로서의 삶도 중요하다고 생각해왔기에 가능한 말이었다. 그녀는 아이와 함께하는 일상에서 즐거운 탈출구를 찾음으로써 건강한 자아를 잃지 않고 유지할 수 있었다. 게다가 이는 엄마의 기쁨으로만 끝나지 않았다. 즐거운 탈출구는 아이를 챙길 수 있는 여유를 낳았다. 그림책은 은선에게 행복으로 이어지는 새로운 세상의 문을 활짝 열어주었다. 그렇게 엄마와 아이가 같은 세상을 볼 때, '엄마 글자 그림책'은 더욱 빛이 났다.

우리가 할 수 있는 최선의 방법

1989년의 어느 날, 김은선은 세상과 처음 마주했다. 그녀는 원인 불명의 선천적 전맹으로 태어났다. 은선은 많은 사람의 걱정을 무색하게 할 정도로 매우 활발한 아이였다. 어머니의 표현을 빌리자면, 은선은 무릎이 성할 날이 없을 정도로 활동적이었다. 하루가 멀다 하고 동네 곳곳을 활보하며 신나게 뛰어놀았으니 무릎이 남아났을 리가 없었다.

은선이 이토록 밝게 자란 데에는 엄마의 공이 컸다. 시각장애인인 은선은 세상을 이해할 때, 어쩔 수 없이 정보의 한계를 마주하곤 했다. 은선의 엄마는 딸의 어려움을 어떻게든 줄여주고 싶었다. 그래서 그녀의 엄마는 은선이 다양한 경험을 할 수 있도록 딸을 데리고 이곳저곳을 열심히 돌아다녔다. 곳곳에서 직접 만져보고 느껴보며 은선이 온몸으로 세상을 알아갈 수 있게 했다.

엄마의 노력 덕분에 은선은 눈이 아닌 다른 감각으로 세상을 경험할 수 있었다. 가령 보이지 않는 사람이라면 구별하기 어려운 색에 대해서도 은선은 보이는 사람만큼이나 감각을 발휘할 수 있었다. 색깔의 조화나 옷에 있는 부자재와의 어울림 같은 세밀한 부분까지도 말이다. 그래서 어떤 사람들은 은선에게 "마치 본 적이 있는 사람 같아요"라거나 "선천적 전맹 같지 않네요"라고 말하기도 했다.

은선은 유년기부터 청소년기까지 맹학교에 다녔다. 그러다 고등학교 1학년 때, 은선에게는 큰 전환 혹은 운명일 수도 있는 사람을 알게 되었다. 그는 음악을 하는, 자신처럼 보이지 않는 선배였다. '시각장애인도 음악을 할 수 있다니! 안마가 아닌 다른 일을 할 수 있구나!' 하고 큰 울림을 받았다. 시각장애인은 안마를 해야 한다는 편견에서 벗어날 수 있으리라는 희망이 생겼다. 자신도 노력하면 선배와 같은 길을 갈 수 있다는 생각에 용기를 얻었다. 그 만남 이후, 은선은 더 넓은 세상을 향해 한 걸음 한 걸음 나아가기 시작했다.

음악을 하기 위해 은선이 우선 넘어야 할 산은 보수적인 부모님이었다. 은선은 부모님을 설득할 준비를 하며 자신에 대해 더 깊이 생각할 수 있었다. 자신이 앞으로 어떤 길을 갈 수 있을지, 어떻게 음악을 계속해나갈 수 있을지, 그리고 경제적으로는 어떻게 자립할 수 있을지 등을 먼저 스스로 이해하고 납득해야 했다. 이 과정에서 은선은 '나는 누구인가? 나는 무엇을 좋아하지?' 하는 질문을 던졌다. 자신과 대화를 하며 은선은 자신의 새로운 면을 찾아갔고, 더 깊이 있게 자신을 이해했다.

음악을 하며 살고 싶다는 명확한 꿈과 목표는 은선이 성장하는 계기가 되었다. 결국 그녀는 맹학교를 졸업하고 음악을 전공하기 위해 대학에 갔다. 비록 경제적인 이유로 중퇴했지만, 진학을 준비했던 과정은 큰 의미로 남았다.

현재 은선은 남편과 두 명의 자녀와 함께 살고 있다. 은선의 남편 역시 선천적 시각장애인으로 은선과 같은 전맹이다. 은선은 누군가와 사랑하고 연애를 한다면 서로를 위해 무언가를 해줄 수 있어야 한다고 항상 생각했다. 상대방에게 일방적인 도움을 받는 것은 싫었다.

두 사람은 처음부터 서로 통하는 점이 많았다. 남편은 은선을 처음 보고 '깨어 있는 사람'이라고 생각했다. 일정한 틀에 자신을 가두지 않고 다양한 이들과 적극적으로 소통하는 모습에 반한 것이다. 둘이서만 만날 기회가 생겼을 때는 시간 가는 줄 모를 정도로 이야기를 나눴고, 둘은 그 시간을 그토록 즐거워했다. 서로가 자연스럽게 있는 그대로의 모습을 인정하고 소통할 수 있다는 것이 매우 감사했다. 그래서 그녀는 '함께' 의지하고 도움을 줄 수 있는, 자신처럼 보이지 않는 지금의 남편과 결혼했다. 은선은 남편이 책을 굉장히 많이 읽는 사람이라고 했다. 직장 생활을 하는 남편은 밖에서 많은 것을 배우고, 느끼고, 듣기 때문에 더욱 풍부한 경험으로 은선을 이끌어줄 수 있었다. 은선에게 남편은 언제나 든든한 존재였다.

은선은 남편과 대화하는 것을 좋아한다. 커피와 차를 좋아하는 이들은 습관처럼 식탁에 마주 앉아 끊임없이 이야기를 나누었다. 서로 다른 의견을 조율하기도 하고, 서로의 생각을 나누며 존중하고 공감했다. 때로는 앞으로 일어날 일들에 관해 이야기하기도 했다. 미리미리 계획을 세우는 게 훨씬 대처하기 쉽다고 생각하기 때문이다. 그래서 가족계획부터 양육 방법 등 가깝고도 먼 미래에 대한 이야기를 두세 시간이고 끊임없이 이어갔다. 함께 미래를 꿈꾸며 신뢰를 바탕으로 서로의 의견을 지지하다 보니 서로 더욱 단단하게 연결되어간다는 느낌이 들었다.

가족계획에 관해서는 큰 고민이 필요 없을 정도로 의견이 매우 비슷했다. 남편과 자신 모두 아이가 두 명은 있어야 한다고 생각하고 있었던 것이다. 은선은 시각장애인 부모를 둔 어린아이가 엄마의 신발을 먼저 챙기는 모습을 상상하곤 했다. 그런 아이를 떠올리면 대견스러우면서도 가슴이 저릿해지는 느낌을 동시에 받았다.

과연 나이 든 부모만이 자식에게 짐일까? 은선은 곰곰이 생각했다. 아이에게 심리적으로 부담이 되는 것 역시 짐으로 느껴졌다. 아이 한 명에게 보이지 않는 엄마와 아빠라는 두 명의 짐이 생기는 것은 아이가 감당하기에 너무 버거운 일일 것 같았다. 같은 입장에서 서로를 이해하고 다독일 수 있는 형제자매가 있으면 그 부담이 덜해질 것이고, 서로에게 힘이 될 수 있으리라 믿었다. 은선은 자신의 아이들이 부모의 장애에 대해 공감하고 이야기 나누는 것이 작은 위로가 될 수 있다고 생각한 것이다.

아기를 갖겠다고 마음먹고 나서는 바로 영양제 복용을 시작했어요. 그게 저희가 할 수 있는, 저희의 장애를 물려주지 않기 위한 최선의 방법이었으니까요.

임신을 준비하는 은선이 가장 처음 한 일은 영양제를 복용하기 시작한 것이었다. 영양제를 먹는다고 시각장애 유전을 막을 수 있을지는 모를 일이었다. 그래도 은선은 그것이 자신이 할 수 있는 최선의 노력이라 믿었다.

임신을 준비하며 장애가 유전되지는 않을지 걱정이 이만저만이 아니었다. 하지만 은선은 설렘과 긴장의 반복 끝에 걱정과는 비교할 수 없는 큰 기쁨을 보았다. 아이를 간절히 기다리던 상황이었기에 은선은 신체의 변화에 민감하게 반응했다. 그녀는 임신 3주 차에 아이가 생겼다는 것을 알았다. 배가 불러오는 것을 느끼니 나의 아이, 우리의 아이가 생겼다는 사실에 미소가 떠나지 않았다.

은선은 아이를 잘 기르기 위해 할 수 있는 것이 무엇일지 고민했다. 돌이켜보니 양육에 대해 배운 게 아무것도 없었다. 출산 후에는 여유가 없다고 들었기 때문에 임신 기간을 적극적으로 활용했다. 육아 서적을 찾아 읽고, 조산원에서 교육을 받으며 필요한 지식을 습득했다. 임신 이후 은선은 그 어느 때보다 바쁜 나날을 보냈다.

드디어 38주하고 2일. 2.8킬로그램의 여자아이가 태어났다. 아이는 은선과 남편에게 세상에 둘도 없는 선물이었고, 또 그들은 아이에게 아름다운 삶을 선물할 수 있어 세상을 다 얻은 듯 행복했다.

은선의 첫째 딸 은솔이는 2016년생 여자아이다. 은솔이는 책을 굉장히 좋아했다. 내가 은선의 집을 방문한 첫날부터 마지막 날까지 은솔이를 만난 대부분의 시간 동안 아이는 늘 책과 가까이 있었다. 은솔이는 엄마가 책 읽어주는 시간을 좋아했다. 엄마가 손으로 책을 읽는 동안 은솔이는 엄마 무릎에 앉기도 하고, 옆에 누워서 뒹굴기도 했다. 때로는 옆으로 다가온 안내견을 쓰다듬으며 엄마의 이야기에 귀 기울였다. 자유분방한 소통의 모습에서 은솔이의 밝은 성격이 느껴졌다.

때로는 동생의 울음소리에 책 읽기가 중단되기도 했다. 하지만 동생의 울음이 멈춘 후에는 어김없이 엄마의 따뜻한 목소리가 은솔이를 이야기 속으로 푹 빠지게 했다.

은솔이는 생후 27개월부터 어린이집에 다니기 시작했다. 은솔이의 모습은 활발했던 엄마의 어린 시절과 판박이였다. 은솔이는 어린이집 초기 적응도 쉽게 했고 노는 것을 어찌나 좋아하는지 어린이집 등원을 항상 즐거워했다. 주말에도 어린이집에 가는 월요일을 손꼽아 기다릴 정도였다.

은선은 계획대로 둘째 아이까지 출산하고 전업주부로 지내며 대부분의 시간을 육아에 쏟고 있었다. 주중에는 장애인 활동지원사 서비스를 이용해 양육에 도움을 받았다. 활동지원사는 보육 수첩, 가정 통신문, 우편물 등을 읽어주기도 하고 식사 준비 등 집안일을 도왔다. (장애인 활동지원사는 신체적·정신적 장애 등의 사유로 혼자서 일상생활과 사회생활을 하기 어려운 장애인에게 신체활동, 가사활동 및 이동보조 등의 활동보조 서비스를 제공함으로써 장애인의 자립생활과 사회참여를 증진할 수 있도록 돕는다.)

은선은 은솔이가 어린이집에 있는 동안은 백일이 지난 은솔이 동생과 시간을 보내고, 은솔이가 집에 오면 주로 은솔이와 시간을 보내고 있다. 활동지원사는 은선이 은솔이와 시간을 보내는 동안 은솔이의 동생을 돌보기도 했다.

은선은 어린 시절 자신의 경험과 부모와의 관계를 기반으로 두 아이와 새로운 관계를 정립해가고 있었다. 은선의 부모님은 은선에게 아낌없는 지원을 해주며 헌신적이라 표현할 수 있을 만큼 많은 도움을 주었다. 하지만 그 시대의 부모들이 그렇듯 은선의 엄마는 감정 표현이나 칭찬에는 서툴렀다. 은선은 아이들이 엄마의 사랑을 충분히 느낄 수 있었으면 좋겠다고 생각했고 자신의 마음을 아이들에게 보여주는 일에 힘썼다. 그녀는 아이들과 언제나 친구처럼 가깝게 지내고 싶다고 했다.

많은 사람을 만나고, 같이 어디 가자고 얘기하는 것. 은솔이

를 데리고 동물원도 가고, 놀이공원도 가고. 저를 아는 사람들은 그렇게 미리 연락을 줘요. 가자고. 같이 가자고. 은솔이 어디 보여주고 싶다고.

마음이 따뜻한 엄마와 그런 엄마를 꼭 닮은 아이는 특유의 온화함으로 세상과 소통해갔다. 은선의 긍정적인 마음에 자석 같은 힘이 있던 것일까? 은선의 가족 곁에는 항상 사람들이 많았다. 그들은 먼저 은솔이를 생각하며 은솔이에게 보여주고 싶은 곳이 있다고 연락해왔다. 은선은 보이는 사람들과 함께 아이를 데리고 동물원이나 놀이공원 같은 곳에 갔다. 그렇게 주변의 따뜻한 사람들 덕분에 은선은 은솔이에게 넓은 세상을 비교적 자유롭게 보여줄 수 있었다.

은선은 육아를 하며 보이는 사람들의 도움을 많이 받았다. 보이는 사람이 자신의 집을 방문할 일이 생기면 아이들의 사진과 동영상을 찍어달라고 했다. 친한 사람들에게는 사진과 동영상의 파일명을 사진과 동영상에 대한 설명으로 바꾸어달라고 부탁하기도 했다. 그녀는 음성으로 지원되는 설명을 듣고 필요한 사진을 골라서 마음껏 활용할 수 있었다. 잘 나온 사진을 뽑아서 벽 한쪽에 붙여두기도 했다. 좋은 사람들 덕분에 은선은 아이들과 함께 다양한 경험을 하며 세상과 마주할 수 있었다.

다름의 그림자를 지워준 '엄마'라는 이름

은선은 곁에 있는 소중한 인연에 항상 감사한 마음을 가졌고, 편견 없이 자신의 가족을 대하고 바라봐주는 사람들이 고마웠다. 그렇다고 은선 주위에 따뜻한 이들만 있는 것은 아니었다. 그녀는 세상살이가 녹록지만은 않다는 사실을 잘 알고 있었다. 시각장애인에 대한 사람들의 냉담한 시선, 편견 어린 눈초리는 보이지 않아도 충분히 느낄 수 있었다.

시각장애인이면 아무것도 못 할 거라고 생각하는 사람, 혹은 보호자 없이 아무것도 못 할 거라고 생각하는 사람들이 되게

많이 있거든요. 아시죠? 세상이 많이 변했음에도 이런 편견 은 쉽게 변하지 않는 것 같아요. 거리감도 느껴지고.

그런데 신기한 건 애를 데리고 나가면 이상하게 보는 사람이 그다지 없어요. 희한하게. 오히려 아이가 있는 엄마로서의 모습이 제가 시각장애인인 거보다 더 자연스러운 느낌? 제가 시각장애인인 게 제가 아이를 데리고 다님으로써 뭔가 그냥 자연스러워진 느낌이 들어요. 사람들과 거리감이 덜 드는 느낌이죠.

은솔이가 생기고 은선은 '아! 나도 드디어 동등한 사람대우 받는구나'라고 생각했다. 씁쓸한 안도감이 밀려왔다.

어떤 사람들은 은선이 시각장애인이기 때문에 자기 자신조차 돌보지 못하리라 생각했다. 은선은 다른 사람들이 자신을 무언가 부자연스럽게 대한다고 느낀 적도 있었다. 상대가 의도했든 의도하지 않았든 냉랭한 공기가 은선을 감쌀 때 마음이 불편해지는 건 어쩔 수가 없었다.

하지만 은선이 엄마가 되고 나서부터 사람들은 이전과는 사뭇 다른 태도로 그녀를 대했다. 은선이 아이를 낳고 키우는 모습을 보고서는 '아, 저 사람도 우리와 별다를 게 없구나' 하고 생각하는 것 같았다. 은선이 시각장애인이라는 사실과는 별개로, 아이가 있는 엄마이기 때문에 사람들에게 자연스럽게 받아들여지는 듯했다. 언제나 은선을 따라다녔던 '시각장애인'이라는 이름표 대신 '엄마'라는 이름표가 은선의 새로운 정체성이 된 것 같았다.

아이가 없던 시절에는 은선이 시각장애인이기 때문에 혼자서는 아무것도 하지 못하리라 생각하는 사람이 많았다. 어떤 이들은 은선에게는 보호자가 꼭 필요하다고 마음대로 단정 짓기도 했다. 그런데 은선이 은솔이와 함께하고부터는 이런 뉘앙스의 이야기를 들어본 기억이 없다. 사람들은 그녀를 아이를 돌볼 수 있는 '보호자'로 인식했다.

아이의 존재는 은선과 사람들 사이에 있는 소통의 장벽을 허물어주기도 했다. 지금 당신 앞에 시각장애인이 한 명 있다고 생각해보자. 당신은 그 사람에게 가장 먼저 어떤 이야기를 건넬 것인가? 대부분의 사람들은 시각장애인에게 어떤 주제의 이야기를 어떻게 꺼내야 할지 모를 것이다. 스스로 장애인에 대한 편견이 없다고 생각하는 사람들도 막상 둘만의 시간이 주어지면, 어색해하거나 말실수할지도 모른다는 불안감에 더욱 조심스러울 수도 있다.

낯설기 때문에 생기는 조심스러움과 어색함은 은선과 사람들의 소통을 가로막는 장벽이었다. 은선도 그들이 난감할 수 있다는 걸 충분히 이해했다. 그래도 그녀는 자신과 타인을 가로막는 이 불필요한 걸림돌을 없애고 싶었다. 놀랍게도 임신은 다른 사람들과 소통하고 공감할 수 있게 도와주는 디딤돌이 되었다. 어떻게 대해야 할지 어렵기만 한, 애매모호한 상황에서 임신이나 양육은 좋은 화제가 되었다. 엄마라는 이름표를 단 은선의 세상은 조금씩 변하고 있었다.

은솔이와 다닐 때 말고도 사람들이 자신을 약자로만 보지 않는다고 느꼈던 적이 있다. 바로 안내견과 동행했을 때다. 은선이 혼자서 흰지팡이(흰지팡이는 시각장애인이 보행 시 사용하는 도구이다)를 들고 밖에 나갔을 때보다 안내견과 함께 외출했을 때, 사람들은 "도와줄까요?"라는 질문을 더 적게 했다. 은선을 안내견을 돌볼 수 있는 주체적인 존재로 인식한 것이다. 안내견을 돌볼 수 있는 시각장애인. 아이를 키울 수 있는 시각장애인 엄마. 사람들은 이런 모습을 조금 더 자립적이고 독립적으로 생각했다.

만약 은선이 아이와 함께 외출할 때, 보이는 누군가가 동행했다면 어땠을까? '저 사람이 도와주나 보네'라고 생각했을지도 모른다. 혹은 은솔이가 나이가 더 많았다면 아이가 부모를 돌봐준다고 생각했을 수도 있다. 하지만 은선은 어린아이들과 함께 외출하는 경우가 많았다. 그래서 사람들 눈에 은선은 주체적으로 아이를 돌볼 수 있는 엄마로 보인 것이다.

은선은 엄마가 되었을 때 느낀 동등함에서 미묘한 감정을 느꼈다. 엄마라는 이름은 은선의 삶에 '주체성'이라는 단어가 들어갈 수 있는 하나의 통로가 되어주었다. 동시에 남들에게는 자연스럽게 받아들여지는 일상이 은선에게는 육아라는 검증 과정을 거쳐야지만 비로소 인정된다는 사실이 약간은 불편했다.

은선은 보호받아야만 하는 약하고 의존적인 존재가 아니다. 은선에게 필요한 것은 우월이 깃든 동정 어린 시선도 아니었다. 은선은 주체적이고 강인한 존재다. 하지만 편견에 갇혀 이러한 사실을 쉽게 받아들이지 못하는 이들도 있었다. 이때, '엄마'라는 이름은 사람들에게 은선이 주체적인 존재라는 사실을 알리는 증거였고, 일부 사람들이 편협한 생각에서 벗어날 수 있게 해주었다.

은선은 자신이 장애를 온전히 수용해야지만 '엄마'라는 이름이 비로소 자신에게도 완벽하게 자리 잡을 수 있다고 생각했다.

엄마는 누가 연습해보는 게 아니잖아요. 장애인 엄마는 더더욱 그렇고 더 많은 각오가 필요했을 거예요. 내가 장애인인 걸 다시금 수용하고, 장애인으로서 아이를 키우는 과정을 다시금 인정해야 했어요. 세상에 다시 한번 적응하면서요. 내

아이가 처음으로 세상을 경험하는 거잖아요. 처음으로. 그 과정에 엄마라는 자리가 아이를 이끌어주는 자리잖아요. 그래서 엄마가 다시금 자기의 위치를 수용할 수 있어야 한다고 생각해요.

은선에게 '장애'를 수용하는 과정과 '엄마'를 수용하는 삶은 몹시 비슷하게 느껴졌다. 선천적 장애인지 후천적인지 하는 문제와는 상관없이 장애를 받아들이기까지는 오랜 시간이 걸린다. 처음에는 왜 자신에게 이런 일이 생겼는지 부정하는 단계를 거치며 심리적으로 많은 우여곡절을 겪는다. 그러다 시간이 지나면서 점차 수용할 수 있는 시기가 오게 된다. 그렇다고 장애를 삶 속에서 온전히 수용할 수 있는 것은 아니다. 때때로 자신의 장애를 의식하게 하는 새로운 상황들에 직면하기 때문에, 자신의 장애를 수용하기 위해 끊임없이 노력하며 살아가는 것이다. 은선은 이러한 일련의 과정이 엄마가 되는 것과 매우 비슷하다고 느꼈다.

자신이 직간접적으로 경험했던 엄마. 막연히 생각했던 엄마. 자신이 되고 싶었던 엄마. 각자의 삶과 이상 속에는 다양한 엄마의 모습이 존재할 것이다. 하지만 실제 자신의 삶에 엄마라는 지도를 펼쳐놨을 때는 어떨까? 어떤 길로 따라가야 할지, 그것이 최선의 선택인지 정확하게 알기란 매우 어렵다. 엄마라는 길에는 정답이라는 것도 없어서 옳은 선택을 하기란 몹시 까다로운 일이다.

엄마는 아이를 잉태함과 동시에 시작되고 삶이 끝날 때야 비로소 끝이 나는 긴 과정이다. 그러므로 엄마가 되는 데 필요한 과정을 전부 연습해본다는 것은 불가능하다. 그래서 은선은 조급해하며 한 번에 정답을 찾으려고 하기보다 이 과정을 천천히 따라가며 받아들여보기로 했다. 마치 장애를 받아들였던 과정처럼 말이다.

은선은 장애인으로 살아가며 자신의 장애를 받아들이기 위해 노력하고 그러한 상태를 유지하기 위해 치열하게 애썼던 것처럼 엄마가 되어 살아가기로 결심했다. 은선은 시각장애인 엄마로 살아가기 위해서 새로운 것을 받아들이고 새로운 세상에 적응해야 했다. 이 과정은 누군가가 정답을 제시해준다거나 은선을 붙잡고 마구잡이로 끌어갈 수 있는 것이 아니었다. 오롯이 은선이 감당해야 하는 일이었다.

그렇다고 엄마가 되는 길이 외로운 것만도 아니다. 엄마는 혼자 될 수 있는 것이 아니었다. 자신과 같은 길을 걸어갈 남편, 자신에게 '엄마'라는 이름을 부여한 아이와 함께 만들어가는 과정이었다. 그렇기에 은선은 여러 사건 속에서 예기치 않은 어려움이 있을 수 있어도 인정하고, 자존감을 잃지 않아야겠다고 마음먹었다. 느리고 서툴 수 있지만, 아이를 향한 사랑으로 나아가면 곧 적응될 것이라 믿었다.

은선은 아이가 처음으로 세상을 경험해나가는 과정에서 아이가 엄마로 인해 흔들리지 않게, 자신이 아이를 이끌어주는 주체가 되고 싶었다. 그래서 늘 스스로를 있는 그대로 받아들일 수 있게 힘써야 한다고 생각했다. 은선은 끊임없이 자신을 되돌아보며 엄마라는 이름표를 반듯이 달 수 있게 노력했다.

이렇게 은선에게 '엄마'라는 이름은 다름의 그림자를 점차 희미하게 만들어주기도 했고, 스스로 장애를 수용하며 새로운 역할을 감당할 수 있게 단련시켜주기도 했다.

생명을
책임져본 사람

저는 (은솔이를 키우기 전에) 이미 많은 것을 키워봤어요. 햄스터도 키워봤고, 병아리도 키워봤고. 해볼 거 다 해봤거든요. 강아지랑 24시간 함께 있어본 적도 있고요. 그때 어느 정도는 제 시간을 따로 마련해야 한다는 것, 일정 부분은 포기할 수 있어야 한다는 것에 대해 미리 연습했던 거 같아요. 너무 많이 집중해서 심리적으로나 감정적으로 피곤해지는 사태를 이미 겪어봤던 거죠.

정이 많은 은선은 어렸을 때부터 동물을 좋아했다. 좋아하는 것을 가까이 둘 수 있게 해주셨던 부모님 덕분에 은선은 무엇인가를 키우며 보살펴볼 기회가 많았다. 은선은 어린 시절 병아리, 햄스터, 강아지 같은 작은 동물을 길러보았다. 대부분의 아이가 그렇듯 은선도 반려동물을 동생처럼 여기며 열심히 돌보았다. 그리고 지금 그녀의 곁에는 안내견이 있다. 다양한 생명을 돌보았던 경험은 은선이 첫 아이 은솔이를 키우는 데 많은 도움이 되었다.

그중에서도 특히 안내견과 함께 살아가는 삶은 아이를 키우는 예행연습 같았다. 안내견과 아이의 행동이 유사해서 도움을 받는 것만은 아니었다. 새로운 생명체와 더불어 사는 과정에서 배우는 것들이 많았다.

안내견은 반려견과 비슷하기는 하지만 역할 차이가 있다. 안내견의 주된 역할은 시각장애인의 보행을 돕는 것이다. 즉, 안내견은 시각장애인의 눈이다. 하지만 시각장애인이라고 해서 하루 24시간을 안내견과 함께 붙어 있는 것은 아니다. 하루 중 안내견과 함께 외출하는 시간은 실상 그렇게 길지는 않다. 아는 길이나 가까운 거리는 혼자 다녀오는 편이 훨씬 간편하기 때문이다.

안내견의 도움을 받지 않는 시간은 오히려 은선이 안내견을 돌봐주어야 하는 시간이었다. 은선은 안내견의 파트너로 도움을 받기도 했지만, 반대로 안내견이 편안히 지낼 수 있게 보호자 역할을 수행해야 했다. 또, 배운 것을 유지할 수 있게 교육하는 훈련사 역할도 빼놓을 수 없었다.

안내견은 어느 정도 훈련을 받은 상태로 은선을 만나기는 했지만, 그래도 은선이 챙겨주어야 하는 부분이 많았다. 은선은 때가 되면 안내견에게 밥과 물을 챙겨주었다. 목욕이나 산책도 시켰다.

그중에서도 가장 신경 써야 하는 일은 훈련이었다. 안내견을 가르치기 위해서는 몇 번씩 동일한 행동과 말을 반복해야 했다. 그리고 안내견이 스스로 행동할 때까지 일관성을 가지고 기다려야 했다. 안내견이 아무리 훈련받은 동물이라고 해도 동물적인 본능이 사라지는 것은 아니기 때문에 은선은 안내견을 억지로 통제하지 않았다. 은선이 아무리 열심히 가르쳐도 목표한 대로 훈련되지 않을 때도 있었다. 여러 시행착오를 겪으며 결국 은선은 안내견의 주체성을 최대한 존중할 때, 목표한 결과에 도달할 수 있다는 것을 깨닫게 되었다.

게다가 안내견은 말을 하지 못한다. 보살피는 대상이 말을 하지 못한다는 사실은 그 필요를 알아채기 위해 더 자주 관찰하고 많은 시간을 함께 보내야 한다는 것을 의미했다. 그렇기에 은선은 인내심을 갖고 더욱 세심하게 안내견을 보살필 수밖에 없었다.

은선은 파양당한 개를 돌본 경험도 있다. 그때 그녀는 상처 받은 개를 애지중지 다루며 마치 아이를 키우듯이 지극정성으로 돌보았다. 온종일 개를 향해 촉수를 세우고 '24시간 감시 체제'로 지냈다. 그런데 이 과정은 너무나도 피곤했다. 과한 책임감 때문에 신경이 예민해지고 금방 지쳤다. 이런 상태에서는 몸과 마음의 에너지가 더 빨리 소진될 수밖에 없었다.

생명을 책임져본 경험은 무언가를 돌보는 일이 어떤 점에서 힘든지 알 수 있게 해주었다. 육아와 비슷한 점도 많아서 미리 연습해보는 느낌도 들었다.

그녀는 무언가를 기를 때, 자신의 모든 감정과 에너지를 지나치게 쏟지 않고 보호자도 자신만의 시간이 있어야 버틸 수 있다는 것을 알게 되었다. 또, 보호 대상의 주관을 인정해주어야지 일방적으로 보호자의 뜻만 가지고 제어하기는 쉽지 않다고 느꼈다. '포기해야 하는 부분은 포기할 수도 있어야 한다.' 그녀에게는 큰 깨달음의 과정이었다.

여러 동물과의 경험 덕분에 은선은 첫 아이인 은솔이를 둘째를 맞이하는 마음가짐으로 준비하고 낳을 수 있었다. 은선은 한 발짝 떨어져 응원하는 마음으로 아이를 대하겠다는 다짐을 하며 은솔이를 만났다.

— 은솔이 입에 뭐가 묻거나 해도 그때그때 안 닦아주시네요?

— 네. 의도하고 그런 건 아니에요. 엄마도 기분이 여러 가지일 수 있잖아요. 지금은 닦아줄 수 있는 상황일 수도 있고 어떨 땐 닦아줄 수 없는 상황일 수도 있고. 아이가 둘이 되니까 더 하기도 하고요. 은솔이가 예민한 기질이었다면 항상 같은 상황을 만들어서 패턴을 형성했을 거예요. 패턴이 예민한 아이들을 편안하게 만든다고 들었거든요. 그런데 은솔이는 그런 아이가 아니거든요. 그런 아이가 아니면 이럴 수도 있고 저럴 수도 있다고 생각해요.

은선은 은솔이가 어떤 행동을 했을 때 즉시 개입해 도움을 주기보다 시간을 두고 바라보려고 노력했다. 또, 은솔이가 느끼는 감정을 존중하려고 했다. 아이가 아무리 자신의 배 속에서 나왔다고 한들 결국 삶의 주인은 아이라는 것을 잊지 않으려 애썼다. 이런 은선의 양육 태도에서 지켜보는 이들도 자연스럽게 여유를 느낄 수 있었다. 그녀가 첫 아이인 은솔이를 조급해하지 않으며 키울 수 있었던 비결에는 역시 생명을 책임져본 경험이 한몫했다.

초보 엄마들이 흔히 하는 실수는 첫 아이를 위해 자신을 희생하며 모든 에너지를 소진하는 것이다. 하지만 은선은 이미 다른 생명체에게 혼신의 힘을 다해본 경험이 있었고, 그것이 길게 감당할 수 없는 일이라는 것을 알고 있었다. 하루 이틀 집중적으로 돌봐주는 것이면 모를까 오랜 기간을 함께해야 하는 상황에서 너무 헌신적인 태도는 자신을 잃는 길일 뿐 현실적으로 불가능했다.

은선은 엄마의 기분이 아이에게도 큰 영향을 미친다고 생각했다. 어딘가 언짢아 보이는 엄마를 보면, 아이가 엄마의 눈치를 보게 될 수도 있다. 엄마가 여유가 없으면, 아이에게 사소한 일로도 쉽게 화를 내게 될지 모른다. 은선은 일관성 없이 자신의 감정에 따라 은솔이를 다그치지 않으려 늘 경계했다. 그래서 자신이 먼저 편안하고 안정적으로 생활하려고 애썼다. 그녀는 자신을 먼저 되돌아봤으며, 자신을 돌봄으로써 은솔이를 배려할 수 있는 마음을 키워갔다. 덕분에 은선은 은솔이와 편안한 관계를 유지하며 함께할 수 있었다.

엄마의 눈이 되어준 은솔이

맡아본다, 느껴본다, 만져본다.

사람들은 무의식중에 '본다'라는 단어를 다른 감각에 붙여서 사용한다. 많은 이들이 '본다'라는 단어를 자연스럽게 쓰는 것처럼 은선에게도 이 말은 특별한 표현이 아니었다. 입에 붙어 자연스럽게 사용하는 일상적인 말이었다.

예를 들어 사람들이 흔히 쓰는 '텔레비전을 본다'라는 표현에서도 그랬다. 가끔 은선이 보이는 사람과 이야기를 나누다 '텔레비전에서 보니까'라고 말하면 상대는 당황하고는 했다. 그래서 그녀는 다른 사람들에게 '텔레비전을 듣는다'고 말해줘야 하는지 잠시 고민하기도 한다. 은선에게 '텔레비전을 본다'는 표현은 마치 영어의 숙어와도 같았다. 다른 사람들도 일상적으로 쓰는 표현이기에 굳이 '본다'를 '듣는다'로 바꿔 말할 필요가 없다고 그녀는 생각했다. 오히려 바꾸어 표현하면 억지로 끼워 맞추는 느낌이라, 은선에게나 보이는 사람들에게나 더 어색할 것만 같았다.

아이를 키우기 전까지 은선은 보지 못하는 것에 딱히 문제를 느끼지 않았다. 귀로 듣는 세상, 손으로 느끼는 세상은 남들의 것과 약간 다를 뿐, 엄청난 골칫거리 정도는 아니었다. 그런데 은솔이를 키우다 보니 보이지 않는 것에 대한 문제가 시시때때로 크게 다가왔다. 그냥 훽 둘러보고 아이가 지금 무엇을 하는지 알 수 없다는 것은 늘 불안한 일이었다. 혹여나 위험한 상황은 아닐까 하는 걱정이 들어 아이의 행동을 파악하고 싶어졌다. 절실하게 '눈'의 필요성을 느낀 것이다.

시각이 감각에서 차지하는 부분이 70퍼센트라고 하죠. 그런데 아이를 키우는 기간은 그 70퍼센트가 굉장히 많이 필요한 시간이에요. 그렇다 보니 70퍼센트보다 더 큰 부분을 잃어버린 느낌이 들죠. 아이들의 행위는 귀만으로는 안 되는,

소리가 안 나는 것들이 너무 많아요. 그리고 나머지 30퍼센트로 세상을 보기 위해 내 감각을 온종일 곤두세울 수가 없어요. 그 시간에 집안일도 해야 하고.

은선은 아이가 기어 다니면서 바닥에 있는 걸 주워 먹지는 않을까 늘 걱정이었다. 아이가 위험에 빠질 만한 상황을 방지하려 날카로운 물건은 물론, 입에 넣을 수 있는 그 어떤 작은 물체라도 은솔이 손이 닿을 수 있는 곳에서 전부 치웠다. 열심히 청소하는 일, 그것이 은선이 할 수 있는 최선의 선택이었다.

은선은 최대한 청각에 모든 신경을 집중하려고 애썼다. 은솔이를 키우며 그녀의 청각은 더욱 예민해졌다. 안방 침대에 누워 있으면서도 은솔이가 집 반대편 끝에 있는 화장실 변기를 만지는 소리까지 들을 수 있을 정도였다.

그러나 아이에게만 신경을 곤두세우는 것은 현실적으로 어려웠다. 집안일도 해야 하고 피로할 때도 있다. 항상 최상의 컨디션을 유지하며 아이의 일거수일투족을 놓치지 않고 파악하는 것은 누구에게나 불가능한 일이었다.

6개월에서 18개월까지는 그냥 그렇게 생각했어요. 아무 일 안 해도, 안 해줘도 좋으니 그냥 집에 상주하는 눈 하나만 있

으면 좋겠다. 아이를 봐줄 수 있는 눈. 그냥 아이가 깨어 있을 때 아이만 따라다니면서 내가 아이한테 신경 안 쓰게만 해줘도 좋겠다.

'아무것도 해주지 않아도 되고 다만 누군가 은솔이를 지켜봐주기라도 한다면 얼마나 좋을까….' 은선은 은솔이가 아주 어릴 때, 누군가 아이를 따라다니며 그냥 지켜봐주기만 해도 좋겠다고 생각했다.

아이를 키우며 가장 신경 쓰였던 것은 아이가 바닥에 떨어진 물건을 주워 먹지는 않을까 하는 걱정이었다. 아이들은 뭐든 손에 쥐고 나면 그다음은 대부분 입으로 가져간다. 은선은 은솔이가 무엇을 빨아 먹어도 즉시 볼 수 없으니 불안하기만 했다. 특히 무언가를 빨거나 먹을 때는 소리가 크게 나지 않아서 더욱 답답했다. 혹시나 기도로 잘못 넘어가면 어떻게 해야 할지 걱정이 컸다.

둘째 아이가 태어나곤 이런 걱정이 더 심해졌다. 은솔이는 첫째였기 때문에 예방 차원에서 바닥에 있는 모든 물건을 치워둘 수 있었다. 그런데 은솔이 동생은 은솔이의 장난감과 함께 클 수밖에 없었다. 은솔이는 작은 조각 같은 장난감을 갖고 노는 걸 좋아했다. 아이가 좋아하는 일을 동생 때문에 못 하게 할 수는 없었다. 첫째의 놀이를 제한할 수도 없고, 그렇다고 둘째의 궁금증을 막을 수도 없는 노릇이었다. 아이들이 클 때까지만이라도 볼 수 있으면 좋겠다는 생각이 간절해졌다.

— 엄마, 동생이 이거 먹으려고 해요!

은선이 그렇게 간절히 바라던 '눈'. 그것은 생각보다 가까이에 있었다. 바로 첫째 은솔이었다. 은솔이는 동생이 입에 물건을 넣으려고 하면 즉시 엄마에게 이야기해주었다. "동생이 머리끈을 먹을 뻔했어"라는 식으로 알려준 것이다. 은솔이가 엄마의 눈이 되어 엄마에게 동생의 위험 요소에 관해 말해주는 것은 놀라운 일이었다. 은솔이 덕분에 엄마는 조금 더 편안하게 다른 집안일에 신경 쓸 수 있었고, 은솔이는 엄마에게 동생의 위험한 행동을 알리면서 굉장한 성취감을 느끼는 듯했다.

은솔이는 동생의 위험한 행동뿐만 아니라 일상적인 행동에 대해서도 엄마에게 자세히 설명하고는 했다. "동생이 몸을 뒤집었어"라거나 "동생이 소파에 혼자 기어 올라갔다가 혼자 뒤로 돌아서 내려오고 있어" 하는 식이었다. 덕분에 은선은 둘째의 모습을 생생하게 느낄 수 있었다.

은솔이의 동생은 뒤집기를 시작했을 때, 몸을 뒤집었다가도 다시 원래대로 돌아가지 못해서 애를 쓰고는 했다. 그러다가 답답한 마음에 결국에는 울음을 터뜨리는 경우가 많았다. 은솔이는 동생이 몸을 뒤집었을 때 신속하게 엄마에게 알리고 엄마와 동생을 도와주었다.

아침에 눈 뜨자마자 제일 먼저 하는 일이 아기 젖 먹이고 은솔이 우유 먹이고, 그래 놓고 저는 청소기를 돌려요. 온 집안을 싹. 왜냐하면, 아이가 기어 다니고 개털이 입으로 가니까. 이때 은솔이가 바닥에 있는 물건을 싹 치워서 올려줘요. 정리를 그렇게 싫어하는 아이가 제가 청소기를 돌릴 때만큼은 저를 도와주는 거죠. 모든 걸 제자리에 놓는 정도는 아니더라도 소파 위로 싹 다 올려줘요.

은선은 아침마다 청소기를 돌리는데, 이때 은솔이는 누가 시키지 않아도 바닥에 있는 물건을 소파 위로 올렸다. 자신의 장난감을 정리하는 것은 싫어하면서도 엄마가 청소기를 돌릴 때만큼은 분주하게 움직였다. 물건을 옮기고 엄마에게 설명해주는 것도 잊지 않았다. "엄마 매트 위에는 청소해도 돼. 그런데 소파 위에는 하지 마."

보이지 않는 엄마에게 꼭 필요했던 '눈'은 바로 은솔이었다.

다르다고
못 할 것은 없다

저는 가끔 그런 생각을 하거든요. 불합리하다고. 막연히 그렇게 생각하다가, 내가 뭔가 똑똑하지 못했다는 생각이 들더라고요. 사회의 원리를 제대로 판단하고, 제대로 접근했어야 하는데 그냥 기분 나빠 하고, 우울해하고, 이런 감정 낭비를 하면서 끝내는 게 옳았을까? 그런 생각이 들었거든요.

은선은 오랜 기간 장애인을 배려하지 않는 사회가 불합리하다고 생각하며 살아왔다. 그러면서도 불합리한 상황에 혼자 아무리 우울해해 봤자 해결할 수 없다는 현실에 '둔탁한 아픔'을 느꼈다. 하지만 어느 순간 그녀는 다른 사람들의 입장을 헤아려보게 되었다. '장애인에게는 꼭 필요한 배려이지만, 비장애인들에게는 그것이 반드시 필요할까?' 하는 생각이었다. 입장 차이에 따라 다르게 여겨질 수도 있었다. 어쩌면 각자에게 당연한 일이라는 생각이 들었다. 이렇게 받아들이니 상처 받을 일이 적어졌다.

게다가 '나 하나를 위한 요구'는 배려가 아니라 이기적인 마음 같았다. 오직 나를 위한 요구는 현실성도 없었다. 은선은 다른 해결책을 모색하기로 했다. 그녀가 내린 결론은 나에게만 해당하는 것을 요구하기보다 나를 비롯한 다른 사람들을 위해 어떻게 해야 할지를 더 큰 시선으로 바라볼 필요가 있다는 것이었다. 현실을 자각하고부터는 어떤 길을 가야 하는지가 명확하게 보였다.

은선은 장애인으로서 무언가 요구해야 하는 상황에서 막연히 생각한 것을 바랄 게 아니라, 새로운 정책을 만들고 시스템을 바꾸게 해야겠다고 느꼈다. 법을 개정하는 제도적인 변화를 이끌어야 한다는 신념을 가지게 된 것이다. 그래야지 실질적인 변화의 바람이 불고, 다른 사람들도 그 혜택을 누릴 수 있었다. 그녀는 장애인들이 하는 이야기를 넋 놓고 바라보는 남의 이야기로 만들지 않겠다고 결심했다. 필요하다고 생각되는 서비스가 있을 때는 주민센터에 계속 요구하기도 하고, 인터넷에 자신의 상황에 대해 글을 썼다. 이를 다른 사람들과 공유하면서 진짜 문제

해결을 위해 애썼다.

아이를 낳고 나니까 사람들한테 어떤 대우라고 해야 되나? 사람들하고 이렇게 어울리는 엄마, 아빠의 모습을 내 아이가 어떻게 볼 것인가? 이게 신경이 쓰였어요.

은선이 이토록 변화를 바라는 기저에는 은솔이가 있었다. 그녀는 다른 사람들 속에서 엄마와 아빠의 모습이 아이에게 어떻게 비칠지에 대한 생각을 하지 않을 수 없었다. 결혼하기 전, 은선과 그녀의 가족들은 어쩔 수 없이 사회 분위기에 순응하는 편이었다. 부당한 대우에 목소리를 내면 일이 커지고, 자연스럽게 자신들에게 이목이 쏠렸다. 이런 상황을 보고 어떤 이는 "왜 너만 그렇게 예민해?"라는 말로 오히려 부당한 피해를 본 이들을 이상하게 만들기도 했다. 그래서 은선은 항의하기보다 피하는 편을 선택했다. '더러우니까 피하지 무서워서 피하냐!'라고 생각하고 말았다. 그런데 지금은 상황이 다르다. 은선은 새로운 가정을 꾸리고 엄마가 되면서부터 부당한 대우에 더욱 신경이 쓰이기 시작했다.

'동생을 안고 안내견과 함께 길가에 서 있는 엄마를 보고도 택시 기사가 승차를 거부하고 가버린다면 우리 은솔이가 어떻게 생각할까?' 하는 것에서부터 아이에게 어떤 부정적인 영향을 줄 수 있는 여러 상황이 떠올랐다. 은선은 아이의 심정에 주목하기 시작했다. 그녀는 은솔이가 '우리 엄마는 어떻게 대처할까?', '다른 사람이 우리 엄마를 보는 시선이 어떤가?'에 대해 언젠가는 깊이 생각할 수 있다는 것을 알고 있다. 그래서 은선은 장애인을 거부하지 않는 세상, 지금보다 더 나은 세상을 만들기 위해서 끊임없이 노력하리라 다짐했다.

물론 부당한 대우를 받았을 때 적절하게 대처하기는 쉽지 않았다. 얼굴을 붉히게 되면 은솔이에게 힘든 모습을 보여주게 될 뿐이었다. 은솔이를 위해 항의하기 시작했는데 격분하는 모습을 보여주는 것은 모순적이었다. 그래서 은선은 언제나 차분하게 대처하기 위해 노력했다.

어떤 이는 은선에게 '시각장애인임에도 불구하고' 아이를 잘 키운다고 말했다. 차별 어린 시선에 상처 받을 수도 있지만, 어쨌든 은선에게는 고마운 말이었다. 작은 아이는 안고, 등에는 가방을 짊어지고, 한쪽 손에는 큰 아이의 손을, 다른 손에는 안내견 목줄을 잡고 있어도 아무도 자리를 양보해주지 않는 세상이었다. 서로에게 너무 무심하고 각박한 세상에서 아이를 키우려면 그 정도의 말은 너그러이 수용할 수 있어야 했다. 어쩌면 그런 말을 건네는 것이 손을 내밀고 싶다는 소심한 표현일지도 모른다고 생각했다.

은선은 자신이 장애인이고, 비장애인과 함께 살기 위해서는 '시각장애인임에도 불구하고'라는 말을 들을 수밖에 없는 것이 현실이라고 여겼다. 만나는 사람에 따라 표현 방식은 다를지라도 이런 뉘앙스의 이야기는 평생 듣게 될 수도 있다. 그런데 그것에 대해 계속 신경 쓰고 살아간다면 너무 피곤할 것만 같았다. 게다가 언젠가 엄마의 상처 입은 마음이 아이에게까지 전달될지도 모를 일이었다. 그래서 은선은 거북할 수도 있는 사람들의 표현을 그저 흘러가는 가벼운 말로 여기고, 심각한 문제로 만들어 자신을 괴롭히지 말자고 스스로와 약속했다.

은선은 누군가에게 좋지 않은 이야기를 들어도 마음의 여유를 갖고 대꾸했다. "아이고, 아이들 키우려면 이 정도는 해야죠"라며 능청스럽게 대처할 수 있었다. 오히려 더 나아가 자신이 어떤 것까지 할 수 있는지 설명하고는 했다. 상대가 '시각장애에도 불구하고 무언가를 해낸 사람'이 아닌 '그냥 아이 엄마'로 볼 수 있도록 표현하는 것이다. 다른 사람들에게 자신이 한 명의 여성이자 사회 구성원으로 인식될 수 있다면 더없이 기쁜 일이었다.

때로는 일일이 대응하는 것이 귀찮을 때도 있었다. 내 입만 아프가 싶기도 하고, 이렇게 한다고 세상이 얼마나 바뀔까 싶기도 했다. 그래도 은솔이를 생각해서 웬만하면 자신의 의사를 표현하려고 노력한다. 은선은 장애인이든, 안내견이든 자신의 상황과 관련한 부정적인 이야기나 의문에 대해서 올바른 각도로 대답을 해주는 것은, 자신뿐만 아니라 은솔이를 위해서도 해야만 하는 일이라고 생각하고 있다. 마치 아이가 살아가야 할 세상을 위해 분리수거를 하는 것과 비슷한 일이라는 믿음이 있었다.

제 아이가 커서 성인이 되었을 때 더 좋은 세상을 물려주고 싶은 마음도 있지만 제가 아이를 잘 키워서 아이를 통해 그런 사회를 꿈꾸고 싶은 마음도 들어 있죠. 그래서 (은솔이를) 잘 키우고 싶어요. 지금은 소수자들에 대한 배려가 어떤 문화에서는 당연하고 어떤 문화에서는 낯설고 그 차이가 다 있잖아요.

은선은 은솔이가 엄마, 아빠, 동생에게 각각 적절한 대응을 한다고 했다. 아이는 보이는 사람과의 관계에서는 또 다르게 적응하고 그에 맞는 행동을 했다. 동생이 크기가 작은 물건을 삼킬 수도 있기 때문에 엄마에게 그것을 위로 올려놓으라고 이야기해주는 것도 은솔이가 보이지 않는 엄마와의 관계에 적응했기에 하게 되는 행동이었다. 은선은 은솔이와 엄마의 관계가 가정 속에서 '스며들고, 서서히 젖어 들었다'라고 표현했다.

은선은 비장애인이 장애인과 함께 살아가는 것에 익숙해지고, 장애가 하나의 특성으로 받아들여지는 사회가 오기를 꿈꾸었다. 그리고 은솔이가 그런 사회를 형성하는 데 역할을 해줄 수 있기를 기대했다.

은선이 지금까지 살아왔고, 현재 살아가고 있는 이 사회는 나와 다른 사람들과 살아가는 것에 익숙하지 않다. 하지만 앞으로 은솔이가 살아갈 사회는 다른 모습이어야 했다. 은솔이에게 보이지 않는 엄마와의 관계가 스며들고 서서히 젖어 들었듯이 장애인과 비장애인이 함께 살아가는 사회를 만들어가는 방법도 멀리 있지 않다고 생각했다.

보이지 않는 것 때문에 제가 모든 걸 다 해줄 순 없어요. 그런데 그거에 대해서 쿨하게 인정하는 거. 엄마가 해줄 수 있는 부분이 있고, 해줄 수 없는 부분이 있다는 것에 대해서 아이한테 빨리 가르쳐주는 거.

은선은 선천적 전맹으로, 태어났을 때부터 아무것도 보지 못한 채 자랐다. 시각의 부재는 은선에게 덜어내는 개념이 아니었다. 처음부터 본 것이 없었기 때문에 보지 않고 살아간다는 것은 비교적 자연스러운 일이었다. 그렇지만 그녀에게 보는 것에 대한 결핍이 아예 없을 수는 없는 일이다. 보이지는 않지만 아이에게 해줄 수 있는 것이 있었고, 보이지 않기 때문에 해줄 수 없는 것도 분명히 있었다. 이럴 때 은선은 본인이 포기해야 할 부분에 대해서는 빠르게 포기한다고 했다.

은선은 자신이 할 수 없는 것을 해주려고 연연하다 보면 결국 상처가 되고, 무겁게 느껴지는 것이 싫었다. 부모로서의 부담 때문에 은솔이에게 다 맞추며 할 수 없는 것을 굳이 억지로 해주려고 하지 않았다. 자신이 할 수 있는 것과 할 수 없는 것의 경계를 명확하게 세우고 그것을 인정했다. 그리고 자신이 무언가를 할 수 없다는 것을 심각하게 문제 삼지 않으려고 노력했다.

은선은 자신이 앞이 보이지 않기 때문에 아이에게 해줄 수 없는 일을 아이가 분명하게 알아야 한다고 했다. 그것은 특별한 것이 아니었다. 마치 슈퍼에 가서 아이가 사달라고 한다고 다 사주지 못하는 것과 비슷한 것이었다. "돈을 아껴야 해. 그래서 오늘은 살 수 없어", "하나만 골라야 해"라는 표현과 "이건 엄마가 보이지 않으니까 은솔이가 해야 해. 이건 엄마가 도와줄 수 있는 일이 아니야"라는 말은 같은 연장선상에 놓여 있었다.

은선은 은솔이에게 엄마가 해줄 수 있는 부분이 있고, 해줄 수 없는 부분이 있다는 것을 반복적으로 설명했다. 그래서 은솔이는 보이지 않는 엄마에게 빨리 적응할 수 있었다. 아이에게 해줄 수 있는 것과 해줄 수 없는 것을 판단하는 것은 엄마의 몫이지만, 그러한 선택지들 속에서 적응하고 함께 살아가는 것은 아이의 몫이기도 했다.

— **엄마 은솔이랑 같이 놀 건데 책 읽어줄까?**

— (끄덕인다)

— **어떤 책? 은솔이가 골라 와.**

— **그래. 코 자는 책 꺼내줘.**

— **코 자는 책이 뭐지?**

— **이거.** (엄마 손을 잡고 책 위에 댄다)

— (책꽂이에서 책을 꺼낸다) **이거 새로운 건데. 이건 아직 엄마 글자가 없어. 만들어서 읽어줄게. 다른 거 골라봐. 읽어줄 수 있는 거.**

— (다른 책을 꺼낸다) **엄마 이거. 엄마 무릎.** (엄마 무릎 위에 앉는다) **읽어줘.** (손가락으로 재빨리 점자를 왼쪽에서 오른쪽으로 만진다)

은선과 은솔이 책을 읽을 때 가끔 아이는 아직 엄마 글자가 붙어 있지 않은 책을 가져오기도 했다. 그럴 때마다 은선은 이 책에는 점자가 없어서 나중에 엄마 글자를 붙인 후에 읽어주겠다고 말했다.

은선은 은솔이에게 엄마가 읽을 수 없는 책에 대해 명확히 알려주는 것에서 그치지 않았다. 엄마가 읽어줄 수 있는 다른 책을 고를 수 있게 했다. 그러면 은솔이는 다시 책꽂이로 가서 점자가 붙은 그림책을 꺼내 엄마에게 건넸다. 이처럼 은선은 자신이 할 수 없는 것에 대해 아이가 명확히 알게 하면서, 동시에 '해줄 수 있는 다른 것'을 함께 알려주며 가능한 부분은 충분히 누릴 수 있게 했다.

아이와 함께
자라는 엄마

은선은 은솔이가 엄마를 떠올리기만 해도 입가에 미소를 듬뿍 머금을 수 있으면 좋겠다고 생각했다. 은솔이와 오래오래 함께 하며 즐길 수 있는 것에는 무엇이 있을까? 그녀는 자신이 할 수 있는 일 중에 은솔이와 함께 즐거움을 나눌 수 있는 것들을 찾기 시작했다.

제가 할 수 있는 선까지는 최대한 노력해요. 최근에는 은솔이 옛날 사진으로 앨범을 만들었어요. 제가 다 아는 것들이 잖아요. 제가 옛날에 살던 집, 제가 옛날에 쓰던 가구. 그런

것들은 제가 그림책처럼 모든 그림을 다 이해하고 있지 않아도 설명할 수 있잖아요. 기억이 나니까. 그래서 사진 앨범은 또 다른 자극이라고 생각했어요.

은선은 은솔이의 어릴 적 사진을 모아 사진첩을 정리했다. 그림책은 점자를 통해 아이에게 설명해주어야 하지만 사진은 달랐다. 사진에는 은선이 직접 경험한, 이미 다 알고 있는 이야기들이 담겨 있었다. 예전에 살던 집, 예전에 사용하던 가구, 온몸으로 느꼈던 은솔이의 모습까지.

은선에게 사진첩은 특별한 그림책 같았다. 그림책을 매개로 은솔이와 이야기하던 은선에게, 사진첩은 색다른 즐거움을 주었다. 기존에 읽던 점자 그림책과 다르게 자신의 기억을 토대로 은솔이에게 설명해줄 수 있어서 좋았다. 다른 사람의 도움을 받을 필요도 없어 훨씬 자유로웠다. 사진을 보며 이야기 나누는 과정은 은솔이에게도 새로운 자극이 되었다.

한번은 은솔이가 어릴 때 목욕하는 사진을 보면서 왜 목욕물에 색깔이 있냐고 물어봤다. 은선은 입욕제를 풀면 물 색깔이 노란색도 될 수 있고, 초록색도 될 수 있다고 설명해주었다. 은솔이에게는 잘 기억나지 않는 어린 시절이었지만, 은선에게는 선명한 시간이었다. 두 사람은 기억 너머의 시간을 되돌아보며 그렇게 새로운 추억을 쌓고 있었다.

'짐이 되고 싶지 않다. 그러려면 내가 잘 살아야겠구나' 하고 생각했어요. 나중에 아이가 한 여자로서의 엄마의 인생도 볼 거 아니겠어요? 그때 뭐가 남을까. 그런 생각이 많이 들었어요.

아이에게 짐이 되고 싶은 부모가 어디 있겠냐마는, 보이지 않는 은선은 남들보다 더욱 경계하는 듯했다. 은선은 은솔이에게 짐이 되지 않으려면 자신이 잘 살아야겠다고 생각했다. 아이의 부모로서 잘 살아야 한다는 의미보다는 김은선이라는 한 사람으로서, 그리고 한 여자로서 잘 살아야겠다는 은선의 다짐이 담긴 말이었다.

은선은 자신의 삶이 은솔이 마음속 거울에 비추어지리라 생각했다. 은선은 은솔이의 거울을 투명하고 아름답게 만들어주고 싶었다. 은솔이의 거울을 밝은 빛으로 채우기 위해서는 은선 자신이 먼저 즐겁고 올바르게 살아야 했다. 그녀는 아이의 거울에 비추어질 모습을 아름답게 가꾸는 것을 엄마에게 부여된 여러 임무 중에서도 특히 중요하다고 여겼다. 거짓말을 하지 않기 위해 주의했고, 무엇 하나라도 허투루 보이지 않게 노력했다. 그녀는 언제나 은솔이의 거울이 반짝일 수 있게 노력하며 살아간다.

은선은 은솔이와 함께 잘 살기 위해서는 어떻게 해야 할지 계속해서 고민했다. 그녀는 마치 다른 사람이라도 된 것처럼 한 발짝 멀리서 자신을 바라보았다. 인간 김은선, 엄마 김은선의 모습이 보였다. 그녀는 자신을 반추하며 생각했다. '나는 아이에게 특별한 엄마일 수도 있겠구나', '내가 보이지 않기에 아이에게 불안한 엄마일 수도 있겠구나' 하고 말이다. 은선은 자신과 아이에게 상처로 다가올 수 있는 사실에도 의식적으로 여유를 가지려고 했다. 자신이 안절부절못하거나 당황하는 모습을 보이면 아이까지 불안해할 수 있다고 생각했기 때문이다.

객관적인 시선으로 꾸준히 자신을 돌아본 은선은 자신의 장점도 분명히 알고 있었다. 은선은 스스로를 상대의 정서적인 반응을 예리하게 포착하는 사람, 감정 표현에 능한 사람이라 말했다. 그녀는 자신의 장점을 토대로 은솔이의 마음을 풍족하게 채워주려고 노력했다. 은솔이에게 상처 주는 상황을 최대한 줄이고 충분한 사랑을 전하기로 했다.

은선은 아이를 훈육하는 상황이나, 아이에게 화가 나는 상황에서는 말하는 것을 피했다. 혹시나 아이에게 말로 상처를 주지는 않을까 걱정되어 일부러라도 그렇게 했다. 은선은 자신의 마음이 정리된 후에 아이와 이야기를 나눴다. 은솔이의 마음에 생채기가 나지 않게 언제나 조심하는 것이다.

은선은 지금 당장의 감정만을 생각하지 않았다. 은솔이와 정서적 유대감을 쌓는 것은 미래를 위한 대비책이기도 했다. 그녀는 눈이 보이지 않는 엄마가 은솔이의 사춘기 때 어떤 의미로 다가올지 미리 생각해보았다. 보이지 않는 엄마로만 자신의 정체성을 나타내서는 안 되겠다고 느꼈다. 공감을 잘해주는 엄마, 내 편인 엄마라는 메시지가 더 크다면 사춘기의 방황이 조금은 덜하지 않을까 생각했다. 은선은 멀리 내다보며 은솔이와의 육아 마라톤을 철저히 준비해갔다.

— **은솔아?**

— **(하던 놀이를 계속하며) 응.**

— **은솔아.**

— **(하던 놀이를 계속하며) 응.**

— **엄마 좀 봐봐.** (웃음) **은솔아 엄마 좀 봐봐.**

— (웃음) **왜 또오~**

— (웃음) **엄마 좀 봐봐. 엄마가 할 말이 있어서 그렇지. 귓속말로 할래.**

— **(엄마에게 다가와서 귀를 대며, 작은 목소리로) 왜?**

— **(아이를 안으며 귀에 대고 작은 소리로) 은솔아 은솔아.**

— **(작은 소리로) 왜?**

— (웃으며 작은 소리로) **은솔아.**

— (작은 소리로) **네.**

— (작은 소리로) **은솔아 사랑해. 은솔아.**

— (작은 소리로) **어.**

— (작은 소리로) **사랑해.**

— (엄마 무릎에 앉아 엄마 목을 끌어안고) **엄마 할 말 있어. 사랑해.**

— **엄마도 사랑해. 은솔이.**

한번은 은선이 떨어져 놀고 있던 은솔이를 불렀다. 몇 차례 불러도 대답만 하던 은솔이는 "엄마 좀 봐봐"라는 말에 하던 놀이를 멈추고 엄마에게 갔다. 은선은 은솔이를 품에 안고 은솔이에게 사랑한다고 여러 번 이야기했다. 은솔이는 엄마의 말을 듣는 내내 보는 사람의 마음도 따뜻하게 만드는 미소를 짓고 있었다. 그리고 아이 역시 엄마에게 사랑한다는 표현을 아끼지 않았다.

이렇게 사랑이 넘치는 두 사람의 관계에는 늘 대화와 표현이 있었다. 누군가와 관계를 맺기 위해서는 내가 그 사람에 대해 이해하고 적응하는 것만 필요하지 않다. 그 사람 역시 나에 대해 이해하고 적응해야 한다. 은선은 누군가를 만날 때 자신의 방식에 그 사람이 적응할 수 있도록 도왔다. 나와 이야기를 할 때도 본인은 표정을 보지 못하기 때문에 불편한 것이 있으면 이야기를 해주어야 한다고 했다. 거슬리는 말을 들었거나 자신이 그런 말을 하지 않았으면 좋겠다고 생각한다면, 그것을 마음에 담아두지 말고 바로 이야기해달라고 말했다. 또한 그녀는 스스로 얼마든지 미안해할 수 있고, 바꿀 수 있다고 말했다.

그녀는 은솔이에게도 같은 방식으로 관계 맺는 방법을 알려주었다. 네가 속상한 것을 누군가에게 이야기하지 않으면 그 사람이 알 수 없다고, 말해줘야만 안다고 설명했다. "은솔이가 말을 해주지 않으면 상대방은 네가 마음이 아프고 속상한 걸 몰라. 만약 말을 하지 않고 참고 싶으면 그렇게 해도 되지만, 너의 마음을 알아주면 좋겠고, 미안하다고 해주면 좋겠고, 사과해줬으면 좋겠고, 더 사랑해줬으면 좋겠다고 생각한다면 말해야 아는 거야"라고 차분히 설명했다.

이는 단순히 다른 사람과의 관계에서만 해당되는 게 아니다. 혹시 은선이 은솔이의 마음을 눈치채지 못했을 때, 은솔이의 마음에 있는 이야기를 들어주지 못했을 때, 아이가 엄마의 말을 떠올렸으면 하는 마음에서 하는 조언이었다. 실제로 은선과 은솔이는 서로 자신의 감정을 숨기지 않고 진심으로 다가갔다.

은솔이는 엄마와의 소통에서 나아가 다른 사람을 이해하고 새로운 관계를 형성하는 방법까지 알게 되었다. 나와 다른 사람이

어도 솔직한 대화를 통해 관계를 형성할 수 있다는 것을 알게 되었다.

'선택과 집중.' 이는 은선에게는 정말 중요한 신조였다. 그녀는 할 수 없는 것에 대해서는 과감하게 포기하고, 자신이 할 수 있는 것에 더욱 집중했다. 그리고 자신이 할 수 있는 일을 늘려가기 위해 다양한 시도를 했다. 은선은 밤에 불을 끄고 점자를 느끼며 책을 읽어주었고, 아이와 이야기를 많이 나눴다. 그녀는 은솔이의 모든 말에 귀를 기울여 공감해주었으며, 정서적인 유대감을 쌓기 위해 최선을 다했다. 점자를 하도 읽어서 손가락이 얼얼해지고 팔이 저릴 정도로 아이에게 책을 읽어주었다. 그녀는 은솔이가 종이비행기를 접어달라고 하면, 신중하게 종이 접은 선을 손으로 만지고 하나하나 맞추어가며 정성껏 접어주었다. 그렇게 은선은 자신이 해줄 수 있는 부분에서는 최선을 다했다. 은선은 현실에 안주하지 않고, 자신의 즐거움을 찾으며 은솔이와 함께 행복해지기 위해 끊임없이 노력했다.

키우는 방식이 다 다르잖아요. 은솔이한테는 제가 최상의 엄마일 거라고 생각하고. 누구든 애한테는 자기 엄마가 최고죠.

은선은 '아이도 부모도 이 세상에 존재하는 그 누구도 완전히 동일할 수는 없다'라는 생각을 늘 마음에 품고 있었다. 세상에는 외모나 성격이 똑같은 사람이 없을 뿐더러 그들이 살아가는 집안 환경, 아이를 키우는 방식 또한 모두 다르다. 그렇지만 많은 것이 달라도 모든 아이에게 자신의 엄마가 최고라는 것은 공통된 마음인 듯도 했다. 그래서 은솔이에게 최상의 엄마는 은선이고, 또 은선은 스스로 그렇게 되고자 노력했다. 이런 생각은 은선에게 자신감을 심어주었다.

은선은 자신이 은솔이에게 최고의 엄마이기 때문에 자신이 해줄 수 없는 것을 생각하며 아이에게 미안해하지 않겠다고 마음먹었다. '엄마는 은솔이를 잘 키웠고, 은솔이가 이렇게 잘 자라줘서 고마워. 엄마는 너에게 해주고 싶던 것을 다한 것 같아'라고 이야기해줄 수 있는 엄마가 되겠다고 결심했다. 아이에게 이런 말을 해주려면 결국 은선 자신이 잘 살아야 하며 아이에게 매순간 사랑을 주어야 했다.

은선은 아이에게 삶을 선물하는 것 자체에 큰 가치가 있다고 생각했다. 그래서 아이를 향한 미안한 마음은 접어두고, 잘해줄 수 있는 면에 집중하기로 했다. 그녀는 앞으로도 이런 마음으로 은솔이와 함께 살아가기 위해 노력할 것이다.

잔소리는 꾹 참고
손은 내밀고

어떤 집에 가면 인형 놀이 장난감이 착 정리되어 있잖아요. 주방 놀이는 주방 놀이끼리, 블록은 블록끼리. 또 블록 놀이 시간에는 블록만 꺼내서 놀고 그러잖아요. 저는 원목 블록이랑 레고 듀플로를 다 섞어놓거든요. 그러면 아이가 원목이랑 레고 듀플로를 섞어서 같이 만들어요. 그냥 틀에 박힌 거는 알게 모르게 계속 세뇌되는 거거든요 사실. 근데 제가 마구잡이로 섞어두는 작은 힌트만 줘도 아이들은 저보다 틀에서 잘 벗어나요.

은솔이가 어렸을 때, 은선은 아이의 모든 장난감을 꼼꼼히 분류하려고 노력했다. 여느 날처럼 은선은 은솔이와 장난감을 정리하고 있었다. 그런데 은솔이가 블록 통에 주방 놀이 과일을 넣고 있었다. 은선은 그곳이 아니라고 말하며 과일 장난감을 다시 옮겨주었다. 아이의 장난감이 늘어날수록 이런 일이 자주 생겼다.

아이의 장난감이 점점 늘어나고 분류하는 일이 버거워진 탓인지 은선은 그날따라 새로운 생각에 휩싸였다. '내일 갖고 놀다 보면 또 섞일 텐데 이걸 왜 이렇게 분리해서 두어야 하지?' 은선은 아이 스스로 정리를 하려고 애쓰는 것만으로도 대견한데, '제자리'를 정해서 통제하는 건 너무 가혹하지는 않을지 은솔이의 입장에서 생각했다. 그녀가 내린 결론은 아이의 장난감을 종류별로 구분해두는 것이 불필요한 제한이라는 것이었다. 그 뒤로는 과감하게 장난감을 다 섞어놓았다.

은선이 기존의 틀에서 약간 벗어나면서 은솔이는 여러 가지 블록을 활용해 다양한 구조물을 만들 수 있었다. 어느 날 은솔이는 엄마에게 장난감으로 만든 작품을 자랑했다. 은솔이는 원목 블록으로 징검다리처럼 침대를 만든 후에 그것을 레고 듀플로 판 위에 올렸다. 그 위에는 악어 인형을 눕혔다. 침대에 누운 악어가 탄생했다. 그러고는 원래는 집의 문처럼 쓰이는 모양의 블록을 꽂아서 텔레비전을 표현했다. 침대에 누워 있는 악어가 텔레비전을 보게 되었다.

은선은 은솔이가 일상적으로 봤던 침대 프레임이 나무였기 때문에 그것을 본떠서 원목 블록으로 침대를 표현했다고 추측했다. 블록을 섞어두지 않았더라면 나무 침대를 접했어도, 플라스틱 레고 듀플로만 사용해야 한다는 강박에 플라스틱 침대를 만들었을지도 모른다. 그런데 은솔이의 장난감은 자유롭게 섞여 있었다. 은솔이는 자신이 본 장면과 더욱 비슷하게 표현하기 위해 플라스틱 레고 블록이 아니라 원목 블록을 선택했다. 은선은 어떤 방향에서든 은솔이를 구속하지 않으려 노력했다.

제가 보이지 않기 때문에 다른 엄마들 기준에서는 사고 내지는 위험할 것 같은 행동에 대해서 덜 제약하죠. 대부분 잘 보이는 엄마는 아이를 많이 통제해요. 빨리빨리 컨트롤할 수 있으니까. 저는 그렇지 않거든요. 저희 엄마, 아빠가 와서 보시면 막 아슬아슬해하시죠. "어어 하지 마"라든지 "어어 위험해" 같은 말이요. "어 올라가면 안 되는데"처럼 제재하는 표현도 저희가 돌볼 때보다 훨씬 많이 하세요. 오히려 저희가 안 보임으로써 그런 면은 좋은 거 같다고 생각했었거든요. 다른 사람이 보면 그게 위험하다고 생각될 수 있어도 저희가 생각할 때는 아이에게 제약을 좀 덜하는? 안 된다는 말을 좀

덜하게 되는 계기가 아닐까.

은선은 보이지 않기 때문에 불안하다는 이유로 아이의 행위를 지나치게 제한하게 될까 봐 염려스러웠다. 마당을 사용할 수 있는 아파트 1층으로 이사를 결심한 것도 은솔이에게 자유를 주기 위함이었다. 어린 은솔이를 데리고 밖에 나가면 계속 아이의 이름을 부르며 구속할 것 같았다. 1층 집을 찾은 순간 너무 만족스러웠다. 층간 소음 없이 뛰어다닐 수 있고 마당까지 있으니 이보다 더 완벽할 수 없었다. 과잉보호를 피하고자 과감히 이사까지 결심한 것이다.

은선의 양육 철칙에는 '의식적인 방임'이 있다. 은선은 보이지 않기 때문에 은솔이에게 더 예민하게 귀를 기울였다. 그러나 주의를 집중할 뿐, 통제하지는 않았다. 웬만한 상황에서는 '안 돼'나 '조심해' 같은 말을 꾹 참고 은솔이의 자존감을 지키기 위해서 노력했다. 아이의 행동을 과도하게 저지하는 순간, 아이는 자신이 하고 있던 행동과 자신이 벌인 상황 전체를 부정당하게 된다. 은선은 은솔이의 신체적 안전만큼이나 정서적 안정도 몹시 중요하게 생각했다.

그녀는 아이가 일으키는 대부분의 문제는 지금 해봐야지 나중에는 하지 않을 수 있는 사소한 장난인 경우가 많다고 했다. 그렇기에 안전사고는 주의해야겠지만, 극도로 예민해질 필요는 없다고 생각했다.

자유로워 보이는 은선과 은솔이도 밖에서 꼭 지키는 약속이 하나 있다. 바로 외출할 때 서로의 손을 꼭 잡고 걷는 것이다.

돌 무렵, 은솔이가 걷기 시작하면서부터 은선은 은솔이의 손을 잡기 시작했다. 아이가 아주 어릴 때부터 손을 잡기 시작했기 때문에 손을 잡는 행동은 은솔이 가족의 암묵적 규칙 혹은 습관과도 같았다. 은솔이도 손잡는 것을 불편하다고 생각하지 않고 자연스럽게 엄마, 아빠에게 적응하며 맞춰가는 듯 보였다. 은솔이는 밖에서는 웬만하면 엄마나 아빠의 손을 놓지 않았다. 그러나 은솔이가 조금 더 크면서부터 상황이 달라졌다. 혼자 걸어 다닐 수 있게 되자 손을 잡아야 한다는 규칙을 잊을 때도 있었다.

— **은솔아! 은솔아! 은솔아!**

— **(대답 없음)**

— **은솔아! 엄마 은솔이한테 할 말 있어.**

— **뭔데! 뭔데!**

— **이리로 와봐.**

— **뭔데?**

— 여기 은솔이가 엄마랑 같이 오고 싶으면 엄마 안 보이는 데로 가면 안 돼. 엄마 안 보이는 데로 가면 안 돼. 알았지? 엄마 보이는 데서 놀아야 돼.

— 응.

— 알았지?

— 응. 엄마.

은선은 밖이라고 해서 계속 아이와 딱 붙어 있지는 않았다. 놀이터나 카페 같은 안전한 장소에서는 아이가 비교적 자유롭게 돌아다닐 수 있게 했다. 다만, 너무 멀리 가면 안 된다고 설명해주고, 엄마의 부름에는 바로 대답해주기로 약속을 받았다. 덕분에 손을 놓아도 크게 불안하지 않았다.

우리가 함께 카페에 있을 때도 은솔이는 자유로웠다. 은선과 내가 이야기를 나눌 때, 은솔이는 바나나 우유와 케이크를 먹고 있었다. 어느 정도 먹은 후, 은솔이는 자리에서 일어났고 엄마 근처의 문으로 걸어가 창밖을 바라보았다. 은선은 아이의 기척을 느끼고 이내 은솔이를 불렀다. 은솔이가 대답하지 않자, 그녀는 은솔이에게 할 말이 있다며 불렀다. 그 말을 들은 은솔이가 "뭔데! 뭔데!"라고 대답하자, 은선은 은솔이에게 자신 쪽으로 오라고 했다. 아이가 엄마에게 다가가자, 은선은 은솔이의 양손을 잡고 얼굴을 마주 보며 엄마 안 보이는 데로 가면 안 된다고, 엄마가 보이는 데서 놀아야 한다고 말했다. 은솔이는 대답했고, 은선은 재차 확인했다.

은솔이는 엄마와 이야기를 마친 후에 다시 문 쪽으로 가서 놀았지만, 이따금 엄마를 바라보았다. 은선은 안전하다고 판단되는 곳에서는 어느 정도 자유를 부여하여 아이를 자신의 틀 안에만 가두지 않으려 노력하고 있었다.

— (놀이터에서 다 놀고) **은솔아! 집에 가자!**

— **내가 먼저! 빨라!** (먼저 계단을 내려간다)

— (멈춰서) **엄마 손 잡고. 은솔아 엄마 손 잡고.**

— **계단으로?** (계단에 멈춰서)

— **엄마 손 잡고.**

— **계단으로?**

— **은솔아. 엄마 기다리고 있어. 엄마 손 잡고.**

— **손. 손 잡아.**

— **이리 와. 이리 오세요.**

— **오고 있어.**

— **응.**

— **어어 왔어.** (엄마 손을 잡는다)

— 응. 옳지 이렇게 하고 다니는 거야.

— 어.

— 응. 은솔아.

— 응.

— 엄마는 은솔이가 보이지 않기 때문에 은솔이랑 엄마랑 밖에서는 꼭 손을 잡고 다녀야 해. 그렇지 않으면 위험해. 엄마는 은솔이가 어디 갔는지 빨리 찾을 수가 없거든. 알겠지?

— 어.

— 은솔이 엄마랑 밖에 약속 알지? 항상 밖에 나오면 엄마 손 이렇게 꼭 잡고 다니는 거 알지?

— 어.

때때로 은솔이가 은선의 손을 놓고 먼저 가는 일이 생기기도 했다. 이럴 때 은선은 은솔이가 자신의 손을 놓은 바로 그곳에 우두커니 멈춰 섰다. 은솔이에게 다시 엄마 손을 잡으라고 말하며 더 걸어가지 않고 은솔이를 기다렸다. 하지만 은솔이는 엄마의 말에도 "계단으로?"라는 말을 반복하며 빤히 엄마를 바라볼 뿐 곧장 엄마에게 오지 않았다. 아마 은솔이가 놀이터 안에서는 엄마 손을 잡지 않고 자유롭게 뛰어다녔기 때문에 밖에서도 혼자 갈 수 있을 것이라 생각한 것 같았다. 은선은 은솔이에게 차분히 말해주었다. "은솔아, 집 갈 때는 엄마 손 잡고 가자." 결국 은솔이는 엄마에게 돌아와 조그마한 손을 내밀었다.

은솔이의 집에는 안내견이 있어서 다른 사람의 도움이 없이 가족끼리 외출할 때가 많았다. 은선과 남편은 아이 둘을 데리고 안내견과 함께 대중교통을 타고 서울에 가기도 했다. 밖으로 나가는 게 아이들에게 좋다고 생각했기 때문에 부지런히 나가려고 했다. 그런데 아이가 걷기 시작하자 마음에 걸리는 부분이 있었다. '아이를 잃어버리면 어쩌지?' 하는 걱정이었다. 그래서 은선은 은솔이의 손을 꼭 붙잡아야 했다. 만약 아이가 손을 놓고 가면, 은선은 바로 아이를 불러서 손을 잡아야 하는 이유에 대해 명확하게 설명했다.

은선은 은솔이가 손을 놓으려고 한다고 버럭 화를 낸다면 서로 감정만 상하고 상처만 깊어질 뿐 해결되는 것은 아무것도 없다고 생각했다. 그래서 늘 침착하게 설명하려고 애썼다. 일단 외출 전 집에서 한 번 차분하게 알려주었다. "밖에서는 엄마 손 놓는 거 아니야. 엄마 손 놓으면 은솔이가 너무 위험해지고 엄마랑 떨어지면 엄마 못 찾을 수도 있어. 절대로 엄마 손 놓으면 안 돼. 집에 들어가서만 손 놓는 거야"라고 설명하고 집을 나섰다. 이유를 명확하게 알려주니 은솔이도 납득하는 것 같았다.

은선이 이미 수없이 설명했어도 은솔이는 손을 놓고 마음대로 가고 싶어 하기도 했다. 이럴 때 은선은 다시금 외출 규칙을 상기시켰다. "엄마는 은솔이가 보이지 않기 때문에 은솔이랑 엄마랑 밖에서는 꼭 손을 잡고 다녀야 해. 그렇지 않으면 위험해. 엄마는 은솔이가 어디 갔는지 빨리 찾을 수가 없거든" 하고 알려주었다. 아이가 스스로 생각해볼 수 있게 "은솔이 엄마랑 밖에 약속 알지? 항상 밖에 나오면 엄마 손 이렇게 꼭 잡고 다니는 거 알지?"라고 질문을 던지기도 했다.

은선은 은솔이가 왜 엄마 손을 꼭 잡고 있어야 하는지, 손을 놓을 경우에 어떤 일이 벌어지게 되는지를 말하고, 약속을 다시 일깨워주었다. 외출 규칙 덕분에 은솔이는 엄마의 울타리 안에서 안전하고 재미있게 놀 수 있었다.

아이와 손을 놓게 되면 보이지 않는 엄마는 아이를 쉽게 찾을 수 없다. 사고의 위험으로부터 아이를 보호할 수 없는 상황에 놓인다거나, 최악의 경우 영영 헤어지게 될지도 모르는 일이다. 아이가 어릴수록 각종 위험은 더 커질 것이다.

그래도 다행인 것은 아이와 손을 잡는 행동은 평생의 숙제가 아니라는 점이다. 아이는 평생 엄마의 품에만 있지 않다. 은솔이가 더 자라면 엄마 손을 잡지 않아도 자기 자신을 보호할 수 있게 될 것이다. 은선은 은솔이가 스스로 자기 자신을 돌볼 수 있을 때까지는 최소한의 규칙을 유지하려고 한다. 아직 어린 은솔이에게 엄마의 손은 꼭 필요한 울타리이기 때문이다.

아이와 잡은 손을 놓지 않는 것, 엄마와 잡은 손을 놓지 않게 하는 것은 아이에게 넓은 세상을 보여주면서도 아이를 안전하게 지키기 위한 방법이다. 그렇지만 은선과 어린 은솔이의 외출 규칙은 언젠가 끝을 맺고 추억 속에 남을 날이 올 것이다.

엄마를 믿는 아이,
거짓말하지 않는 아이

보이지 않는 은선은 보이는 이들과 대화할 때 답답함을 느끼곤 했다. 바로 지시대명사 때문이다. '이것, 저것, 그것'이 무엇인지 도통 알 수 없어서 힘들었다. 사람들이 의식하지 않고 흔하게 사용하는 표현이라 대화 내용을 분명히 이해하기 위해서 지시대명사를 쓰지 않고 얘기해달라고 부탁해야 했다. 그런데 자신을 이해하고 있는 은솔이와 이야기할 때는 지시대명사로 인한 어려움도 뛰어넘을 수 있었다.

— **엄마 여기 봐.**

— **응? 왜?**

— **여기. (엄마 손을 잡아서 자신의 손가락에 갖다 댄다)**

— **(은솔이 손가락을 만지며) 어, 왜 그랬어. 아프겠다.**

— **밴드 붙여줘. 밴드.**

은솔이가 엄마에게 '여기'를 보라고 했다. 엄마가 "왜?"라고 되묻자, 은솔이는 엄마의 손을 잡아서 자신의 손가락에 갖다 대었다. 은선은 은솔이의 손가락을 만져보며 은솔이 손가락에 상처가 나서 아파한다는 것을 알게 되었다.

— **이거. 이거 안 들고 갈 거야. 이거 안 들고 갈 거야.**

— **뭔데?**

— **이거 이거 이거.**

— **어. 잠깐만.**

— **이거 이거. (엄마 손을 잡아서 유모차에 갖다 댄다)**

— **음 유모차?**

— **어.**

— **아 유모차 안 들고 가지. 아가 탈 때 들고 가지?**

은솔이는 엄마에게 "'이거' 안 들고 갈 거야" 하고 말한다. 은선은 '이거'가 무엇인지 묻는 의미로 "뭔데?" 하고 되물었다. 은솔이는 다시 '이거'라는 말을 반복했다. 은선이 은솔이에게 가까이 가자 은솔이는 엄마의 손을 잡아서 유모차에 갖다 대었다. 그제야 은솔이가 말하는 게 유모차라는 것을 알게 되었다.

지시대명사는 가리키는 대상을 함께 볼 수 있다는 암묵적 전제하에 사용된다. 은솔이는 자신이 지칭하는 대상을 볼 수 있지만, 엄마 은선은 그렇지 않다.

아직 어휘 능력이 부족한 어린아이에게 '이거'라는 표현은 많은 단어와 문장을 대신해준다. 어휘력이 부족하지 않더라도 '이거' 하나면 엄마가 보고 알아듣기 때문에 더 이상의 말이 필요하지 않을 때도 있다. 나는 말이 조금 더딘 나의 둘째 아이와 24개월까지 '오끄('이거'의 발음이 안 돼서 나온 표현)'라는 단어 하나로 소통했다. 자신의 그림을 가리킬 때도, 창밖 풍경을 볼 때도, 아픈 곳을 알려줄 때도 '오끄'면 우리의 대화는 원활히 이뤄졌다.

은선과 은솔이는 대화할 때 지시대명사를 사용하기가 어려웠다. 그렇다고 이들이 대화를 제대로 나누지 못한 것은 아니다. 은솔이는 엄마의 방식을 잘 이해했다. 엄마에게 자신의 말을 분명히 알려주기 위해서 '이것'이라는 지시대명사를 사용함과 동시에 엄마의 손을 '이것'에 대어 만져보게 했다. 은솔이가 말을 더 잘하게 되면, 엄마의 손을 끌고 오기보다 '이것'이라는 지시 대명사 대신 '유모차'라는 말을 사용할 수도 있을 것이다. 은솔이는 자신이 말하고자 하는 것과 보고 있는 것을 엄마가 즉시 알 수 있게 하기 위해서 엄마의 보는 방식을 사용하는 것에 점점 더 익숙해져갈 것이다.

— **(박스를 엄마 앞에 내려놓으며) 짠. 우와. 이거 뭘 가져왔게?**

— **그게 뭔데요?**

— **(엄마의 손을 잡아 박스에 갖다 대며) 짠. 이거 만져봐.**

— **(박스를 만지며) 오. 우와.**

— **이건 콩순이 수영장이야.**

은솔이는 엄마가 무엇인가를 직접 만져보고 대답해줘야지 엄마가 진심으로 대답한다고 생각했다. 엄마에게 무언가를 보라고 했을 때, 엄마가 그것을 만져보지 않고 대답하면 대충 말하는 것으로 느꼈다. 그래서 엄마가 만져보지 않고 대답하면 은솔이는 "엄마, 만져봐야지"라고 말했다.

보이지 않는 엄마가 만져보지 않고 대답하는 것은 마치 보이는 엄마가 아이의 이야기에도 다른 할 일을 하면서 뒤도 돌아보지도 않고 답하는 것과 비슷하다. 아이들은 엄마가 꼭 눈으로 확인해야지 비로소 만족한다. 은솔이도 엄마가 만질 때까지 기다렸다. 시큰둥한 엄마의 반응을 보면 아이는 상처 받을 수밖에 없다. 이를 통해 은선은 아이에게 항상 진심으로 반응해야겠다고 생각했다. 그녀는 아이와 이야기를 나눌 때는 빈말이나 거짓말을 하지 않으려 더욱 주의했다.

그녀는 눈이 보이지 않기 때문에 아이가 말해주는 정보에 의존해야 할 때도 있었다. 그래서 아이와 모든 것을 터놓고 이야기할 수 있는 사이가 되어야겠다고 결심했다. 은선은 아이가 엄마에게 사실대로 말해도 혼나지 않을 것이라는 확신이 있을 때, 엄마에게 무엇인가를 숨기거나 거짓말하지 않을 것이라 생각했다. 그래서 그녀는 아이의 행동이나 생각을 억압하지 않으려고 애썼다. 아이가 엄마에게 표현하는 것에 망설임을 갖지 않게 하려는 의도였다.

사소한 일로 야단치지 않고, 다시 기회를 주는 엄마 덕분에 은솔이는 모든 일을 엄마에게 솔직하게 이야기했다.

— **은솔아.**

— **응?**

— **어디 있어?**

— **그네 잡고 있어.**

— **또 타?**

놀이터에서 은솔이는 미끄럼틀에서 내려와 그네로 갔다. 은선은 곧 은솔이에게 "어디 있어?"라고 물었는데, 은솔이는 그네를 잡고 있다고 설명했다. 이런 식으로 은솔이는 사소한 행동까지도 엄마에게 매우 정확하게 알려주었다. 실제로 은솔이는 그네를 타지 않고 그네의 한쪽 줄을 잡고 서서 다른 아이가 그네 타는 모습을 바라보고 있었다.

— (코를 판다) **코딱지.**

— **닦고 오자. 손 닦고 오자.**

— (엄마를 한 번 보고 코딱지를 책장에 묻힌다) **닦고 왔다.**

— **어디다 붙였어?**

— **여기.**

— **은솔아 코딱지는 아무 데나 닦는 게 아니야.** (휴지를 가져온다) **코딱지 어딨어요?**

— **여기.** (엄마 손을 잡아 코딱지 묻힌 곳에 댄다. 엄마가 다른 곳을 닦자 다시 엄마 손을 코딱지 쪽에 대며) **여기.**

— (코딱지를 닦아내며) **이렇게 하면 안 돼. 다음부터. 화장실 가**

서 손 씻고 와요.

한번은 은솔이가 코를 후비고는 엄마에게 '코딱지'라고 했다. 이에 엄마는 은솔이에게 손을 닦고 오자고 했다. 은솔이는 엄마 눈치를 한 번 스윽 보더니, 코딱지를 책장에 묻혔다. 그러고는 엄마에게 닦고 왔다고 거짓으로 말했다.

은선은 은솔이가 코딱지를 제대로 치우지 않았다는 것을 알았을 것이다. 휴지를 찾으러 다녀오는 기척도 없이 금세 치워버렸으니 말이다. 그래서 그녀는 은솔이에게 코딱지를 어디에 붙였는지 물었다.

이때 은솔이는 제대로 치우고 왔다고 우기지 않았다. 곧바로 '여기'라고 하며, 자신이 코딱지를 묻힌 곳을 손가락으로 가리켰다. 은선은 휴지를 가져오며 다시 한 번 코딱지가 어디에 있는지 물었다. 은솔이는 직접 엄마 손을 잡고는 자신이 코딱지를 묻힌 쪽에 갖다 댔다. 엄마가 엉뚱한 곳을 닦자 아이는 다시 엄마 손을 잡고 제대로 된 곳을 닦을 수 있게 도와주었다.

은솔이도 엄마에게 거짓으로 말할 때가 있었다. 하지만 결국에는 엄마에게 상황을 구체적으로 설명하며 솔직히 알려주었다. 아이가 거짓말을 했다고 해도 엄마가 혼내지 않고 차분히 다시 물었기 때문에 아이가 스스로 잘못을 바로잡은 것이다.

— **은솔아 손 씻고 오세요. 은솔이 손 씻고 오세요.**

— (손을 씻으러 갔다 엄마에게 돌아와서) **비누로 씻었어. 비누 하고 나서 물로 안 했어.**

— **물로 헹구고 물기 수건에 닦고 오세요.**

— (다시 엄마에게 와서) **물로 했어.**

— **물기도 톡톡 수건에 닦았어?**

— **응.**

— **잘했네. 멋진 친구네.**

어린이집에서 하원한 은솔에게 은선은 가장 먼저 손을 씻고 오라고 말했다. 은솔이는 손을 씻으러 즉시 화장실로 갔다. 그리고 다시 엄마에게 오더니 비누로 씻었다고 말했다. 그런데 비누칠을 하고 나서는 물로 헹구지 않았다고 덧붙였다. 은솔이의 손을 직접 잡아보지 않고서는 알기 어려운 상황이었다. 은솔이가 엄마에게 말하지 않았으면, 은선은 그 사실을 몰랐을 수도 있다.

은솔이는 엄마가 그 상황에서 즉시 알아차리지 못할 수도 있는 사실까지 이야기했다. 은솔이가 솔직히 알려준 덕분에 은선은 아이에게 비눗기를 물로 씻어내고, 물기를 수건에 닦고 오라고 말해줄 수 있었다. 은솔이는 엄마가 알려준 대로 다시 씻고 왔다. 은솔이는 이렇게 항상 엄마에게 자신의 행동에 대해 상세하게 설명했다.

은선은 은솔이가 솔직하게 말해준 덕분에 당시 상황을 직접 눈으로 보지 않아도 알 수 있었다. 앞이 보이는 엄마라면 아이의 떨리는 입꼬리나 요리조리 시선을 피하는 눈을 통해 거짓말을 쉽게 알아차렸을지도 모른다. 은선은 아이의 표정을 볼 수 없었지만, 당시 상황을 분명하게 알 수 있었다. 전체적인 분위기나 아이의 말투도 도움을 주었겠지만, 분명히 알 수 있었던 것은 솔직한 은솔이 덕분이었다.

— **펭귄 놀이도 하고, 그다음에 공놀, 공을, 어. 어. 토끼의 몸에 붙이기도 했다?**

— **그랬어?**

— **어.**

— **친구들도 다 같이 했어?**

— **아니. 두 명이랑 같이 했어.**

— **두 명이랑? 둘이만 했어?**

— **왜냐면 친구들이 많이 있으면 공이 하나씩밖에 없으니까.**

— **아아.**

— **어. 어. 친구들이 어. 세 개 하는 거야. 세 개.**

— **차례차례 줄 서서 했어?**

— **어.**

— **아. 그랬구나.**

— **차례차례 줄 서서. 내가 선생님해서 내가, 내가 선생님이라서 내가 차례차례 하라고 그랬어.**

— **그랬어? 은솔이가 선생님 했어?**

은선은 처음에 아이를 어린이집에 보내고 마음을 놓지 못했다. 알림장 내용만 보고는 노심초사했다. 하지만 중요한 일이 있을 때는 담임 선생님이 따로 연락을 주었고, 시스템에 아이를 맡겨놓은 이상 믿을 필요도 있다고 생각하며 점차 마음을 편안히 가졌다. 그녀는 아이에 대해 모든 것을 알아야 한다고 생각하는 순간, 알지 못하는 것에 대해 아쉽게 느껴지고 조급해지게 된다고 생각했다. 은선은 그러한 조급함이 자신에게도 아이에게도 아무런 도움이 되지 않는다는 사실을 잘 알고 있었다.

더불어 은선은 은솔이를 믿었다. 그간의 경험을 통해 자신에게 중요한 일에 대해서는 은솔이가 언젠가 반드시 이야기한다는 확신이 있었다. 그래서 은선은 아이와의 대화를 통해 어린이집 생활을 듣는 것만으로 만족하게 되었다. 은선과 은솔은 서로에 대한 신뢰를 기반으로 정보의 한계나 거짓말 문제를 해결해 갔다.

다름을 이해하고 차이를 존중하는 아이

그냥 저희가 안 보이는 게 저희의 특성인 거죠. 아이한테는. 아이는 안 보이는 엄마가 다른 사람들에 비해 모자란다고 생각하지 않고 있잖아요. 그냥 우리 엄마는 이런 사람인 거죠. 안 보이는 사람. 옆집 아줌마는 뚱뚱한 사람, 우리 엄마는 안 보이는 사람, 윗집 아줌마는 친절한 사람. 그냥 그런 사람인데 우리가 그 의미를 너무 아이에게 감정이입을 하면서 크게 생각하고 있지 않나, 아이는 엄마의 상황을 부정적으로 받아들이고 있지 않은데 우리가 부정적으로 접근하고 있지 않나, 그 생각을 했어요. 그러니까 아이가 저를 챙겨주는 행동을

볼 때 안쓰러워진다기보다는 재미있어지더라고요. 접근이 벌써 달라지더라고요. 아이를 안쓰럽게 보기 시작하는 순간 상황이 너무 힘들잖아요. 근데 재미있게 보기 시작하면 다시 뭘 더 하고 싶잖아요. 그렇게 해결이 되더라고요.

은선의 주변에는 다양한 사람이 있다. 자신처럼 보이지 않는 사람뿐만 아니라 보이는 사람이나 다른 장애가 있는 사람에 이르기까지 은선은 폭넓은 인간관계를 맺고 있다. 이런 엄마 덕분에 은솔이도 일찍부터 다양한 이들을 만날 수 있었다. 은솔이는 엄마가 다른 사람들과 함께 어울리는 모습을 옆에서 보면서 자연스럽게 사람들과 관계 맺는 방법을 배웠다.

은솔이에게는 엄마를 통해 알게 된 장애를 가진 친구가 있다. 은솔이는 그 친구와 처음 만났을 때, 크게 어색해하는 기색이 없었다. 지금까지 자신이 겪어온 또래 친구들과 달라도 그 아이에게 맞춰서 재미있게 놀 수 있었다. 은솔이는 그 친구와 함께할 수 있는 새로운 놀이 방법을 탐색했다. 은선은 은솔이의 이런 모습을 보고 아이가 사람에 따라 어떻게 맞춰야 하는지를 잘 알고 있다고 생각했다.

그냥 인정하고, 받아들이고, 누가 무슨 말을 하건 자기 아이

에게 당당할 수 있는 게 엄마의 역할 아닐까요? 엄마가 자존감이 높은 게 아이에게 영향을 주니까요. 아이의 자존감은 엄마의 자존감으로부터 나와야 한다고 생각해요.

은솔이는 '엄마는 이렇고, 다른 누구는 이렇고' 하는 차이에 대해 명확하게 알고 있었다. 보이는 아이가 말을 할 수 있게 되고, 사람들의 '다름'을 구분할 수 있게 되면, 엄마에게 어떤 질문을 하게 되는 순간이 온다. "엄마 장애인이 뭐야?" 또는 "엄마는 왜 장애인이야?" 하고 묻는 것처럼 말이다. 은선은 이런 아이의 질문에 피하지 않고 답해주려고 했다. 그렇게 하기 위해서는 그녀 스스로 자신의 장애를 있는 그대로 받아들일 수 있어야 했다.

더 나아가 은선은 아이가 어떤 것을 질문했는데, 자신이 보이지 않아서 제대로 답해줄 수 없는 상황까지도 받아들일 수 있어야 한다고 했다. 갑자기 은솔이가 '엄마 저게 뭐야?'라는 질문을 하면, 은선은 뭐라고 답해줄 수 있을까?

대체 '저것'이 무엇일지 오만 가지 생각이 들지도 모른다. 보이지 않는 자신의 상황을 예민하게 받아들인다면, '몰라. 내가 그걸 어떻게 알아'라고 신경질적으로 대꾸할 수도 있다. 하지만 은선은 자신의 상황을 당당히 받아들였기에 은솔이의 질문에 적절하게 대답해줄 수 있었다. "엄마가 안 보여서 그런데 저게 뭘까?"라고 솔직히 말하거나, "은솔이는 뭐라고 생각해?"라고 되묻기도 했다.

게다가 엄마의 방식을 잘 이해하고 있는 은솔이는 '저것'이라는 말 대신 엄마에게 구체적으로 설명해주고는 했다. 예를 들어 은솔이는 창밖을 보는 걸 좋아했는데, 마당의 새를 구경하면서 "엄마 짹짹이가 바닥에 걸어 다닌다"라고 말했다. 단순히 새가 있다고 표현하지 않고 자세히 설명해주었는데, 엄마가 상황을 이해해야지 자신과 더 많은 이야기를 나눌 수 있다는 것을 아는 것 같았다.

은선은 자신이 할 수 없는 부분에 대해서는 거리낌 없이 다른 사람에게 도움을 요청했다. 앞이 보이는 사람도 모르는 게 생기면 질문한다. 질문하는 것이 부끄러워하거나 걱정할 일이 아니라고 생각했다. 그래서 그녀는 자신이 알 수 없는 것을 물어보는 은솔이에게 "우리가 다른 사람들한테 물어봐서 같이 알아볼까?" 하고 답할 수 있었다.

그녀는 자신이 모르는 것을 아이가 물어보았을 때, 어떻게 해야 할지에 대한 두려움을 넘어서야지 엄마의 자존감을 유지할 수 있다고 생각했다. 그녀는 자존감을 유지하기 위해서 보이지 않아서 할 수 없는 것이나, 모르는 것에 대해 크게 개의치 않으려고 했다.

은선은 은솔이가 걸어 다니고 엄마의 모습을 뚜렷이 인지하기 시작할 때 긴 치마를 하나 샀다. 집에서 입는 옷이지만 신경 써서 긴 치마나 원피스 같이 편하면서도 예쁜 옷을 장만했다. 아이에게 보이는 자신의 모습에 대해 고민해보고 외적으로도 신경을 쓴 것이다. 은선은 아무리 가족이라도 아이에게 후줄근하게 보이고 싶지 않았다. 특히 아이들의 추억 속에 아름다운 엄마로 기억되었으면 하는 바람이 있었다.

은선은 주부로서 최선을 다하려고 했다. 누군가는 전업주부가 무슨 직업이냐고 할지 몰라도 그녀는 주부를 하나의 직업이라고 생각했다. 주부나 엄마가 자신의 직업이기에 복장을 갖추고 자기 일에 집중하려고 애썼다. 이것은 자신의 모습을 보게 될 은솔이의 자존감을 지키기 위한 하나의 방법이기도 했다.

은선은 은솔이의 자존감을 무척이나 신경 썼다. 그녀는 아이의 자존감이 엄마의 자존감으로부터 나온다고 생각했다. 그래서 자신의 외적인 모습에 신경 썼으며, 눈이 보이지 않는 것도 자신의 특성으로 받아들이기 위해 노력했다. 은선은 장애를 가진 엄마가 자신의 장애에 대해 당당한 것이 엄마가 가져야 하는 자존감이라 여겼다.

은선은 지금은 아이가 시각장애를 가지고 있지 않지만 언젠가 시각장애를 갖게 될지도 모른다고 생각했다. 엄마, 아빠가 눈이 보이지 않기 때문에 은솔이에게 후천적인 백내장이나 녹내장이 올 수 있는 가능성이 다른 아이들보다 훨씬 더 높다고 생각한 것이다. 그녀는 아이의 시력이 지금처럼 일정하지 않을 수도 있다는 것을 항상 염두에 두고 있었다.

은선은 혹시 모를 상황에 대비하기 위해서 내외적으로 단련했다. 내적으로 더 단단하고 외적으로도 당당한 모습을 보이려고 했다. 그녀는 아이가 혹시라도 눈이 보이지 않게 되었을 때, 좌절하지 않고 자신의 상태를 빨리 받아들이기를 바랐다. 또, 재활 의지를 갖고 큰 방황 없이 살아가기를 원했다. 물론 일찍부터 다름을 이해하고 차이를 존중할 수 있는 은솔이의 모습을 보면 큰 방황은 겪지 않을 것이다.

혹여나 이런 상황이 온다면 은솔이는 머릿속에 자신이 봤던 엄마의 모습을 그릴 것이다. 자기 자신을 있는 그대로 받아들이고, 아이 앞에서 당당했던 엄마. 내적으로나 외적으로 모두 아름다웠던 엄마의 모습을 말이다. 이런 모습을 토대로 은솔이는 금방 자존감을 회복할 것이다.

이런 상황이 오지 않더라도 자존감 높은 은선은 은솔이의 좋은 롤모델이 된다. 엄마의 당당하고 긍정적인 모습은 아이가 밝고 자신 있게 살아갈 수 있는 힘이 되어줄 것이다.

최고의 엄마

아이한테는 엄마가 최고라고. 어떤 다른 잘하는 비교 대상이 있어도 은솔이한테는 제가 최고고, 다른 아이한테는 그 아이의 엄마가 최고이듯이 자기 아이한테는 자기 엄마가 최고라고. 그 말만 해주고 싶어요. 그렇게 생각해요.

엄마는 다 힘드니까. 다 힘들고, 다 각자 위로를 찾고. 요즘 시대 엄마들은 더 힘들잖아요. 꼭 장애인 엄마가 아니더라도 대부분 친정, 시댁분들도 다 이제 일을 하시고, 육아를 같이 담당해주는 분은 얼마 안 되고, 옛날처럼 이 집 저 집 같이 공동육아를 하는 시대도 아니고. 아파트나 빌라 문 딱 닫고 들어가면 아이랑 엄마 딱 둘밖에 없고요.

게다가 엄마한테 요구하는 게 사회적으로 너무 많잖아요. 공부도 가르쳐야 좋은 엄마란 소리를 듣고. 잘 놀게 해야 하고, 경험도 많이 시켜주어야 한다고 얘기를 하고. 이 사회가 너무 엄마한테 요구하는 게 많으니까. 옛날에는 엄마가 의식주만 해결하면 됐었거든요. 그럼 옆집에서도 봐주고, 다른 집 가서도 놀고, 마당이며 동네며 아무 데나 뛰어다녀도 상관없었잖아요. 요즘엔 세상이 너무 위험하고, 아이들이 놀 데가 별로 없고. 그러니까 엄마한테 너무 많은 것을 요구하고 책임을 전가해요.

요즘 시대엔 엄마들이 진짜 더 힘든 거 같아요. 그래서 각자 자기가 위로받을 거 찾아서 잘 풀고. 그래야 아이한테 나의 불안이 전가되지 않으니까. 장애인 비장애인 상관없이 그것을 엄마들이, 엄마로서가 아니라 자기 자신으로서 건강해지고 아이를 잘 키워야 좋은 사회가 구성되겠죠.

사랑하는 내 아이에게

엄마를 엄마로 만들어줘서 고마워

은솔아, 내 아가 은솔아!

하나님께서 너를 내게 주셨을 때, 사실 나는 네가 찾아온 것을 이미 알았다고 생각해. 꿈도, 햇살도, 하늘도, 바람도 마치 주위의 모든 것들이 온통 귀한 선물이 찾아왔다는 것을 알려주지 못해 안달이 난 것만 같았어.

네가 태어나 처음 품에 안겨 울음을 그치던 순간. 너를 처음 집에 데려오던 날의 그 무겁고도 따스한 책임감. 배가 고파 가슴을 파고들던 너의 바르작거리는 작은 몸짓들. 코감기에 걸려 답답해하는 너를 세워 안고 앉아서 잠들던 꿈결 같은 밤들. 온 집 안을 엉망으로 만들었던 너의 이유식 소동과 엄마 아빠의 넘치는 기대 속에서 그 작은 발을 내딛던 너의 설레는 첫걸음마.

그러다 어느새 훌쩍 자라 함께 식탁을 차리고, 설거지도 하려 들고, 동생을 돌보고, 엄마도 모르는 척 친구와 몇 시간씩 놀기도 하고, 쿠키를 만들자고 조르고, 슬픈 이야기에 눈물을 글썽이기도 하는 어린이다워진 너의 모습들. 사진을 볼 수 없는 저릿한 안타까움에, 엄마는 때로 작은 비밀 상자 안에서 원할 때마다 너의 모습을 꺼내어 한없이 쓰다듬어볼 수 있다면 하는 생각에, 괜히 아이처럼 생떼를 쓰고 싶어지는 날도 가끔은 있단다.

은솔아, 내 딸 은솔아!

잠든 너의 이마에 이마를 맞대고서 사르르 사르르 규칙적인 너의 숨소리에 녹아들며 네 손을 그러쥐고 있으면, 그러면 말이야, 엄마는 엄마라는 걸 배워본 일 없고 연습해본 적도 없는 초보 티를 네 머리맡에 자꾸만 떨어뜨리는 거야.

남들과 다른 엄마 아빠로 인해 혹여나 네가 버거울까, 닥치지도 않은 날들을 어설프게 걱정하다가 후회하며 다시 쓸어 담기도 하고, 잠든 네가 너무 예뻐서 아담과 이브가 선악과를 따 먹은 게 참 잘한 일인가 생각하며 피식 웃음 짓기도 하고, 조금 더 작았을 때의 너를 추억하며 속절없이 흐르는 시간을 잡아두고 싶은 마음에 안타까워 눈물짓기도 한단다.

부드러운 살결과 앙증맞은 주름들, 보송보송한 솜털에 길고 예쁜 속눈썹까지! 하나도 빠뜨리지 않고 다 외워서 온 힘을 다해 잊지 않고 싶은 마음에 자꾸만 자꾸만 너를 쓰다듬으면, 잠결에 너는 이따금 엄마 손이 귀찮아 돌아누워버리곤 하지만….

내 딸 은솔아!

엄마는 너를 사랑하는 마음이 자라는 만큼 너를 내려놓는 연습을 하기도 해. 네가 찾아오기를 기다리고, 배 속에서 요동치는 너의 몸짓을 느끼며 엄마는 다짐했어. 사랑하는 만큼 한 걸음 떨어져 너를 바라보기로. 내 딸이기 이전에 네가 이 사회를 끌어가는 행복하고 건강한 구성원으로 설 때까지 엄마가 가장 먼저 너를 인격적으로 인정하기로.

네 얼굴이 폭 파묻혀 보이지 않을 만큼 끌어안는 것이 사랑이라면, 한 걸음 물러서서 네 머리부터 발끝까지를 지켜보고, 네 말과 호흡을 자세히 듣고, 엄마라는 이름으로 사랑이라는 이름으로 혹시 너를 내 생각대로만 바라보느라 네가 온전히 너여야만 하는 순간을 잃지는 않는지 늘 살피는 것, 그것도 참 어렵고도 필요한 사랑이라고 엄마는 생각해.

언젠가 이 편지를 네가 읽을 만큼 많이 자라고, 또 혹시나 결혼을 하고 싶어지고 엄마가 되고 싶어질 때, 너도 나처럼 막연한 두려움, 막연한 설렘이 공존하는 이 아름다운 선택과 생명의 경이로움을 느껴보는 날이 오거든, 은솔아. 그때에는 꼭 기억하렴! 우리 가족 곁에는 항상 티 없는 소금처럼 빛나는 사람들이 있었다는 걸 말이야.

네가 태어나던 날에 마지막 외식과 병원 방문을 함께해준 친절한 아빠 친구 이모. 출산 후 아기의 첫날을 사진 속에 담아주고 싶어서 무거운 카메라를 들고 멀리서 찾아오는 엄마 친구 이모. 우리의 불편을 이해하고 병원 시스템도 바꿔보려 애써주신 산부인과 의사 선생님. 언제나 한결같이 어린 아기의 약들을 2밀리리터, 3밀리리터씩 나눠 담아주시는 약사 선생님. 너를 위해 만드는 동화책을 타이핑해주시는 많은 분과 늘 남다른 마음으로 노심초사하실 할아버지와 할머니. 잊을 만하면 찾아와 네가 자라는 모습을 함께 지켜봐주고, 엄마 아빠의 고민을 나눠 가져가는 지인들까지.

엄마는 처음 네가 엄마에게서 떨어져 어린이집에 가던 날에 원장 선생님이 흘린 눈물을 기억해! 네가 태어나던 해에 '은솔이 나무'라며 마당에 나무를 심던 할아버지의 등을 기억해! 너에게 바다를 보여주고 싶어서 고생도 마다하지 않고 엄마보다 더 기뻐하던 이모 삼촌들의 미소를 기억해!

엄마는 늘 너를 믿어. 그리고 그들을 믿어. 엄마는 그들에게서 늘 배우고 느낀단다. 한 아이를 키우려면 온 마을이 필요하다는 말. 그 말의 위력이 얼마나 대단한지, 얼마나 우리를 행복하게 하는지를 말이야.

그러니 은솔아!

너는 너를 믿어주렴. 엄마와 아빠, 그리고 너를 함께 지켜봐주는 따뜻한 사람들이 이토록 너를 사랑하고 있으니. 너는 온전히 네게 집중하고, 거침없이 뻗어나가고, 또 어느 무엇보다 흔들림 없이 네 심장을 믿으렴. 우리의 마음은 언제나 네 손끝이 향하는 곳에 닿아 있고, 너의 눈길이 머무는 자리에서 네가 필요로 할 때를 기다리고 있으니.

그러니 은솔아, 늘 기억하렴!

네가 힘들 때, 두려울 때, 포기하고 싶을 때, 그리고 네가 엄마가 되는 그때 너의 곁에도 소금처럼 빛나는 사람들이 늘 함께일 거라는 것을 말이야.

그리고 또 하나 가장 중요한 건, 우리도 역시 필요한 누군가를 위해 소금과 같은 빛나는 사람들이 되어야 한다는 것. 행복을 찾고, 사랑하고, 또 나누는 것에 망설일 필요가 없다는 것. 그것이야말로 우리가 지금껏, 그리고 앞으로 받을 무한한 사랑에 대한 가장 빛나는 답례라는 것을. 우리 가족 모두 늘 잊지 말고, 감사하고, 또 노력하기를 바란다.

사랑하는 은솔아. 엄마는 네가 딸인 것을 알았을 때 무척 기뻤단다! 엄마처럼 너도 엄마가 되어볼 수 있으니 말이야. 네가 좋아하는 동화

책처럼, 네가 딸을 낳으면 나는 딸이 얼마나 좋은지 얘기해줄 것이고, 네가 아들을 낳으면 아들은 또 아들대로 또 얼마나 좋은지 말해주겠지. 또 네가 아이를 낳지 않겠다고 해도 그건 또 그것대로 훌륭하다고 맞장구를 치겠지. 너를 사랑하는 것으로, 그저 그것으로 행복한 사람. 엄마는 원래 그런 존재니까 말이야.

은솔아!

엄마를 엄마로 만들어줘서 고마워!

너로 인해 내가 더 자라고 더 사랑할 수 있게 해줘서 고마워!

사랑하고, 사랑한다. 내 딸!!!

2020년 7월. 여름 냄새가 짙은 날 밤에. 엄마가.

2장

엄마 이지영과 딸 지윤이의 이야기

"핑크색 신발 살 거야!"

— 엄마, 여기 구두 있어. 뒤에는 꽃무늬가 있고, 앞쪽에는 그냥 리본이 달려 있어. 보라색도 있고, 빨간색도 있고.

— 너 보라색 샌들 집에 있잖아.

— 아니 노란색은 구두야. 구두.

— 어떤 거?

— 이거. (신발을 엄마에게 건넨다)

— 뭐? 이거?

— 어. 여기도. 여기도 있어. 여기도 있어.

— 지윤이 뭐가 마음에 드는데. 신발 어떤 거?

— **엄마, 이거.**

— **지금 신은 게 무슨 색이야 지윤아?**

(중략)

— **지윤이가 딱 확실하게 얘기해주세요. 제일 사고 싶은 게 뭐야? 어떤 신발이 제일 사고 싶어?**

— **아이스크림 모양. 이거 파란색.**

— **이게 사고 싶다고?**

— **응. 엄마, 핑크색이랑 회색도 있어.**

(중략)

— **어떤 게 더 예뻐? 지윤이 마음에 들어?**

— **핑크색.**

— **핑크로 할 거야? 못 바꿔 지윤이. 지금 사면.**

— **어.**

— **확실히 핑크 맞아요?**

— **네.**

— **네. 알았어요.**

보이지 않는 엄마와 보이는 아이가 함께 아이의 신발을 고르며 이야기를 나눈다. 자신이 보고 있는 것을 상세하게 설명해주는 아이와 아이의 의견을 경청하는 엄마의 모습이 매우 자연스럽다. 발에 꼭 맞는 신발처럼 서로에게 안정감과 편안함을 주는 두 사람의 모습에서 어떤 상황에서든 함께 의지하며 걸어나갈 두 사람의 미래가 눈에 선하게 그려진다.

지윤이가 갑자기 엄마에게 발이 아프다고 말했다. 처음에 지윤이는 "발 옆이 너무 아파"라는 말만 되풀이했다. 지영이 자세히 묻자 지윤이는 "엄마. 이쪽 엄마", "여기랑 여기"라는 말을 하며 여러 차례 엄마의 손을 아픈 부분에 갖다 댔다. 지윤이가 제대로 알려준 덕분에 지영은 아이의 아픈 곳을 분명히 알 수 있었다. 그리고 편한 신발을 사기 위해 매장으로 향했다.

지윤이는 매장에 있는 많은 신발 중 마음에 드는 신발의 색깔과 모양을 엄마 지영에게 자세히 설명한다. '영. 육. 일' 하고 신발에 붙어 있는 사이즈 표의 숫자를 읽기도 하며, 요리조리 열심히 신발을 살펴본다.

지윤이가 마음에 쏙 드는 단 한 켤레의 신발을 고르기까지는 꽤 오랜 시간이 걸렸다. 신발을 구경하는 사이 지윤이의 마음이 몇 번이나 바뀌었기 때문이다. 지윤이는 뒤쪽에는 꽃무늬가 있고 앞쪽에는 리본이 달린 노란색 구두를 한참 살피다가, 핑크색 신발로, 또다시 아이스크림 모양의 파란색 신발로 눈길을 돌렸다. 또 다른 하늘색 신발을 마음에 들어 했다가, 위쪽이 반짝거

려서 예쁜 아이스크림 모양의 회색 신발로 마음이 갔다.

이것저것 살피던 지윤이가 최종적으로 선택한 신발은 핑크색 신발이었다. 아이의 마음이 왔다 갔다 하는 사이 지영은 아이의 의견을 들으면서 아이가 스스로 선택할 수 있게 몇몇 질문을 던질 뿐이었다. 지영은 차분히 아이를 기다려주었다. 덕분에 지윤이는 자신이 가장 원하는 예쁜 핑크색 신발을 골라서 살 수 있었다.

지영은 아이에게 선택할 기회를 주고, 아이가 선택한 결과를 존중하는 것을 매우 중요하게 여겼다. 그녀가 생각하는 엄마의 역할은 아이와 자신에게 놓여 있는 상황을 분명하게 알려줌으로써 아이가 최선의 선택을 할 수 있게 도와주는 것이었다. 즉, 엄마가 할 수 있는 최대한의 역할은 조력자일 뿐, 최종적으로 선택의 결정권을 쥔 사람은 아이였다.

나는 지영의 생각을 듣고 깊은 상념에 빠졌다. '그간 아이의 의견을 들으며 물건을 산 적이 있었던가?' 하는 질문이 머릿속을 가득 채웠다. 아이의 물건을 살 때조차 아이의 의사는 별로 중요하게 고려하지 않았다는 것을 깨달았다. 물론, 아이의 취향이 확고해지거나 스스로 나서서 선택하려고 한다면, 나 역시 아이의 뜻을 존중할 것이다. 하지만 일찍부터 의도적으로 아이에게 선택하는 방법을 알려줘야 할 필요는 느끼지 못했다.

나와 지영의 차이는 여기에서부터 시작한다. 나에게 아이의 선택권을 존중한다는 것은 단순히 아이의 취향을 고려한다는 뜻이다. 하지만 지영이 지윤이에게 스스로 신발을 고르게 하는 것에는 신발 한 켤레를 고르는 것 이상의 의미가 담겨 있었다. 그녀는 지윤이가 자신의 삶 속에서 마주하게 될 수많은 선택의 갈림길에서 최선의 길을 선택할 수 있게 준비시키는 중이었다.

원하는 신발이 있는 매장을 고르는 일부터, 신발을 꼼꼼히 살피고 선택하는 일까지 눈이 보이지 않는 지영에게는 한계가 있었다. 직원에게 일일이 물어보거나 신발들을 손으로 만져보기는 쉽지 않았다. 아마 지영은 이런 이유로 더욱 지윤이의 선택을 존중했을 것이다.

지영은 아이가 자발적으로 결정하면, 그로 인한 결과를 받아들이기가 쉬우리라 생각했다. 또, 엄마가 일방적으로 물건을 사주었을 때보다 아이가 충분히 고민하고 샀을 때, 자신이 선택한 물건에 대한 애착이 클 것이라 보았다. 그래서 지영은 지윤이의 선택권을 존중하려 노력했다. 그녀는 아이에게도 나름의 판단 기준과 성향, 가치관이 있는데 부모가 그것을 무시하거나 자신의 판단이 최선인 양 강요하는 것은 옳지 않다고 했다.

그녀는 아이에게 한번 선택권을 주기로 한 것은 일관성 있게 유지하려고 했다. 많은 부모가 아이를 기를 때, 나름의 육아 원칙을 세우고 따르려 노력한다. 어떤 원칙은 비교적 쉽게 타협할 수 있지만, 어떤 것들은 절대 타협할 수 없는 자신의 가치관과 직결되는 것이다. 지영에게 있어 아이에게 선택권을 주고, 그것을 일관성 있게 유지하는 것은 매우 중요한 육아 원칙이었다. 원칙을 세울 때 분명한 이유와 소신이 있었기에 쉽사리 흔들리지 않고 지켜갈 수 있었다.

지영은 지윤이를 돌볼 때, 남편뿐만 아니라 친정 식구들, 시댁 식구들, 홈헬퍼, 활동지원사 등 많은 이들의 도움을 받았다. (홈헬퍼는 서울시 여성 장애인을 대상으로, 임신·출산·육아를 지원하는 역할을 한다.) 그녀는 양육에 관여하는 사람이 많기 때문에 양육 원칙을 일관성 있게 지키기가 쉽지 않을 것으로 판단했다. 그래서 일관성을 유지할 수 있는 세부적인 규칙을 세워갔다.

예를 들어 간식거리를 정하는 것에서는 기준이 쉽게 혼동될 수 있을 것으로 예상했다. 그래서 지영은 처음부터 지윤이가 먹을 수 있는 간식 종류에 대해서는 별다른 제한을 두지 않았다. 대신 먹기 전에 일정한 개수를 정해주고, 먹고 난 후에는 반드시 이를 닦아야 한다는 원칙을 세웠다.

전자 기기 사용에도 나름의 기준이 있었다. 지영과 남편은 컴퓨터나 핸드폰 같은 전자 기기와 연관된 직업을 갖고 있다. 그렇다 보니 전자 기기를 자주 만지는 모습이 자연스럽게 지윤이에게 노출될 수밖에 없었다.

지영은 지윤이가 두 돌이 되기 전부터 아이패드로 영상물을 보게 했다. 많은 부모가 경계하는 일을 의외로 쉽게 허락해준 것이 참 신기했다. 보이지 않는 지영은 자신이 알려줄 수 없는 지식을 영상을 통해 배울 수 있을 것으로 생각하여 지윤에게 전자기기를 일찍부터 내주었다. 대신 전자 기기 사용과 관련된 명확한 원칙을 정해서 지켰다.

그녀는 영상을 볼 때도 아이의 자율성을 인정했다. 지윤이 스스로 영상을 선택해 관심이 가는 것을 재미있게 보면서도 무의식중에 자연스럽게 학습이 일어날 수 있는 환경을 제공했다. 다만, 사용 시간을 제한해 그 시간이 지나면 자동으로 접속이 끊어지게 했다. 또, 지윤이가 영상물을 보는 동안에 지영은 자신만의 시간을 갖거나 다른 일을 하지 않았다. 영상의 소리를 함께 듣고, 계속 지윤이에게 질문을 던지며 영상의 내용을 토대로 교감하고 상호작용했다.

지영은 자극을 주고 안 주고 하는 문제보다는, 그것을 활용하는 부모의 역할을 더욱 중요하게 생각했다. 영상을 무조건 제한하기보다는 아이와 함께 놀며, 다양한 얘기를 나누고 교감하는 것이 더 필요하다고 여긴 것이다. 그녀는 장난감을 갖고 놀 때도 아이와 함께해야 한다고 생각했다. 지영은 아이에게 장난감만 주고 '혼자 놀아'라거나 '이거 해'라고 말만 해서는 안 된다고 했다.

어떤 이들은 아이와 놀이하는 시간을 두고 '놀아준다'고 표현한다. 하지만 지영은 아이의 놀이 세계로 함께 빠져들어 동참했다. 그녀는 아이의 눈높이에 맞춰 부모도 즐기며 함께하는 게 중요하다고 생각했다.

지영은 자신이 보이지 않기 때문에 자신이 직접 지윤이에게 가르쳐주기 어려운 지식이 있다는 것을 인정한다. 그런 부분에서는 영상이나 다른 양육자의 도움을 받더라도, 자신이 할 수 있는 부분에서는 최선을 다하려고 했다.

예를 들어 그녀는 아이에게 신중하게 생각할 수 있는 힘을 길러주고 싶었다. 그래서 아주 사소한 것일지라도 아이가 직접 선택할 수 있게 했다. 지영은 위험하거나 극단적인 경우를 제외하고, 가능하면 아이의 선택을 존중하려고 노력했다. 앞으로 지윤이는 성장해나가면서 맞닥뜨리게 될 일들을 스스로 고민하고 선택하는 것이 어색하지 않을 것이다. 지영은 아이가 자신의 선택과 그 결과까지 인정하고 받아들일 수 있는 사람이 되기를 바랐다.

아이를 언제까지나 엄마 품속에 끌어안고 있을 수만은 없다. 양육의 최종 목표는 혼자 일어설 수 있는 자립에 있다. 누군가는 지윤이의 세상살이 연습이 너무 빠르고 냉정하다고 말할지도 모른다. 하지만 지영은 지윤이를 방치하지 않았다. 그녀는 언제나 아이의 옆에서 아이의 의견을 듣고 조언하며, 선택권을 존중했다.

지영의 육아 원칙 덕분에 이들은 날개 달린 신발을 신은 듯이 서로의 생각을 구속하지 않으면서도, 두 손을 꼭 잡고 함께 멀리 멀리 날아갈 수 있을 것이다.

굳은 심지의 엄마와
감정이 섬세한 아이

85년생 이지영이 처음부터 앞을 보지 못했던 것은 아니었다. 또렷이 잘 보이는 눈을 갖고 살다가 고등학생 때 사고로 중도 실명하게 되어 완전히 다른 삶을 살게 되었다.

사고 이전, 지영은 노는 걸 마냥 좋아하는 철부지 고등학생이었다. 어느 날 타고 있던 차량이 전복되는 교통사고가 발생하면서 그녀의 성격은 몹시 내성적으로 변했다. 실명 이전에는 아무 어려움 없이 했었던 것들을 하지 못하게 되었을 때, 그녀는 큰 자괴감을 느꼈다.

다섯 살이라는 어린 나이에도 혼자서 할머니를 모시고 한의원에 찾아갈 수 있을 정도로 길눈이 밝은 지영이었으나 보이지 않게 되자 방향이 10도만 바뀌어도 방향감각을 완전히 잃어버렸다.

지영은 실명 이전에 보았던 것이 도움이 되기도 하고, 새로운 것을 이해하는 데에 방해가 되기도 한다고 했다. 보았던 기억을 직접 활용하거나 그때의 기억을 토대로 무엇인가를 재구성할 때에는 편리했다. 하지만 오히려 그것이 마치 고정관념처럼 작용하기도 했다.

제가 보일 때는 저녁에 집에 딱 들어왔을 때, 음식 냄새가 먼저 맡아지지 않았어요. 근데 다치고 나서 안 보이게 되었을 때는 집에 딱 들어오면, "아 오늘 저녁 메뉴는 ○○네요?"라는 소리가 먼저 나와요. 음식 냄새가 나니까. 그리고 다치기 전에는 밖에서 나누는 대화 소리, 아니면 음악 소리 같은 거에 별로 집중을 안 했어요. 근데 지금은 집중할 수밖에 없잖아요. 그러니까 예전에는 집중을 안 해서 못 들었던 소리가 이제는 자연스럽게 들리는 거예요.

눈으로 어떤 대상을 볼 수 없는 상황은 그 대상을 파악하기 위해 시각이 아닌 다른 감각들에 집중하게 했다. 지영은 시력을 잃고 난 후 이전과는 달리 냄새와 소리에 더 집중할 수 있게 되었다. 이전에는 집중을 안 해서 못 들었던 소리가 자연스럽게 들렸고, 냄새와 감촉이 더 세밀하게 느껴졌다. 지영은 이런 변화를 "볼륨을 50 정도로 낮춰놨던 거를 100으로 올린 것 같다"라고 표현했다. 그녀는 자연스럽게 다른 감각에 더 의존하게 되었다.

사고 직후 지영은 죽음의 문턱을 넘나들며 3개월 가까이 중환자실에서 지냈다. 그녀가 중환자실에 입원했을 때부터 퇴원하고 재활 치료를 받을 때까지 가족들은 지영을 헌신적으로 돌보았다. 지영이 생사의 갈림길에 있을 때 그녀의 엄마는 병원 복도에 돗자리 하나를 깔아놓고 지냈다. 지영이 어느 정도 회복하고 재활하러 다닐 때는 아빠가 항상 함께했다. 당시 중학생이었던, 지영보다 네 살 어린 여동생은 사춘기 시기에 부모님의 우선순위에서 밀려난 것은 아랑곳하지도 않고, 그저 언니에게 필요한 일이라면 무엇이든 도와주고 싶어 했다.

지영은 사고 후 회복하는 과정에서 가족이 고생하는 것을 보며 많은 것을 느꼈다. 그녀 자신도 힘든 과정을 거치면서 이전과는 완전히 다른 사람이 되었다. 사고 이전에 했던 행동들은 상상도 못 할 만큼 전혀 다른 삶을 살게 된 것이다. 지영은 가족을 더욱 소중하게 생각하게 되었고, 사고가 난 것에 대해 크게 원망하지도 않았다.

지영은 가족으로부터 많은 도움을 받았기 때문에 힘든 일이 있어도 내색할 수가 없었다. 함께 고생한 가족들에게 늘 미안한 마음이 들었다. 자신의 감정을 숨기며 지내온 지영은 훗날 엄마가 되면 아이가 어떤 이야기라도 편하게 나눌 수 있는 상대가 되어주고 싶었다.

지영은 갑자기 보이지 않게 되었기에 혼자서는 자유롭게 보행할 수도 없었다. 다른 누군가의 도움 없이는 쉽게 할 수 있는 게 거의 없었다. 당연했던 것들을 잃자 지영은 깊은 생각에 잠겼다. 지영은 '안 보이는 내가 할 수 있는 게 뭐가 있을까?' 계속 생각했다. 마음이 힘들다고 누워 있기만 할 수는 없었다. '가족들을 생각하자, 빨리 일어나서 털어보자'라고 생각했다. 그녀는 새로운 상태에 빠르게 적응해서 뭐라도 해야겠다고 결심했다.

혼수상태로 오랜 기간 입원해 있었던 지영의 근육은 다 퇴화했다. 체력이며 갑자기 잃은 빛이며, 낯선 환경은 공부를 다시 시작하기도 어렵게 했다. 그래도 어떻게든 새롭게 시작하려고 알아본 맹학교에서는 점자를 배워서 오라고 했다.

지영은 일단 가까운 복지관의 기초 재활 프로그램을 통해 점자, 컴퓨터, 보행을 배웠다. 그녀의 의지는 대단했다. 그녀는 집에 돌아온 지 6개월 만에 프로그램을 이수하여 가족들은 물론이고, 복지관 강사들까지 놀라게 만들었다. 지영의 새 출발이 시작되었다.

결국 그녀는 검정고시로 고등학교 졸업장을 취득한 후 대학에 입학해 사회복지를 전공했다. 그러나 사회복지 업무에는 앞을 봐야지 수월한 것들이 많았기에 일자리를 구하는 게 만만치 않았다. 그녀에게는 컴퓨터나 점자를 가르치는 일 정도가 허락되었다. 이런저런 일을 하다가 지금은 재택근무로 시각장애인 웹 접근성 관련 업무를 하고 있다.

현재 지영은 보이지 않는 남편과 한 명의 자녀와 함께 살고 있다. 그녀의 남편은 미숙아로 태어났다. 신생아용 호흡기가 필요했으나, 병원에 제대로 마련되어 있지 않았다. 산소포화도를 제대로 조절하지 못한 탓에 시신경에 손상을 입고 시력을 잃게 되었다.

그들은 장애인을 대상으로 기술 교육을 제공하는 직업교육원에서 처음 만났고 오랜 기간을 함께했다. 각자 보이는 배우자를 만났더라면 자신의 몸도 편하고 배우자로부터 도움을 받았을지도 모른다. 하지만 지영은 자신이 상대방에게 꼭 해줘야 할 것을 못 해주는 데에서 오는 자괴감이 분명히 있으리라 생각했다. 그로 인해 서로 불편해지거나 주위 사람들한테 어떤 이야기를 듣게 되면 스스로 견딜 수 없을 것 같았다. 그리고 아무리 사랑해서 결혼하더라도 보이지 않는다는 것이 어떤 부분에서 어떻게 힘든지를 과연 상대가 얼마만큼 이해해줄 수 있을까 하는 생각에 마음이 좋지 않았다.

게다가 여자인 지영에게는 엄마로서, 아내로서 해야 할 일들이 너무 많이 요구되었다. 챙겨야 할 것도 많았다. 안 보여서 다른 엄마들처럼, 아내들처럼 못 해줬을 때 느끼게 될 착잡한 마음들을 혼자서 감당할 수 있을까 하는 생각도 들었다. 오히려 똑같이 안 보이면 서로 부담 되는 게 없을 것 같았다.

장기간의 연애를 마치고 결혼 이야기가 오갈 때, 지영은 안 보이는 며느리를 얻는 것을 탐탁지 않아 하던 시부모의 반대에 부딪혔다. 시부모는 본인들이 아들에게 해주던 역할을 앞이 보이는 며느리가 대신해줄 수 있기를 바랐다. 하지만 남편과 지영의 사랑은 시부모의 반대라는 장벽도 넘게 했다. 남편의 강한 반발 끝에 시부모는 지영이 선천적 전맹이 아닌 사고로 인한 실명이기에 아이에게 유전이 되지 않음을 명분으로 결혼을 승낙했다. 결혼 후에는 채 1년도 되지 않아 아이를 안 갖느냐고 재촉할 정도였다.

가족계획을 세운 후에는 곧 임신이 되었다. 지영은 임신 소식에 정말 기뻤지만, 임신 초기에는 아이의 존재를 실감하기 어려웠다. 약간의 입덧밖에 변화가 없어서 잘 느끼지 못하다가 태동이 시작되자 배 속 아이를 분명히 느낄 수 있었다.

임신 중 지영은 좋은 기회가 생겨서 아이의 초음파 사진을 3D 인형으로 받게 되었다. 초음파 사진을 직접 볼 수 없었기에 한껏 기대했으나 손끝에 굴곡이 느껴질 뿐 생김새가 쉽게 그려지지는 않았다. 결국 지영은 실명 전에 보았던 기억을 조각조각 모아 아이의 모습을 그려갈 수밖에 없었다.

그녀는 임신 후, 무엇 하나 부족함 없이 준비하기 위해 애를 썼다. 인터넷 검색을 통해 육아 정보를 얻었고, 같은 지역 내 모임 카페에 들어가 쓸 만한 중고 물품을 찾아 구해두었다. 장애인 산모나 취약 계층에게 후원해주는 것들도 미리 지원해서 받아 놓았다. 꼼꼼하고 철저한 부부는 초기 준비를 부족하지 않게 마쳤다.

새벽 한 시가 넘은 시각에 진통이 왔다. 지영은 차분히 대처했다. 남편을 깨우고 샤워를 한 후에 119를 불렀다. 40주하고 5일. 3.3킬로그램의 여자아이가 태어났다.

지윤이는 2016년생 여자아이다. 지윤이는 활발하고 에너지가 넘치는데, 나를 만날 때마다 쉴 새 없이 다양한 놀이를 이어갔다. 노래에 맞춰 한참 춤을 추기도 하고, 트램펄린에서 뛰는가

하면, 장난감 도서관에서 빌려 온 새 장난감을 가지고 이런저런 새로운 놀이를 시도하기도 했다. 이때, 지영은 지윤이의 놀이 상대가 되어 웃음이 끊이지 않게 함께해주었다.

지윤이는 생후 38개월부터 어린이집에 다니기 시작했다. 변화에 민감한 지윤이는 초기 적응에 어려움을 겪었고, 꽤 오랜 기간 등원을 거부하였다. 지영은 지윤이가 감정이 섬세하기 때문에 새로운 환경에 바로 적응하는 데 어려움이 있었다고 생각했다. 잘하는 아이로 보이고 싶은 심적 부담감도 꽤 컸던 것 같다고 말했다. 지윤이는 처음에는 예민하게 반응했지만, 눈치가 빠르고 워낙 새로운 것을 좋아하기 때문에 점점 어린이집에 적응해갔다.

사실 지영과 남편은 아이를 둘은 갖고 싶었다. 남편도 형제가 있고 지영도 자매가 있기에 부부는 당연하게 둘을 낳아서 기르자고 이야기했다. 하지만 인생은 계획대로만 되지 않는 법이다. 지윤이를 낳고 키우면서, 이 과정을 다시 잘해낼 수 있을까 하는 의문이 들었다. 또, 첫째의 양육에만 집중하기도 약간 버겁다고 느꼈다. 부부는 우선 지윤이에게 더욱 정성을 쏟으며, 가족계획을 여전히 고민하는 중이다.

남편에게 '지윤이가 오늘 이런 일이 있었고 이런 행동을 했는데 고민이다'라고 하면, 남편도 '그래? 그러면 이렇게 해 보는 건 어때?'라거나 '뭐 찾아보면 어떻게 뭐라고 나와?'라고 말해요. 제가 하도 검색을 잘하는 걸 아니까. 그러면 저는 '이렇게 저렇게 하라고 하는데, 우리랑 안 맞는 거 같아. 지윤이랑은 안 맞는 거 같아'라고 하죠. 그러면 또 남편은 새로운 방법을 찾아보자고 말을 해주니까. 실제로 도움을 주지는 못하더라도, 해결의 실마리는 주지 못하더라도, 뭔가 얘기하면 대화가 엄청 오가죠. 거의 대화의 초점이 지윤이니까요. 입만 열면 지윤이 얘기.

보이지 않는 이들이 대화를 나누지 않으면, 보이는 이들이 대화를 나누지 않는 것보다 더 큰 단절을 불러올 수 있다. 대화를 나누지 않으면 한집에 있어도 서로가 어디에서 뭘 하고 있는지, 어떤 모습인지, 그리고 어떤 표정을 짓고, 어떤 생각을 하는지를 알아낼 수 없기 때문이다. 그래서 지영과 남편은 습관처럼 대화했다.

아침에 출근하면서 전화하고, 점심시간에도 전화하고, 퇴근하고 집으로 오면서도 전화를 했다. 지윤이가 태어나기 이전, 부부는 자신들에 대한 이야기를 주로 했지만, 지윤이가 생기고부터는 주로 아이에 대해 말했다. 지윤이가 아침에 어린이집에 잘 갔는지, 오늘은 어땠는지, 아이는 뭐 하고 있는지 등 입만 열면 지윤이 얘기를 했다.

부부는 지윤이의 양육에 대해 생각이 겹치면 서로 더욱 지지하고 힘을 보태어준다. 때로는 생각이 전혀 다른 부분도 생기는데, 타협점을 찾을 때까지 계속해서 대화를 나눈다. 완벽히 맞추기는 어려울지라도 계속 대화를 나누다 보면 생각의 간극이 점점 좁아진다.

지영은 임신을 계획하며 남편과 일찍부터 양육관에 대해 이야기했기에 아이를 기르면서 별다른 갈등을 겪지는 않았다. 아주 어릴 때부터 앞이 보이지 않았던 남편은 부모의 지원을 많이 받았다. 반대로 지영은 중도에 시각장애를 갖게 되어 스스로 노력하며 재활했다. 상황은 달라도 둘 다 공통으로 생각했던 것이 한 가지 있었다. 부부는 아이가 싫어하는 것은 억지로 시키지 않기로 했다. 공부든 뭐든 아이의 뜻을 존중하는 것을 중시했다. 대신, 남에게 피해를 주지 않게만 기르자고 했다. 덕분에 지윤이는 어린 나이에도 자기주장을 펼칠 수 있는 당당한 아이로 커가고 있었다.

지영은 자신이 가진 장애 안에서 스스로 할 수 있는 부분을 찾고, 하기 어려운 일은 다른 방법으로 바꾸어 시도하는 것에 능했다. 그녀는 자신이 잘할 수 있는 부분에 집중하고, 못하는 부분에 대해서는 과감하게 포기하고 도움을 받는 게 좋다고 생각했다. 지영은 자신이 아무리 애쓰고 방법을 달리해보아도 아이에게 해줄 수 없는 것들에 대해서는 빠르게 다른 이에게 도움을 요청했다.

선생님들이 무슨 활동 했다고 사진을 올려주시더라고요. 저는 여동생한테 부탁해서 한 번씩 들어가서 지윤이 잘 나온 사진 있으면 다운받아서 달라고 해요. 평소에 선생님들(홈헬퍼와 활동지원사)이 찍어주시는 사진도 한 번씩 제가 압축해서 동생한테 보내서 골라달라고. 지울 만한 건 지우고. 사실 그런 건 눈으로 봐야 하는 작업이니까. 제가 사진 내용을 일일이 파악하고 가지고 있기에는 너무 많아서 그렇게 할 수는 없고. 그냥 나중에 지윤이를 주든지, 아니면 필요할 때 쓰든 해야 되니까 데이터처럼 가지고 있는 거죠.

지영은 여동생에게 부탁해서 어린이집 카페에 업로드된 사진 중 지윤이가 잘 나온 사진을 내려받는다. 평소에 찍은 지윤이 사진들을 동생에게 보내서 사진 정리를 부탁하기도 한다. 지영은 자신이 직접 활용하기는 어려웠지만, 타인의 도움을 받아 사진을 데이터처럼 갖고 있었다.

(지윤이의 보육 수첩을 보며) 영양과 튼튼 놀이로 브로콜리 가루로 그림을 그렸어요. 그림? 그림 그리는 브로콜리 가루가 뭐 따로 있나. 브로콜리를 풀어가지고 한다는 건가? 흰 도화지 위에 딱풀로 그림을 그린 뒤 브로콜리 가루를 뿌리고 손바닥으로 쓱쓱 문질렀어요. 딱풀 도화지에 붙어 나타나는 가루를 보며 신기해했어요. 브로콜리 냄새를 맡고 초콜릿 냄새 같아요라고 표현했어요. 즐거운 가족 여행 보내고 오세요.

지윤이 어린이집에서 온 보육 수첩을 활동지원사가 지영에게 읽어주고 있었다. 지영은 주중에는 활동지원사와 홈헬퍼의 도움을 받고 있다. 이들은 보육 수첩과 가정 통신문, 우편물 읽기, 식사 준비, 장보기, 놀이터에 함께 나가기, 어린이집 등·하원 길에 동행하기 등을 도우며 지영의 새로운 눈이 되어주고 있다.

— **전에는 그네도 잘 안 탔던 애인데, 탄다고. 그네는 지가 혼자서 아직까지 그거를 못 하잖아. 밀어주니까 "나 혼자 할 수**

있다" 그러면서.

— (웃음)

— **지 혼자 할 수 있대. 그래서 내가 비켜 나와 있으니까 그 옆에 큰 애 할머니가 지윤이 쳐다보면서 "밀어줄까?" 하니까 "내릴 거예요" 하면서. (웃음)**

— (웃음) **내렸어?**

— **응. 그네 사이즈도 딱 타기 좋은 사이즈고.**

— (지윤이 소리를 지른다)

— **뭐 하고 있어요? 지금?**

— **지금 사슴 기구 타고 있어.**

지영은 활동지원사와 함께 놀이터에 가면, 놀이터의 모습이 생생히 눈앞에 그려지는 듯했다. 활동지원사는 지윤이가 하는 행동이나 놀이터의 풍경, 놀이터에 있는 사람들의 모습을 상세히 알려주었다. 또, 지금 지윤이가 어떤 놀이 기구를 타고 있는지, 지윤이가 어떤 사람들과 어떤 상호작용을 하는지 지영에게 구체적으로 설명해주었다. 덕분에 지영은 마음 편히 따사로운 햇살을 느꼈고, 지윤이는 놀이터 곳곳을 누비며 신나게 뛰어놀았다.

자신의 능력을 명확하게 인지하고 지혜롭게 대처한 엄마 덕분에 지윤이는 별다른 제약 없이 편안하게 세상에 적응하고 있었다.

온몸으로 아이를 이해하는 일

눈으로 한 번에 딱 캐치할 수 있는 게 없으니까. 그래서 얘기도 더 많이 하게 되는 거 같아요. 더 깊게 물어보게 되는 거죠. 애가 뭔가 말을 하면 귀담아듣게 돼요. 더.

아이를 한눈에 파악할 수 없다는 것은 아이를 이해하기 위해 더 많은 시간과 노력을 기울여야 한다는 것을 의미한다. 지영은 지윤이가 지금 어떤 생각을 하고 있는지, 무엇이 필요한지, 어떤 기분인지를 표정에서 읽을 수 없었다. 그래서 지윤이에게 더 주의를 기울이려고 노력했다.

지영은 여러 곳에서 꼼꼼히 단서를 모아 머릿속에서 사건을 재구성하는, 지윤이만의 전담 탐정이었다. 지영은 지윤이가 평소에 하는 말이나 행동, 분위기를 단서 삼아 아이의 현재 감정이나 상태를 유추했다. 때로는 주변에서 아이에 대해 하는 이야기도 참고했다. 지영은 아이의 상태를 온몸으로 파악하는 것을 자신의 강점이라 생각했다. 그래서 더욱 열심히 감각을 집중해 지윤이의 상태를 느꼈다. 그녀는 아이에게 가장 잘해줄 수 있는 것을 해내기 위해 최선을 다했다.

한번은 지윤이가 어린이집에 하고 갔던 머리핀 없이 집으로 돌아온 적이 있었다. 지영은 아이의 사소한 변화도 금방 알아차렸다. 그리고 그냥 넘기지 않았다. 어떤 상황에서 이런 일이 발생했는지 지윤이에게 자세히 물어보았다. "친구가 가져갔어"라는 한마디를 툭 내뱉고 다른 놀이에 집중하려는 지윤이의 반응에도 지영은 자초지종을 파악하기 위해 애썼다.

"친구가 지윤이한테 얘기하고 가져간 거야?"라며 상황을 분명히 알기 위해 질문을 던졌다. 어린이집에 확인하기보다 대화를 통해 상황을 알아가려고 했다. "지윤이 머리를 묶다가 그런 거야? 아니면 친구 머리를 묶을 때 그런 거야?" 하는 물음을 시작으로 지윤이와의 대화가 시작되었다. 엄마의 여러 질문에 결국 지윤이도 어린이집에서의 상황을 떠올려보며 구체적으로 설명해주었다. 그때 자신이 느낀 감정에 대해서도 솔직하게 이야기 했다.

지영은 앉은자리에서 대화를 끝내려고 아이를 붙잡기보다는 틈틈이 그 주제를 가지고 이야기를 나누었다. 지윤이가 자연스럽게 상황을 떠올리고 설명할 수 있게 했다. 이렇게 그녀는 지윤이와 대화를 나누며 어떤 일이 발생했을 때 지윤이가 일반적으로 어떻게 대처하는지 이해했다. 그것을 잊지 않고 아이의 성향까지 파악해갔다.

선생님들이 사진 올려주실 때, '오늘 친구들은 무얼 가지고 무슨 활동을 하였어요'라는 식으로 짧은 설명을 같이 달아주세요. 사진이 쭉 있고 간단한 설명도 있는 식이라서 저도 한 번씩 들어가서 보긴 봐요. '아~ 이런 거 했구나' 하고 알 수 있으니까. 통신문 같은 데 쓰여 있는 거 보면 더 확실히 알 수 있으니까요.

지영은 어린이집 카페에 올라온 지윤이 사진 설명이나 활동지 원사가 읽어주는 알림장 내용에서 지윤이의 생활에 대한 단서를 찾았다. 또, 지윤이를 데리러 가는 하원 길에 담임 선생님과 잠깐 나누는 대화를 통해서 아이의 어린이집 일과를 이해했다.

그 시간은 엄마와 함께 있지 않다 보니 더욱 섬세하게 살피려고 했다.

어린이집에서 눈물을 자주 보인다는 담임 선생님의 말에 지영은 지윤이가 어떤 점에서 힘들고 답답한지 알고 싶었다. 집에 돌아와서 어린이집 상황을 재연해보는 어린이집 역할 놀이를 함께했다. 지영은 생각보다 씩씩하게 생활하는 지윤이의 모습에 퍽 감동했다. 그녀는 지윤이에게 집에서 했던 만큼만 하면 1등이라고 격려해주었다. 또, 엄마랑 놀이에서 했던 것처럼 필요한 게 있으면 선생님께 웃으면서 얘기하면 된다고 알려주었다.

걱정했던 일도 막상 지윤이와 이야기를 나눠보면 큰일이 아니었다. 엄마의 세심한 관찰과 지속적인 질문 덕분에 지윤이는 엄마가 없는 상황에서도 엄마의 조언을 기억해 대처해갈 수 있었다.

지영은 지윤이가 기분이 안 좋아 보인다고 생각되거나 엄마가 무엇인가를 시켰는데 아이가 하기 싫어할 때도 지윤이에게 말을 건넨다. 왜 기분이 안 좋은지, 혹시 귀찮은지 묻는다. 그러면 토라져서 입을 꾹 닫고 있던 아이도 어느새 조잘조잘 이야기를 시작한다.

엄마와 이야기를 하는 사이 아이는 자연스럽게 자신의 감정을 되돌아보았다. 솔직한 자신의 마음과 마주한 아이는 자신의 감정을 이해하고, 엄마와의 유대감을 쌓아갔다. 엄마는 아이가 처한 상황을 분명하게 알고 아이의 마음을 헤아릴 수 있었다.

— **지윤아 근데 사인펜을… 어디 갔어. 으악!**

— **아이코.** (웃음)

— **엄마 팔에도 묻었지? 이런.**

— (웃음)

— **뭐 하시는 건가요. 너만 묻히지 나까지 묻히고.**

— **옷에도 묻었어.**

— **히이!** (놀라는 소리)

— **어떡해?**

— **어디 옷?**

— **여기.** (엄마의 치마를 만지며)

— **치마?**

— **응.**

— **사인펜 내려 지윤아. 내려놓자. 다 내려놓고. 어디?**

— **응. 여기.**

— **치마?**

— **응.**

— 사인펜 내려놔 봐 지윤아.

— 응.

한번은 지윤이가 사인펜으로 그림을 그리다가 엄마 옷과 바닥에 사인펜이 묻자, 즉시 어쩌다가 그렇게 됐는지 어디에 묻었는지 엄마에게 이야기했다. 그리고 엄마에게 사인펜이 묻은 위치를 설명해주었다. 덕분에 지영은 빠르게 씻고 정리할 수 있었다.

지영은 아이가 어릴 때부터 엄마가 보이지 않아서 하지 못하는 것과 엄마가 알 수 있는 방법으로 알려주지 않으면 엄마가 잘 모른다는 것을 아이에게 계속 자연스럽게 이야기했다고 한다. 그러한 과정 속에서 지윤이는 엄마가 할 수 있는 것과 할 수 없는 것을 경험적으로 파악할 수 있었다. 그리고 엄마가 알 수 있는 방식으로 행동하게 되었다. 지윤이는 엄마에게 상세하게 설명하고, 자신이 한 것에 대해 구체적으로 이야기하는 게 몸에 배어 있다.

앞이 보이지 않는다는 것은 아이를 즉각적으로 한 번에 파악할 수 없다는 어려움을 낳는다. 이는 양육에서 엄청난 문제다. 아이의 상처를 즉각적으로 확인할 수 없고, 아이의 요구를 즉시 알아채고 들어줄 수 없을 가능성이 상대적으로 높다. 더군다나 아이가 말로 의사 표현을 명확하게 하기 이전이라면 어려움은 더욱 클 수밖에 없다. 그렇기 때문에 지영은 아이에게 온전히 주의를 기울이고, 온몸의 감각을 아이에게 곤두세웠다.

눈으로 한 번 훑어보고 아이의 상태와 요구를 알아채는 것과 온몸으로 주의를 기울여 아이를 이해하려고 노력하는 것. 둘의 간극은 얼마나 될까?

지영은 차분한 대화로, 손끝의 느낌으로, 그리고 분위기로 지윤이를 알아가기 위해 부단히 노력했다.

— **엄마, 나 이것 봐.**

— **이리 와봐. 만져보자.**

— **(동작을 멈추고 양팔을 뻗은 채 엄마에게 간다)**

— **(아이가 뻗은 양팔을 만지고 몸을 쓰다듬으며) 어 우리 지윤이 팔을 쭉 뻗고 있네!**

지윤이는 음악에 맞춰 춤추는 것을 좋아했다. 지윤이는 듣고 싶은 음악이 있을 때 엄마에게 몇 소절을 흥얼거리거나 제목을 알려주었다. 그러면 지영은 지윤이가 원하는 음악을 금방 알아차리고 거실에 있는 AI 스피커에 아이가 원하는 노래 제목을 말한다. 곧 신나는 음악이 흘러나온다.

지영은 지윤이가 춤추는 것을 볼 수는 없었지만, 자신이 할 수 있는 방식으로 아이의 몸짓을 파악했다. 지윤이가 흥얼거리다가 폴짝 뛰는 소리를 듣기도 하고 쭉 뻗은 팔을 손으로 느끼기도 했다. 그녀는 온몸으로 아이를 이해하고 있었다.

지영은 보이지 않기 때문에 아이를 이해하려고 더욱 애썼고, 아이의 말을 잘 들어주려고 했다. 아이에 관한 어떤 사소한 것이라도 기억하기 위해 애썼다. 덕분에 아이와의 정서적 유대감이 깊어졌다.

엄마는 아이를 살피고, 아이에게 다양한 질문을 던진다. 아이는 엄마의 질문에 대답하고, 먼저 엄마에게 자신에 관해 이야기한다. 이렇게 모녀는 자신들만의 방법으로 서로를 이해해가며 관계의 주파수를 맞춰가고 있었다.

엄마를 따라다니는
검은 그림자

지영은 지윤이 옷을 살 때 주로 온라인 쇼핑몰을 이용한다. 딸기 무늬, 민소매, 프릴, 레이스 같은 설명을 보고 대략적인 형태를 예상하여 옷을 샀다. 직접 보지 않고 설명에만 의존해 옷을 구매했지만 실패하는 일은 거의 없었다. 멋 부리기를 좋아하는 지윤이가 평소보다 더욱 예쁘게 입고 나가는 날에는 어김없이 "안 보이는데 어떻게 이렇게 예쁜 걸 샀어?" 하는 말이 들려왔다.

인터넷에 능한 지영은 검색을 통해 정보를 얻는 것이 습관이자 취미가 되었다. 생활에 유용한 정보도 많이 알게 되었고 좋은 정보는 아는 사람들과 공유하기도 했다. 그럴 때면 사람들은 보이지 않는 지영이 보이는 자신보다 많이 알고 있다는 것에 놀라워했다. 보이지 않아서 어려운 일인지, 보이지 않아도 충분히 할 수 있는 일인지와는 관계없이 '안 보이는데'라는 말은 그림자처럼 지영을 따라다녔다.

지영에겐 일상인 일에 대해서도 사람들은 "안 보이는데 어떻게 그렇게 잘해?" 하고 물어왔다. 혼자 어떻게 빨래를 하고, 옷을 정리하고, 적절한 상하의를 골라 입고, 양말 짝을 맞추는지 전부 궁금해했다. 음식 재료는 어떻게 준비해서 요리하는지, 누군가의 도움을 받는지, 아니면 누가 전부 해주는 건지 알고 싶어 했다. 그들은 지영의 사소한 행동 하나하나에 놀랐다. 보이지 않는데 착착 돌아가는 생활 자체를 신기해한 것이다.

사실 일상생활에서 제가 시각장애인이라는 걸 의식하지 않고 살거든요. 그냥 너무 자연스럽고, 내 생활이고, 이 집 안에서 내 가족들이랑 지내는 건 나한테 그냥 자연스러운 일상이잖아요.

지영에게 집안일을 하는 것은 일상일 뿐, 별로 특별할 게 없다. 남들처럼 일상을 살아가도 '앞이 보이지 않는데'의 짙은 그림자는 언제나 그녀를 따라다녔다.

밤에 지윤이가 자기 무서우니까 간접등을 하나 켜달라고 해서 켜고 저랑 거실에서 자는데, 보통은 지윤이가 잠이 들면 제가 가서 끄는데 못 껐어요. 어제 같은 경우에는 저희가 외출했다가 돌아왔는데 그때까지 불이 켜져 있었던 거죠. 아무도 모르니까. 지윤이도 밝으면 굳이 이야기 안 하니까 말 안 했고, 저희도 몰랐고. '아 또 전기세 많이 나오겠네' 하면서 '이걸 내가 왜 확인 못 했지? 안 보이니까 몰랐겠네' 하죠. 어쩔 수 없는 거죠. 나는 시각장애인이니까.

물론 지영도 일상에서 앞이 보이지 않아 불편을 느끼고는 했다. 보이지 않음에 대한 자각은 예기치 않은 모습으로 그녀를 찾아왔다.

지영은 불이 켜져 있는지 꺼져 있는지 볼 수 없기 때문에 불을 켰다는 사실과 불을 껐다는 사실을 기억해야만 알 수 있다. 더군다나 지영이 새로 이사한 집의 스위치는 모두 터치 방식이기 때문에 손으로 만져서 불이 켜져 있는지, 꺼져 있는지 확인이 어려웠다. 지영은 10대까지만 해도 또렷하게 눈이 보였던 사람이기 때문에 이런 사소한 일조차 실수하는 것에 상실감을 느꼈다.

되게 힘들어요. 장애를 수용한다는 게. 사회생활을 하다 보

면 내 장애가 굉장히, 실제로 장애로 다가오는 경우가 많거든요. 그럴 때도 '어. 그럴 수 있어' 하고 받아들이고, 도움받을 수 있는 부분은 받고, 빨리 내가 잘할 수 있는 걸 찾고.

장애는 한번 받아들인다고 해서 끝나는 것이 아니라 그 상태를 유지하기 위한 지속적인 노력이 필요하다. 장애를 끊임없이 상기시키는 현실 속에서 자신이 처한 상황과 장애를 받아들이는 상태 사이의 균형을 맞추어가야 한다. 삶은 계속되는 변화의 연속이기 때문에 장애를 의식하지 않아도 되는 세계에 살지 않는 한 완벽히 장애를 받아들인 상태가 되는 것은 불가능하다.

특히 사람들과 관계를 맺다 보면 어쩔 수 없이 장애에 대해 의식할 수밖에 없다. 어떤 사람들과 관계를 맺느냐에 따라 장애를 받아들인 상태가 잘 유지되기도 하고, 그렇지 않을 수도 있다. 어떤 이는 장애를 하나의 특성으로 존중했다. 이들과의 관계 속에서는 단지 한 사람의 모습으로 온전히 설 수 있다.

그러나 장애를 부각해서 '장애인이기 때문에' 혹은 '장애인임에도 불구하고' 식의 잣대를 계속 들이대는 사람도 있었다. 장애를 의식하게 하는 사람과의 관계 속에서는 장애를 하나의 특성으로 받아들이기가 참 어려웠다.

거의 초면이나 잘 모를 때에는 사실 그 사람 자체가 눈에 제일 먼저 들어오고, 저 같은 경우 다음으로 중요하게 들어오는 게 시각장애인이라는 사실이더라고요. 상대방 쪽에서 내가 이 사람한테 어떻게 해줘야 되는 건가, 뭐 어떻게 말을 해야 될지 같은 걸 더 의식하게 되는 거 같아요. 나는 평소랑 똑같은데 그쪽에서는 그게 제일 먼저 신경이 쓰이니까 의식할 수밖에 없고. 근데 시간을 두고 조금씩 조금씩 이야기하다 보면 어느새 잊죠. 그쪽도 잊고. 자연스럽게 이렇게 같이 이야기하다가 또 문득 보이는 사람한테 하듯이 했다가, 아차 하기도 하고. 그런 거 같아요.

그녀는 자신이 보이지 않는다는 것을 자주 잊고 지내고는 한다. 그러다가 뭔가 시각이 필요한 일이 생겼을 때, 도무지 혼자 할 수 없어 도움이 필요한 순간이 왔을 때 그제야 자신이 보이지 않는다는 것을 다시 자각했다.

이런 생활이 익숙해져서인지 주위 사람들도 때로는 지영이 보이지 않는다는 것을 잊고는 했다. 물론, 지영을 처음 만난 사람들은 그녀가 시각장애인이라는 사실에 주목했다. 하지만 그들도 시간을 두고 이야기하다 보면 지영이 앞이 보이지 않는다는 사실을 잊었다. 그녀를 향한 선입견이 옅어지는 순간이다. 지영을 따라다니는 그림자는 함께하는 시간을 따라서 천천히 사라지고 있었다.

불편한 시선이 느껴질 때도, 지영에게는 일상을 덤덤히 살아가게 하는 큰 힘이 있다. 바로 딸 지윤이다. 이 세상을 바라볼 때 '보이는 내 딸이 살아갈 세상이니 보는 사람들 중심으로 살아가는 건 어쩔 수 없다'라고 생각하면 조금이나마 위로가 되었다. '나는 시각장애인이니까', '안 보이니까 어쩔 수 없지' 하고 대수롭지 않게 여기려 노력하며 자신이 마주한 현실을 받아들였다.

지영은 누군가와 함께 살아가기 위해서는 상대방에게 맞추어가는 과정이 필요하다고 생각했다. 부부가 각자 다른 삶을 살다가 결혼을 통해 서로 맞지 않는 부분을 맞추며 살아가듯, 부모와 자녀 또한 서로를 이해하기 위해 계속 소통하며 맞추어가는 과정이 필요하다고 느꼈다. 자신의 가족은 다른 가족보다 그러한 과정에 자연스럽게 더 노출되어 있으며, 그렇기에 연습할 기회도 많다고 했다. 아이에게는 생활 자체가 서로에게 맞추어가는 훈련이다.

가끔 방향을 약간씩 잘못 잡거나 갑자기 없던 장애물이 생기거나 해서 저나 남편이 한 번씩 부딪힐 때가 있잖아요. 그때

지윤이가 보고, "조심해야지" 하고 잔소리를 해요. 본인이 봐도 엄마, 아빠는 그런 게 있으면 불편하고 다친다는 걸 점점 더 이해를 하니까. 저희는 밟히거나 차거나 해서 다칠 수도 있잖아요. 엄마, 아빠가 불편하니까 지윤이한테도 얘기했거든요. 어릴 때부터. "지윤이가 갖고 논 거는 정리해야지"라고. 엄마, 아빠 다칠 수도 있으니까 지윤이가 치워줘야 된다고.

익숙한 공간이라고 해서 매번 능숙하게 대처할 수 있는 것은 아니다. 항상 다니던 곳이라고 해서 언제나 마음 놓고 다닐 수 있는 것도 아니다. 오가는 방향이 달라지거나, 새로운 장애물이 생기면 아무리 자주 가본 공간이라고 해도 금세 낯선 곳이 되고는 했다.

때로는 집 안에서 아이가 가지고 놀던 장난감에 발이 걸리기도 했다. 다른 사람들이 보이지 않는 이들에게 하는 행동을 단순히 모방하던 지윤이는 점점 보이는 것과 보이지 않는 것의 실질적인 차이를 경험적으로 또 개념적으로 깨닫게 되었다. 자신의 보임과 엄마 혹은 아빠의 보이지 않음의 차이를 더욱 확실히 구분할 수 있게 된 것이다. 그리고 자신이 무심코 두고 간 장난감이 엄마, 아빠를 불편하게 하고 다치게 할 수 있다는 것도 알게 되었다.

지윤이는 어릴 때부터 엄마와 함께할 수 있는 것과 없는 것을 알았다. 그리고 자신이 엄마를 위해 해줄 수 있는 것과 엄마를 도와주어야 하는 부분을 깨달아갔다. 이 과정에서 지윤이는 엄마에 대해 더 잘 이해할 수 있었다. 자연스럽게 엄마에게 적응해 간 것이다.

지영은 지윤이에게 "엄마가 안 보이니까 이럴 때는 지윤이가 이렇게 해야 돼" 하는 식의 말을 자주 했다. 지윤이가 조그만 장난감이나 지영의 물건을 떨어트렸는데 찾기 어려우면 "지윤이가 좀 도와줬으면 좋겠어"라고 솔직히 말했다. '엄마, 아빠 안 보이니까'라는 말을 자주 들어서인지 지윤이는 엄마, 아빠의 상태를 자연스럽게 이해했다. 지윤이는 보이는 자신은 어려움 없이 할 수 있는 일이 엄마에게는 어려운 일일 수 있다는 것을 알게 되면서, '이럴 때는 내가 이렇게 해야 하겠구나'라고 생각하며 적응하고 있었다.

— **엄마, 여기…. 엄마, 여기 놀이터 앞에서 놀고 집에 갈 때는 눈이 잘 알려주잖아.**

— **엄마 눈이?**

— **아니. 지윤이가!**

지영은 지윤이와 밖에 나가기 전에 지윤이에게 미리 도움을 청했다. 길을 걷다가 앞에 무언가 있으면 엄마가 부딪히지 않게, 다치지 않게 잘 안내해달라고 말이다. 지윤이는 만 2세 때부터 엄마와 둘이 밖에 나가면 엄마 손을 잡고 안내를 해줬다. 함께 길을 걷다가 턱이 나오면 "엄마. 여기 턱 있어. 턱 있어"라고 설명해주기도 했다.

지윤이는 엄마와 둘이서 손을 잡고 놀이터에 가고는 했는데, 지윤이는 집에서 놀이터로 가고 놀이터에서 다시 집으로 돌아오는 길을 잘 알고 있었다. 지윤이가 숫자를 읽을 수 있게 되면서부터는 사는 아파트의 동과 호수를 보고 금방 집에 찾아갈 수 있었다. 지윤이는 엄마가 보이지 않는다는 것과 엄마에게 도움이 필요하다는 걸 알고 있었고, 자신의 눈이 엄마에게 길을 알려줄 수 있다는 것 또한 알았다.

지윤이한테 "손잡고 걸어야 돼"라고 교육을 하긴 했는데, 그게 제가 안 보여서 지윤이를 잃어버릴까 봐 그래서 손잡으라고 한 건 아니었어요. 말 그대로 차, 찻길, 오토바이, 사람 그런 위험 있잖아요. 손을 놓고 걷다가 넘어진다거나 아니면 갑자기 차가 나오거나 찻길 쪽으로 가거나 그런 안전에 관련된 부분을 생각해서 "지윤아 밖에 나가면 손을 꼭, 어른 손을

꼭 잡아야 돼. 이러이러해서 위험하니까 손 꼭 잡아야 돼 알았지?"라고 교육했어요.

지윤이는 엄마와 둘이 있을 때 엄마를 안내하기 위해 손을 잡는 것과 다른 누군가와 함께 있을 때 엄마와 손잡는 것을 다른 의미로 이해하고 있다. 엄마에게 안내할 때에는 자신이 엄마의 손을 잡고 감으로써 엄마가 다치지 않게 해줘야 한다고 생각했다. 안내가 필요 없는 상황에서 지윤이와 지영이 손을 잡는 것은 여느 엄마처럼 아이의 안전을 위한 것이었다.

지영의 집에는 홈헬퍼와 활동지원사가 방문하기 때문에 평소 지윤이는 엄마와 둘이 나가는 것보다 다른 사람과 함께 나가는 일이 더 많다. 그래서 지영은 밖에서 '엄마'와 손을 꼭 잡아야 한다고 가르치지 않았다. 밖에 나가면 위험하므로 꼭 '어른'의 손을 잡아야 한다고 가르쳤다. 이렇게 설명한 데에는 지윤이의 성격도 한몫했다. 지영은 겁이 은근히 많고 소심해서 대범한 행동을 잘 못하고 자기 몸을 끔찍이 생각하는 아이의 특성을 잘 알고 있었다. 그래서 지윤이가 자신의 손을 놓고 가도 부르면 다시 올 것이고, 손을 꼭 잡지 않아도 아이가 엄마에게서 멀리 떨어지지 않을 것이라고 믿었다.

지윤이와 함께라면 지영은 시각장애를 그녀가 가지고 있는 하나의 특성으로 자연스럽게 받아들일 수 있었다. 평소에 자신이 가진 특성을 끊임없이 의식하며 살아가는 사람이 없듯이, 지영 역시 앞이 보이지 않는 것에 대해 크게 의식하지 않고 살아갔다. 보이는 사람에게는 보면서 살아가는 것이 너무도 자연스러운 일상이듯, 이제 지영에게는 보지 않고 살아가는 것이 자연스럽다.

지영은 자신을 따라다니는 그림자에도 개의치 않고, 빛이 되어주는 지윤이와 함께 자신의 일상을 덤덤히 살아가고 있었다.

의안을 뺀 것도
넣은 것도 엄마 눈

저랑 둘이 놀이터 갔다가 집에 오는 길이었어요. 아파트 동 입구에서 계단을 오르고 공동 현관문이 열리면 보통은 지윤이가 제 손을 딱 놓고 먼저 막 앞으로 가거든요. 엘리베이터 있는 데까지. 그날도 그렇게 했는데, 엘리베이터가 딱 온 거예요. 순간적으로 애가 엘리베이터에 탔어요. 근데 문이 닫히는 거죠. 저는 안 탔는데. 지윤이도 자기 딴에는 갑자기 벌어진 일이라 놀랐죠. 어쨌든 아이도 안에서 열리는 거 누르고, 저도 밖에서 눌렀어요. 그래서 제가 “거봐 지윤아. 엄마 놓고 혼자 이렇게 타서 우리 못 만나면 어떻게 해. 지윤아 엄

마 여기 계단 올라와서 엄마 놓고 혼자 가지 말고 지윤이가 끝까지 안내해줘야지" 그랬더니 그다음부터 엘리베이터 탈 때마다 꼭 확인해요.

지윤이는 엄마에게 길을 잘 안내해주었다. 엄마의 손을 잡고 다니면서 이곳저곳 그들이 걷는 길을 설명했다. 외출을 마치고 지윤이는 여느 때처럼 아파트 공동 현관문에서 엄마 손을 놓았다. 그러고는 먼저 엘리베이터까지 뛰어갔다. 마침 엘리베이터가 도착했는데, 지윤이는 엘리베이터에 타고 엄마는 타지 못하는 상황이 발생했다. 다행히 엘리베이터 열림 버튼을 눌러서 문이 닫히지는 않았지만, 지윤이는 그 사건으로 인해 엄마 손을 중간에 놓게 되면 엄마와 헤어질 수 있다는 것을 실감했다. 그 이후부터 지윤이는 엄마가 엘리베이터에 탄 것을 분명히 확인하고 엄마의 손을 놓았다. 지윤이의 안내도 달라졌다. 엄마를 안내하는 것에 더 책임감을 가진 듯 보였다.

저는 그냥 놀이터나 이런 데 아이를 풀어놨을 때 크게 불안해하지 않는 편인데 지윤이가 제가 안 보이면 불안해해요. 그래서 한번은 저랑 활동지원사 선생님이랑 지윤이랑 놀이터를 갔는데, 선생님이 그 놀이터에서 저에게 길 안내를 해주시더

라고요. 그래서 저는 (이야기를 들으며) 움직였어요. 근데 지윤이가 노는 위치에서 제가 안 보였나 봐요. 그러니까 애가 너무 놀란 거예요. 막 울면서 엄마, 엄마 찾으면서 오더라고요.

지윤이는 시야에 엄마가 보이지 않으면 불안함을 느꼈다. 그래서 엄마와 떨어지려고 하지 않았다. 놀이터에서 놀 때도 지윤이는 엄마를 늘 신경 쓰고 있었다. 자신의 위치에서 엄마가 보이지 않자 울면서 엄마를 찾았다.

심지어 집에서도 엄마가 화장실에 있거나, 지윤이가 불렀는데 엄마의 대답이 들리지 않을 때에도 지윤이는 엄마를 찾으러 다녔다. 엄마를 찾으면 "지윤이 놔두고 엄마 혼자 어디 간 줄 알았잖아"라고 말했다. 지윤이는 놀 때도 가급적 엄마와 함께하고 싶어 한다. 지영은 이런 지윤이의 모습에 복합적인 감정을 느꼈다. 지영은 단순히 엄마가 앞이 보이지 않기 때문에 지윤이가 이러는 것은 아니라고 생각했다. '엄마 껌딱지'인 아이의 성향, 그리고 엄마와 같이 있는 것이 즐거웠던 경험 등 여러 가지 요인이 작용해서 나타난 결과라고 생각했다.

지영은 엄마가 보지 못해 알 수 없는 상황에서 지윤이가 자연스럽게 '엄마가 안 보이니까 자신이 이야기해줘야겠다'라고 생각하는 것 같다고 했다. 그래서 지윤이는 자신이 실수하거나 잘

못한 상황에서도 바로 울먹울먹하면서 묻지 않아도 먼저 엄마에게 이야기했다. 지영이 전혀 모르고 있던 상황에서도 지윤이가 갑자기 우는소리를 하면서 "엄마 지윤이가 뭐 어디다 묻혔어요. 죄송해요"라고 한다든지, "엄마 지윤이 매트 위에다 뭐 엎질렀어요. 잘못했어요"라고 했다. 엄마에게 혼날 수 있는 상황이었지만, 아이는 솔직히 바로 이야기했다. 지윤이는 엄마와 한 약속을 어기지도 않았다. 지윤이가 장난감을 안 치워놓고서는 치웠다고 한 적은 없었다.

"지윤아 손 닦아야지" 그랬는데 벌써 지윤이가 손을 닦은 거예요. 그럼 "그래 엄마가 몰랐어. 미안해"라고 하죠. 그러니까 저는 아이에게 "미안해"라는 말도 잘해요. 대화하면서요. 제가 뭔가 오해했거나 지윤이에 대해서 잘 몰라서 실수를 했으면 바로바로 얘기해요. 그런 것도 좀 영향이 있는 거 같기도 해요. 엄마는 바로바로 자기한테 뭐 잘못했거나 실수하면 얘기를 해주잖아요.

지영은 자신이 잘못하거나 실수한 것에 대해서 아이에게 바로 사과한다. 그냥 가볍게 여기고 지나갈 수 있는 일이라도 지영은 "미안해"라고 바로 이야기했다.

지영은 가끔 아이가 앞에 있는 줄 모르고 아이와 부딪힐 때도 있다. 그럴 때도 언제나 아이에게 곧바로 사과했다. 아이에게 미안하다고 말하고 자신의 잘못을 인정하는 것은 부모 역시 잘못할 수도 있음을 인정하는 것이다. 지영은 이처럼 자신이 아이에게 잘못하거나 실수한 것에 대해 바로 이야기하고 사과하는 것이 아이에게 영향을 미쳤다고 생각하고 있었다. 그런 엄마를 보고 지윤이도 바로바로 엄마에게 자신의 잘못을 이야기한 것이다.

— **엄마 초콜릿 찍어 먹을 과자가 없어져서 남은 초콜릿 그냥 손으로 먹었어.**

— **아이고, 그럼 손 닦아야겠네.**

— **어, 물티슈로 닦을게.**

— **알았어. 깨끗이 닦아.**

— **어, 알았어. 깨끗이 닦으려고 했어.**

지윤이는 초콜릿과 막대 과자가 세트로 들어 있는 제품을 간식으로 먹고 있었는데 막대 과자가 먼저 동이 났다. 이때 지윤이가 손가락으로 초콜릿을 찍어 먹는 바람에 아이의 손가락에 초콜릿이 묻었다. 지윤이는 이내 자신의 행동을 엄마에게 설명했다. 남은 초콜릿을 손으로 찍어 먹었다는 지윤이의 말에 지영은 그제야 지윤이 손에 초콜릿이 묻었다는 것을 알 수 있었다. 지윤이는 엄마가 보지 못하기에 그냥 넘어갈 수 있는 상황에서도 모두 다 이야기했다. 웬만하면 엄마에게 솔직하게 전부 표현하려고 한 것이다. (지영은 '알아서 자수한다'고 표현했다.) 그렇게 지윤이는 엄마와 신뢰를 쌓고 있었다.

엄마랑 부딪히기도 하고, 엄마가 아이가 서 있는데 못 보고 그럴 수 있잖아요. 아니면 자기가 물건을 앞에 떨어트렸는데 엄마가 못 찾아주기도 하고, 뭐 그런 것들이 있으니까 걸어 다니고 하면서 돌 지나고부터는 어느 정도 어렴풋이 인지했을 것 같아요. 언어로는 지금 다 되니까 저한테 그렇게 얘기해요. 제가 사고 때문에 의안 렌즈 같은 걸 끼고 있는데 저녁에 눈이 뻑뻑하고 하니까 렌즈를 빼놓고 아침에 다시 끼거든요. 그걸 빼면 달라 보이잖아요. 눈동자가 없고 모습이 다르니까 물어보더라고요. 그래서 엄마가 사고가 나서 눈을 다쳐서 눈이 안 보이니까, 눈이 다른 사람들이 봤을 때 이상하니까 낮에는 이걸 끼고 있는 거야 렌즈를. 그냥 예뻐 보이려고 끼는 거야. 이렇게 얘기해줬더니 그거에 대해서도 이제는 확실하게 아니까, "엄마 렌즈 꼈어?" 하고 물어보기도 하고, "렌즈 꼈네"라며 제 눈을 보기도 하고.

때로 지영은 지윤이와 부딪히기도 했고, 바로 앞에 떨어트린 물건을 못 찾기도 했다. 지윤이는 여러 상황을 오랫동안 겪어오며 엄마의 보이지 않음에 익숙해져갔다. 엄마는 눈이 있어도 볼 수 없다는 것을 알게 되었다. 엄마의 눈은 뺄 수도 다시 넣을 수 있다는 것도 알았다. 지영의 의안에 대해서도 완전히 이해한 것이다.

지윤이는 의안을 뺀 것도 엄마 눈이고, 의안을 넣은 것도 엄마 눈이라는 것을 이해했다. 아이는 엄마의 설명을 듣고 의안을 그냥 예뻐 보이려고 끼는 렌즈와 같다고 생각했다. 렌즈를 뺀 엄마의 눈을 다른 사람들은 이상하게 생각할 수도 있다는 것도, 그래서 낮에는 렌즈를 끼고 있어야 한다는 것도 알았다. 그렇게 아이는 엄마의 장애가 어떤 것이며, 장애가 갖는 의미는 무언지 이해해나갔다.

지윤이를 위해서라는 단서가 붙을 때

안내견을 기르며 지영은 생명을 책임져볼 수 있었다. 게다가 이는 정서적 위안까지 얻는 소중한 경험이었다. 물론 안내견을 키울 때 늘 웃기만 했던 것은 아니다. 집에서 쉬고 싶어도 산책하러 나가야 했고, 아무리 귀찮아도 마치 어린아이를 돌보듯 때가 되면 밥과 물을 챙겨주어야 했다. 목욕을 시키고, 털도 빗겨줘야 하고, 이빨도 닦아줘야 하는 등 할 일은 산더미처럼 많았다.

하지만 버겁고 귀찮다고 안내견 돌보는 일을 소홀히 할 수는 없었다. 안내견은 주인의 옆에서 살아 숨 쉬며, 항상 주인을 바라보며 좋아하는 존재다. 이렇게나 큰 사랑을 주는데, 함께하는 시간을 게을리 흘려보낼 수 없었다. 더군다나 통제력이 강한 안내견은 자신의 욕구를 잘 표현하지 않아서 지영은 안내견을 더 예민하게 살피고 보살펴야 했다.

지영에게 안내견은 자신의 눈 이상의 의미였다. 중도 실명된 지영은 재활 치료를 할 때 빨리 적응하고 살아야 한다는 마음으로 조급했기에 내면의 상처를 제대로 살피지 못했다. 가족들에게도 티를 내지 못하고 가슴 깊이 묻어두었는데, 때때로 그 상처가 조금씩 새어 나왔다. 힘들거나 속상한 일이 생길 때마다 한 번씩 울컥하고는 했다. 그때 묵묵히 지영의 옆을 지켜주던 존재가 바로 안내견이었다. 지영에게 안내견은 정신적인 버팀목이었다.

저희가 누군가를 돌보고 이런 경험을 하는 게 사실은 쉽지 않잖아요. 특히 장애인 같은 경우에는. 아이를 키우는 거랑은 분명히 다르지만 안내견과 함께하면서 돌보는 거에 익숙해졌잖아요. 때 되면 밥도 챙겨주고, 물도 챙겨주고, 그런 것들이 몸에 배었던 거 같아요. 근데 그런 경험 없이 바로 아이를 키웠으면 조금 더 적응하는 데 어렵지 않았을까.

안내견과 서로를 의지하며 함께한 시간은 양육에도 큰 도움이 되었다. 장애인은 누군가를 책임지기보다 누군가의 도움을 받으며 살아가는 게 더 익숙하다. 그들에게 안내견을 돌보는 과정은 거의 처음으로 누군가를 돌보는 귀중한 경험이다. 지영 역시 안내견과 함께하며 한 생명을 돌보고 책임지며 살아가는 경험을 처음 해보았다. 안내견을 돌보던 일상이 몸에 배어 아이를 돌보는 것도 일상으로 받아들일 수 있을 것 같았다. 지영은 안내견을 돌보며 생명을 가진 다른 대상과 교감하는 방법도 터득했다.

안내견도 길러봤겠다, 지영은 자신감이 넘쳤다. 작은 몸으로 꼬물거리는 아이를 품에 안았을 때까지만 해도 황홀함 그 자체였다. 하지만 갓 태어난 아이를 보살피는 일은 녹록지 않았다. 안내견과 아이는 전혀 다른 생명체였고, 장애인은 아이를 돌볼 기회로부터 완전히 배제되어 있었다.

사실 시각장애인 부모가 제일 어려운 게, 특히 첫 아이일 경우에 기저귀 한번 갈아본 일이 없잖아요. 시각장애인 삼촌이나 이모한테 누가 시켜주지도 않을 뿐더러, 그런 경험이 있을 수도 없고. 내 자식인데 처음에는 기저귀 가는 것도 할 줄 모르고. 그다음에 속싸개 싸고 목욕시키고 이런 것들, 똥 치우고 나서 엉덩이 꼼꼼히 닦아주는 이런 것들을 해볼 수 있는 기회가 없는 거예요. 하다못해 눈으로도 못 봤잖아요. 그런 것들을 미리 간접 경험조차 못 하다 보니까 너무 어려웠

어요. 그냥 기본적인 케어마저도 어렵더라고요, 처음에는. 조리원에서는 직원분들이 다 해주고, 집에 오면 산후 도우미분이 다 해주려고 그러고.

맨 처음 지영의 남편은 아이를 안을 줄도 몰라서 고생했다. 조카를 안아본 적도 없었다. 게다가 어릴 때부터 앞이 보이지 않았던 남편은 누가 아이를 안은 모습을 본 경험도 없었다. 처음에는 어느 방향으로 어떻게 자리를 잡게 해주어야 하는지 도무지 감을 잡을 수가 없었다.

고등학생 때까지는 보였던 지영이라 해도 남편과 크게 다를 게 없었다. 세상에 어느 고등학생이 육아에 관심을 두었겠는가? 다른 건 몰라도 육아에 관해서는 완전히 무지했다. 지윤이를 갖고 여기저기서 귀동냥으로 듣고, 인터넷이나 책을 통해서 정보를 접했어도 막상 닥친 현실은 전혀 달랐다. 안내견을 돌보는 간접 경험과도 전혀 다른 과정이었다. 부부는 한참을 헤매고 고생했다.

그나마 실질적인 육아 정보를 얻을 수 있는 곳이 조리원이다. 하지만 많은 시각장애인이 조리원 생활에 불편함을 느낀다. 지영은 조리원에 머무르긴 했지만, 거기서도 아이와 직접 부대껴 볼 기회는 없었다. 조리원에서는 프로그램을 진행하는 장소가 따로 있어서 시간마다 이동해야 했다. 자기 몸 건사하는 것만으로도 힘든 마당에 고작 열흘간 있을 공간에 완벽히 적응하기는 쉽지 않았다. 게다가 프로그램에 흥미를 느낄 만큼 여유가 없었고, 소리는 들어도 직접 볼 수는 없기에 관심도, 집중도 덜할 수밖에 없었다.

지영이 있던 조리원은 엄마에게 미리 경험하게 해주기보다는 불편을 최소화하고자 무엇이든지 대신해주려 했다. 아이가 다칠까 봐 우려된다는 이유였다. 아이의 기저귀를 직접 갈아볼 기회조차 없었다. 기저귀를 갈아야 하면 호출하라고 했고, 호출만 하면 어떤 일이든 금방 해결되었다.

조리원에서 지영은 말로만 간단한 교육을 받았다. 조리원에서도 보이지 않는 산모와 보호자는 처음이었을 테니 난감했을 것이다. 보이는 부모라면 같이 아이를 씻겨보고 기저귀도 갈아보았을 것이다. 하지만 지영에게는 엄마의 일을 해보는 게 쉽게 허락되지 않았다. 아이가 잘못되기라도 하면 자신들의 책임도 있을 것이기에 지영과 같이 해보려 하기보다는 대신 돌봐주었다.

아이 목욕 교육을 할 때는 아이를 데려와서 씻기는 방법을 보여주지만, 볼 수 없는 지영이 집중해야 하는 것은 소리뿐이었다. 소리만으로는 어떻게 진행되고 있는지 구체적으로 알 수 없었기에 아이를 씻기는 일은 생소함 그 자체였다. 게다가 당시에는 몸도 힘들고 정신없는 상황이었기에 집중할 여력도 없었다. 더군다나 집이 아닌 낯선 공간에서 아이를 떨어뜨리기라도 할까 봐 걱정이 태산이었다. 적극적으로 배워보려고 조리원 측에 요구할 생각조차 하지 못했다.

진짜 문제는 집에서부터 시작되었다. 집에 오니 '육아 전쟁'이라는 말을 실감할 수 있었다. 조리원에서는 간단했던 일도 집에서 혼자 하려니 쉽지 않았다. 글로는, 말로는 설명을 들어서 어느 정도 알고 있었지만, 머릿속 지식은 실제 상황과는 전혀 딴판이었다. 그렇게 지영은 하다못해 눈으로 보지 못한 채 지윤이 돌보는 일을 시작할 수밖에 없었다. 지영은 지윤이를 돌보며 '장애인 산모도 아이를 돌보는 기본 교육을 받을 수 있으면 어떨까?' 하고 생각했다.

— **솔직히 "시각장애인인데 잘한다"는 소리는 듣든 말든 상관이 없어요. 그런데 "시각장애가 있으니까 이런 건 못 해"라는 소리는 듣기 싫은 거죠. 엄마가 시각장애인이지만 다른 엄마들처럼 경험을 줄 수 있는 거. 내가 조금 신경 쓰면 해줄 수 있는 것들. 지윤이 관련된 거는 아무래도 자주 나갔죠.**

— **지윤이가 생기면서 이런 변화가 일어난 거예요?**

— **그렇죠.**

— **지윤이를 통해서 변화한 거라고 봐도 되는 거예요?**

— **네. 저 자신을 위해서나 남편을 위해서라는 단서가 붙을 때 하고, 지윤이를 위해서라는 단서가 붙을 때하고는 천양지차니까. 지윤이가 원하면 하게 되더라고요.**

지영은 나가려고 준비하는 순간부터 신경 써야 할 것이 너무 많아서 외출이 부담스러웠다. 낯선 곳에 가는 것은 더더욱 힘들었다. 급한 일이 생겨도 다른 사람들처럼 언제든지, 어디든지 달려 들어갈 수 없고 화장실도 마음대로 갈 수 없다는 생각에 압박과 강박이 심했다. 그래서 밖에 나가는 것을 꺼리게 됐다.

그러나 지윤이가 지영의 생각을 완전히 바꿔놓았다. '아이를 위해서, 아이가 원하니까'라는 생각은 평소 지영이 할 수 없다고 생각하는 것도 할 수 있게 만드는 힘이 되었다. 이전에는 '난 못 하니까'라고 단념했던 일들도 아이를 통해 다시금 꺼내보고 노력하게 되었다. 지영은 아이에게 해주고 싶은 것이 많으면 많을수록, 지금까지 못 한다고 생각했지만 혹시 할 수 있는 부분이 있지는 않은지 계속 생각했다. 외출을 꺼리던 지영은 지윤이를 위해서라면 어디든지 가보려는 용기를 낼 수 있었다. 압박감과 강박관념이 사라진 것은 아니다. 어려움을 감수하더라도 단지 아이를 위해, 아이가 다양한 경험을 하도록 나가게 된 것이다.

세상은 보이지 않는 초보 엄마에게 초보 티를 벗을 기회를 주는 일에 인색했다. 하지만 지영은 지윤이를 위해 더욱 노력하며 나아가려고 했다. 지영이 생각하는 엄마란 그런 것이다. 지윤은 있는 힘을 다해 용기를 냈고, 아이를 향한 사랑을 행동으로 보여 주었다.

그냥 엄마 그냥 딸,
우리의 자연스러운 일상

지영은 베이비 사인을 눈으로 볼 수 없기에 아이의 모든 몸짓과 행동에서 단서를 찾아내려고 애썼다. 아이가 울기라도 하면 무조건 기저귀 밑에 손을 넣어서 만져보았다. 손에 만져지는 게 없으면 입 옆을 톡톡 두드려 배가 고픈지 확인했다. 그것도 아니면 아이가 잠들 때까지 안고 토닥이며 노래를 불러주었다.

아이가 아팠던 어느 날 밤, 지영은 옆집 문을 두드릴 용기가 나지 않아 택시를 타고 응급실에 갔다. 그때 지영은 약국에서 한 봉씩 소포장된 해열제를 살 수 있다는 것을 난생처음 알게 되었다. 이전까지 그녀는 작은 약병을 100개, 200개씩 사다 놓고, 보이는 사람의 도움을 받아 적정 용량만큼 일일이 약병에 담아놓았다.

보이지 않는 지영은 혼자서 유모차를 밀고 다닐 수 없었다. 그래서 지영은 업기도 하고, 안기도 하며 아이를 키웠다. 지영은 지윤이를 잘 키우기 위해서 남들보다 배로 노력했다. 분유를 타는 것도 지영에게는 복잡한 일이었다. 계량컵을 사서 양을 맞췄지만, 계량컵 용량 이상은 타기 어려웠다. 그래도 지영은 자신이 할 수 있는 방법이 있기에 나름대로 할 만하다고 생각했다.

지윤이가 기어 다니기 시작하자 지영은 행여 아이가 다칠까 걱정이 되어 식탁도 치우고 밥 먹을 때에만 상을 폈다. 지윤이가 걸음마를 시작했을 때는 더욱 불안했다. 자유롭게 집 안을 활보하는 아이를 보호하려 아이의 손이 닿을 만한 곳에는 안전한 것만 두었다. 지영은 집 안에서도 지윤이가 어디에 있는지 몰라서 손목에 딸랑이를 채워놓기도 했다. 하지만 딸랑이는 지윤이가 벗어버리면 그만이었다.

그녀는 집 안에서도 늘 아이와 함께할 수밖에 없었다. 아이 소리가 안 들리면 아이가 뭐 하고 있는지, 혹시 어디서 다치진 않을지 걱정이었다. "지윤아 뭐 해? 어디 있어?"라는 말을 달고 살았다. 보이지 않는 지영은 아이를 부르고, 어디 있는지 찾길 반복했다. 그녀의 걱정은 점점 과도해지고 있었다. 지영은 그렇게 아이를 부르고 찾는 것이 무의식적으로 아이에게 안 좋은 영향을 줄 수 있다고 느꼈다. 일단 집에서라도 마음을 비우기로 다짐했다.

아이가 커서 말을 할 수 있게 되고, 위험 요소도 줄어들게 되자 지영은 지윤이에게 미리 간단한 안전 교육을 해줄 수 있었다. 물건 하나를 줄 때도 "이거 잘못해서 떨어트려서 발에 맞으면 엄청 아프니까 조심해"라고 이야기했다. 지윤이가 놀다가 다쳤을 때는 "그러니까 앞으로 뭐 할 때 조심해야 돼. 엄청 아프지? 다음부터는 조심해야 돼"라고 알려주었다.

지영은 위험한 요소나 하지 말아야 할 일에 대해서는 사전에 어느 정도 주입식 교육을 했다. 생각날 때마다 지나가는 말로라도 반복해서 이야기하며 아이에게 위험을 분명하게 인지시켰다. 아이에게 위험한 상황을 바로 알기 어렵고 일일이 쫓아다니면서 만져볼 수도 없기 때문에 그렇게 할 수밖에 없었다.

지영은 육아 서적과 인터넷을 통해 얻은 정보들을 절대적인 것으로 생각했다. 아이를 잘 기르기 위해 반드시 지켜야 하는 규칙으로 받아들인 것이다.

아이와 눈 맞춤이 중요하다. 아이를 많이 안아주면 손을 탄다.

분유는 정확하게 조제해야 한다. … 하나같이 그대로 지키기가 쉽지 않았다. 보이지 않으면 할 수 없는 것들이었다. 터치하는 분유 포트, 숫자로 표시되는 체온계, 눈금 선만 있는 젖병과 약병은 보이지 않는 지영이 사용할 수 없는 것들이었다.

머리로 아는 지식과 몸이 따라주는 능력 사이의 간극 때문에 지영은 괴로웠다. 육아 초창기 지영은 스트레스를 많이 받았다. 마치 보이지 않는 시선이 자신의 어머니 됨을 평가하는 것 같아서 심리적 부담이 컸다고 했다. 지영은 지윤이를 위해 자신이 할 수 없는 부분을 알게 되면서 더 좌절하게 되었고 자존감도 약해졌다.

지영이 지윤이를 키울 때, 가장 스트레스가 컸던 시기는 초기 이유식을 먹일 때였다.

애는 앉아 있을 생각도 안 하고, 이유식은 숟가락에서 뚝뚝뚝 떨어지는데 입도 안 벌리고, 손으로 치고. 이유식을 꼭 하루에 두 번씩 먹여야 한다는데, 초기에는 이렇게 해서 얼마 동안 이만큼씩 먹여야 된다고 하는데, 나는 이게 안 되는데 어떻게 해야 하나. 그걸로 스트레스 되게 많이 받았거든요. 다른 엄마들은 다 해줄 수 있는데 나는 못 하니까. 내가 못 해줘서 애기한테 무슨 영향이 가거나 그러면 어떻게 하지?

애기가 가만히 앉아 있지를 않잖아요. 그게 습관도 안 되어 있는데 앞에서 숟가락이 오니까 잡으려고 그러고 장난치고 막 그러잖아요. 근데 그때는 주말에 오시는 (활동지원사) 선생님이 안 계셨거든요. 그러면 먹여야 되는데 애는 난리 치고 저는 못 먹이고, 다 흘리고 난장판이 되니까. 이렇게 해도 안 되고, 저렇게 해도 안 되고 방법을 되게 많이 써봤어요. 투약 병에 넣어서 짜서도 먹여보고, 짜는 스푼 뭐 그런 것도 써보고 다 했는데 안 되더라고요.

이런저런 대체 방법을 찾아서 아무리 노력해도 아이에게 묽은 이유식을 제대로 먹일 방법은 없었다. 지영은 남들처럼 해주지 못해 아이에게 좋지 않은 영향이 갈까 봐 걱정이었다. 지영은 할 수 있는 모든 방법을 찾아서 해봤지만 전부 어려웠다. 마땅한 대안이 없던 지영은 그냥 마음을 비우고 내려놓았다. 그녀는 이 경험을 통해서 아무리 노력해도 할 수 없는 일은 그대로 인정하고 내려놓아야 한다는 것을 깨달았다.

시간이 약이라고 중기 이유식이 시작되자 상황은 나아졌다. 지영은 시판 이유식을 사 먹이거나, 팩으로 되어서 아이가 빨아 먹을 수 있는 이유식을 먹였다. 육아 경험치가 쌓이면서 지영은 자신에게 더 적합한 방법으로 지윤이를 돌볼 수 있었다.

내가 현재 처한 상황에서 내가 할 수 있는 부분, 내가 잘할 수 있는 방법. 그런 관점으로 가야 하는 거죠. 그러니까 남들이 이렇게 한다고 꼭 그렇게 할 필요는 없는 거죠. 그런데 그걸 찾아내는 게 어렵죠. 왜냐면 인터넷으로 보는 육아 정보는 다 비장애인 관점으로 되어 있어요. 언제 뭘 해야 하고, 어떻게 하고. 비장애인 방법으로 할 수 없으니까 나만의 방법을 찾아서 하고 있거든요.

지영은 자신이 알고 있는 방식과 가능한 방식 사이에서 갈팡질팡하며 육아의 시작인 신생아기, 걸음마기에 극심한 스트레스를 겪었다. 자신의 육아 기준이 비장애인에게 맞추어져 있다는 것을 깨닫기까지 오랜 시간이 걸렸다. 기준 자체가 잘못되었다는 것을 뒤늦게야 알게 된 것이다. 그동안 자신에게 맞지 않은 기준을 세웠다는 것을 깨닫고는 조금씩 변화하기 시작했다. 타인의 기준이 아닌, 자신에게 맞는 기준으로 살겠다고 결심했다. 지영은 현재 처한 상황에서 할 수 있는 부분, 잘할 수 있는 방식, 자신만의 방법을 찾아갔다.

예를 들어 지영은 아이와 함께 책을 읽고 싶었지만, 중도에 실명했기 때문에 점자가 익숙하지 않았다. 더듬더듬 읽을 수는 있어도 아이가 책 넘기는 속도를 따라갈 수 없었다. 그래서 특별히 지윤이에게 읽어주고 싶은 책이 있을 때는 그녀만의 책 제작이 시작되었다. 홈헬퍼가 책을 읽어주면, 지영은 컴퓨터로 타이핑했다. 그리고 그 내용을 다시 자신의 목소리로 녹음했다. 녹음본에 배경음악까지 편집해서 넣고 책 읽어주는 기기에 음원을 넣었다. 음성 파일을 재생시킬 수 있는 칩이 있는 스티커를 책 위에 붙이면 지윤이에게 엄마의 목소리로 읽어줄 수 있는 책이 완성된다. 책 한 권을 만들기 위해서는 반나절 이상이 소요되었지만, 지영은 행복했다.

내 아이한테 맞아야 좋은 방법이라고 생각하거든요. 애들이 다 다르고 부모가 스타일이 다 다르고 집안 환경이 다 다른데, 모두 똑같이 할 수는 없잖아요. 뭐 간단하게 음식에 비유해서 콩이 몸에 그렇게 좋대요. 근데 저는 콩을 씹으면 토할 거 같아요. 구역질이 나요. 그러면 몸에 아무리 좋다고 해도 저는 못 먹고, 먹으면 기분만 나쁘고, 몸만 안 좋아지고. 그게 아무리 좋은 음식이라고 해도 소용없는 거잖아요. 그냥 저는 그렇게 생각했어요. 저희는 아이도 아이지만 부부도 편해야지 아이만 위해서 다 참고 희생할 수는 없다고 느꼈어요. 아이한테도 좋고, 우리도 편한 방법이 제일 좋지 않겠나. 내가 안 되면 남의 도움 받고. 자원 있으면 활용하고.

지영은 지윤이에게 맞는 게 가장 좋은 육아 방법이라고 했다. 아이에게 맞아야 할 뿐만 아니라 아이에게도 좋고, 부모도 편한 방법이 제일 좋다고 생각했다. 그렇지 않으면 오랜 기간 지속할 수 없었다. 아이도, 부모도 이 세상에 존재하는 어느 누구도 같은 사람이 없을 뿐더러 집안 환경 또한 보두 다르다. 다른 부모가 자신의 아이에게 하는 방법, 혹은 전문가가 좋다고 이야기하는 방법을 전부 그대로 적용하기는 어렵다.

지영은 변화된 삶을 살아가면서 기능적으로 안 되는 부분은 다른 방식을 사용하여 해결하는 방법을 터득하게 됐다. 최대한 대체하려고 하지만 도무지 되지 않을 때는 빠르게 포기했다. 포기하지 않고 짐처럼 끌어안고 있을 때, 더 큰 좌절감이 밀려온다는 것을 경험했기 때문이다. 심리적으로 좋은 영향을 미치는 것도 아닌데 오래 끌고 갈 필요가 없었다.

무엇인가를 하려면 보일 때보다 더 많은 시간, 노력, 돈이 필요했다. 그래서 자신이 할 수 있는 것, 없는 것을 빨리 구분하지 않으면 한도 끝도 없이 힘들어진다는 것을 알게 되었다. 그녀는 육아에서도 이런 마음가짐을 되새기며 나아갔다.

제일 먼저는 내가 직접 못 하더라도 다른 방법이 있는지 찾아보자. 대안이 있으면 오케이. 그래도 안 된다, 뭐 정말 찾다

찾다 안 된다, 그러면 이거는 포기하자. 거의 그런 주의예요. 이게 계속 반복이더라고요. 적당히 세상과 타협하는 법을 배우는 거죠. 근데 안 그러면 너무 힘들거든요. 그거 아니어도 뭔가 다른 거 하려면 보일 때보다 시간이고 노력이고 돈이고 훨씬 더 많이 들어가는데, 내가 이거를 빨리 결정을 짓고 할 수 있는 거 없는 거 구분하지 않으면 한도 끝도 없이 너무 힘든 거죠. 그래서 오히려 다치고 나서 재활하고 사회생활을 하면서 그런 성향이 생긴 것 같아요. 단호하게 할 수 있다, 없다.

지영은 원래 성향이 날카롭고 예민했는데 죽을 고비를 넘기고 나니 웬만한 일은 별것 아니라는 생각이 들었다. 덕분에 지영은 조금 느긋해졌다. 마음의 여유가 생긴 지영은 자신이 할 수 없는 일에 연연하지 않았다. 할 수 있는 것과 할 수 없는 일을 구분하고 할 수 없는 일에 대해서는 과감히 포기했다.

누군가가 이렇게 했다더라, 이렇게 하는 게 좋다더라 하는 이야기를 들으면 솔직히 마음속으로는 나도 이렇게 해주고 싶고 그런 게 있죠. 근데 현실적으로 안 되는 부분도 있고, 제가 생각해봤을 때 내가 저걸 하려면 너무 많은 것이 바뀌어야 되고 노력이 많이 필요하고 그런 것들이 딱 보인단 말이죠. 그러면 애초에 계속 못 할 거 같은 거죠. 그러면 시작도 하지 말자는 주의예요.

지영이 아이를 낳고 엄마가 되자 자신이 할 수 있을지 없을지를 판단하는 것은 지윤이에게까지 영향을 미쳤다. 지영은 자신의 일반적인 생활 능력뿐만 아니라 엄마로서 지윤이에게 해줄 수 있는 것과 없는 것까지 명확하게 판단하게 되었다.

지영은 어떤 것을 결정하기 전에 본인이 가진 능력과 현재 상황 속에서 그것을 지속할 수 있을지 여부를 먼저 판단한다. 그리고 정한 것에 대해서는 일관성 있게 아이에게 적용한다. 지영은 할 수 있는 것은 최선을 다해서 하지만, 불가능하거나 계속할 수 없다고 판단되는 일은 시작도 하지 않았다. 지영은 조급해하지 않고 자신이 갈 수 있는 길을 지윤이와 발맞추어 걸으며 편안한 마음으로 아이를 돌보았다.

제가 지윤이에게 미안함을 느끼거나 그런 거는 사실 없어요. 그냥 저희는 이 생활이 자연스럽고, 난 엄마고 지윤이는 딸이고. 물론 서로 잘못하면 미안하다고 얘기하는 거고. 저는 일상생활에서 지윤이한테 사과 많이 하거든요. 실수해서. 사

실 그런 의미에서는 미안하다고 많이 하지만, 뭐 더 좋은 멋진 엄마가 되면 좋겠지만 제가 장애가 있어서 사실 그것도 쉬운 일은 아니잖아요. 제 모토가 일단은 내가 할 수 있는 만큼 하자니까. 그냥 내가 할 수 있는 한도 내에서는 지윤이한테 모자람 없이 해주자.

지영은 아이에게 미안하다는 생각을 갖지 않기 위해, 그리고 먼 훗날 아이에게 엄마는 최선을 다했고, 후회 없이 너를 키웠다고 말하기 위해 자신이 할 수 있는 것은 지윤이에게 모자람 없이 해주어야겠다고 다짐했다. 그리고 현재 자신은 아이에게 할 수 있는 만큼 다하고 있다고 자부했다. 때로는 너무 많은 것을 해줘서 탈이라고 생각할 정도였다.

지영은 자신이 못 해주는 것에 대해서 미안하다고 생각하지 않는다. 자신이 실수하는 것에 대해서는 아이에게 사과하고 미안하다고 이야기하지만, 자신이 장애를 가졌다는 이유로 아이에게 미안함을 느끼지는 않는다. 지영은 그냥 엄마이고, 지윤이는 딸이다. 그들에게는 이것이 자연스러운 일상이다.

같은 것을 볼 수 있는 '소통'이라는 빛

지윤이는 엄마가 그림의 테두리를 그려줄 수 없다는 것을 잘 알고 있다. 그래서 엄마가 아닌 다른 보이는 사람에게 테두리를 그려달라고 이야기한다. 또, 옷장에 걸려 있는 옷을 고를 때, 엄마에게 색깔로 옷을 설명하면 엄마가 알지 못한다는 것을 안다. 지윤이는 엄마에게 부탁할 때 특정 옷을 손으로 잡고 그것을 내려달라고 이야기한다.

텔레비전으로 동영상을 볼 때도 엄마에게 맞는 방식으로 요청한다. 여러 개의 영상 중 자신이 보고 싶은 동영상의 위치를 상세히 이야기했다. 지윤이는 엄마가 눈으로 보고 동영상의 위치를 찾을 수 없다는 것을 알기 때문에 엄마에게 설명할 때는 "아래로, 거기서 옆으로" 또는 "어 그거 그거 그거 그거"라고 설명한다. 지윤이는 엄마에게 무언가를 부탁할 때 어떤 방법으로 해야 적절한 도움을 받을 수 있는지 요령을 알고 있었다.

지윤이가 "엄마 이거 해줘"라고 했는데 "어, 엄마는 이거 안 보여서 못 하는데? 선생님한테 부탁해야지"라든가 뭐 "엄마는 이거 못 하니까 아빠한테 부탁해야지" 하고 말하는 게 되게 자연스럽거든요. 아니면, "엄마는 또는 아빠는 이거 못해" 하고 솔직히 말하고요. 그러면 지윤이도 "아 그래? 그러면은 선생님한테 부탁해야 되겠다" 하고 답해요. 이게 저희에게는 너무 자연스러워요.

지영은 지윤이가 무언가를 해달라고 했을 때, 할 수 없는 일이면 솔직하게 "엄마는 이거 안 보여서 못 하는데?"라고 말했다. 그리고 자연스럽게 보이는 다른 사람에게 부탁하자고 했다. 지윤이도 점점 이런 엄마에게 익숙해져서 엄마의 방식에 맞게 이야기하고 도움을 청했다.

저랑 아침에 어린이집 갈 때 공동 현관문으로 나가면 이렇게

왜 문틀 같은 거 두 개 있잖아요. "엄마 여기 턱 있어. 턱 있어"라고 다 얘기해주기도 하고. 저는 여기 이사 오기 전에 지윤이 데리고 그냥 손잡고, "지윤아 앞에 뭐 있으면 엄마 안 다치게 얘기해줘야 해. 지윤이도 앞에 잘 보고"라고 말하고 둘이 슈퍼에 다녀오기도 했어요. 지윤이가 안내를 엄청나게 잘하거든요.

지영은 다른 사람의 도움을 받아 보행하는 '안내 보행'을 한다. 때로는 지윤이가 엄마의 안내자가 되어 함께하기도 했다. 두 사람은 손을 잡고 함께 슈퍼에 가고는 했는데, 지영은 나가기 전에 지윤이에게 "길을 걷다가 앞에 뭔가가 있으면 엄마가 부딪히지 않고, 다치지 않게 잘 안내해줘" 하고 이야기했다. 설명을 잘하는 지윤이는 만 2세 때부터 엄마와 둘이 손을 잡고 안내를 하며 걸었다. 함께 길을 걷다가 턱이 나오면 "엄마. 여기 턱 있어. 턱 있어"라고 엄마에게 말해주기도 했다.

아이가 더 자라자 이제는 턱이 있을 때 언제나 엄마에게 말해주었다. 지윤이는 엄마가 안 보인다는 걸 알고, 엄마는 도움이 필요하다는 것을 알았다. 그리고 자신이 엄마의 눈이 될 수 있다고 생각했다. 함께 바라보는 소통의 빛은 언제 어디서나 모녀를 밝게 비추었다.

어떨 때는 지윤이가 까먹고서는 보이는 사람한테 말하듯이 할 때도 있긴 해요. 그러면 저는 "지윤아. 엄마 그렇게 이야기하면은 안 보여서 잘 모르겠는데" 하죠. 그 말을 듣고 다시 막 설명하고.

지윤이는 엄마가 보이지 않는다는 것을 잘 알고 있었지만, 때로는 너무 익숙해져서 엄마가 보이지 않는다는 사실을 잊기도 했다. 지윤이는 가끔 엄마에게 마치 보이는 사람에게 하듯이 말할 때도 있었다. 그럴 때 지영은 지윤이에게 "엄마는 보이지 않아서 잘 모르겠어"라고 편하게 말했다. 그러면 지윤이는 다시 엄마가 이해할 수 있는 방식으로 설명했다.

이는 지영이 자신의 보이지 않음을 의식하지 않고 살아가는 것과 비슷하다. 지윤이는 엄마가 보이지 않는다는 것을 알고 있으면서도 엄마에게 주려고 그렸다며 어린이집에서 그려 온 그림 선물을 내밀기도 했다. 이건 무슨 그림인지, 어떤 색깔로 그렸는지 이야기했다. 지윤이는 엄마가 보이지 않는다는 사실을 대수롭지 않게 생각했다. 지윤이는 엄마의 방식으로 알려줄 수 있었다. 엄마에게 그림을 설명해주는 아이의 모습은 오히려 즐거워 보였다.

— **엄마. 여기 동그라미 버스 타고 어디 가는 모형도 있어.**

— **모형도 있어?**

— **어. 비행기 타고 가는 곰돌이 가족도 있어.**

— **아 진짜?**

지윤이는 간식을 고르기 위해 편의점 안을 둘러보았다. 내부를 살펴보며 엄마에게 편의점 벽에 붙어 있는 모형에 관해 설명했다. 지윤이는 자신이 보고 있는 것들을 엄마에게 자세히 설명해주었다.

— **어. 딸기. 엄마. 딸기 맛이랑 복숭아 맛이 섞여 있대.**

— **그래?**

— **응.**

— **어떻게 알아?**

— **여기 그림 보고 알았지.**

— **거기 복숭아하고 딸기가 둘 다 그려져 있어?**

— **응.**

편의점을 둘러보던 지윤이는 음료수를 보고도 자기 나름대로 해석하여 설명했다. 음료수 라벨에는 딸기와 복숭아 그림이 있었는데, 그 그림을 보고 지윤이는 엄마에게 딸기 맛이랑 복숭아 맛이 섞여 있다고 말해주었다. 지윤이는 눈앞에 보고 있는 것에 자기 생각을 더해 엄마에게 설명해주었다. 덕분에 지영은 지윤이와 같은 세상을 볼 수 있었다.

지윤이는 간식으로 아로미라는 만화 캐릭터 모양의 초콜릿을 골랐다.

— **지윤아. 엄마가 궁금한 게 있어.**

— **응?**

— **아로미는 동물이야?**

— **응.**

— **무슨 동물이야?**

— **아니. 아. 아니 아니. 동물 아니고 그냥.**

— **응. 사람처럼 생겼어?**

— **어. 다리도 있어.**

— **아 그래?**

— **어 그러니까 얼굴 그거에. 음. 그다음에 뭐 물어보고 싶어?**

— **코코몽하고 아로미 얼굴 엄마가 모르잖아. 못 봤으니까.**

— **엄마. 이렇게 생겼어. 이렇게. (엄마 쪽으로 초콜릿을 내민다)**

— **그렇게 보여줘도 엄만 모르지 안 보이니까.**

— **아니. 리본도 이렇게 이렇게.** (양손으로 리본 모양을 만든다)

— **초콜릿이라 만져볼 수가 없어요.** (웃음)

— **엄마. 이렇게 리본은 이렇게 있고. 엄마 이렇게. 엄마가 한번 만져봐.**

— **안 돼. 초콜릿 엄마가 손으로 만지면 지저분해.**

— **아니. 여기 손은 안 묻었어.**

— **아니 아니. 엄마 손이 지저분하다고.**

— **아니. 여기 봐봐.** (엄마 손을 잡아끈다)

— **어디?** (지윤이의 손을 만진다)

— **이렇게 눈 부분은 이렇게 있고, 귀는 귀는 이렇게 길어.** (손바닥을 쭉 편다)

— (지윤이 손을 만지며) **어. 귀가 길어?**

— **응. 그리고 얼굴은 동그래. 눈, 눈도, 눈, 눈도 동그랗고 입도 좀 찌, 찐하고 코는 빨간색 이렇게.**

지영은 아이가 먹는 초콜릿이 궁금했다. 그래서 하나둘 질문을 던졌다. 지영은 지윤이가 하는 설명을 잘 들어주기도 했지만, 지윤이에게 질문도 많이 했다. 엄마의 질문은 아이가 더 다양하게 표현할 수 있게 물꼬를 터주는 역할을 했다. 지영이 지윤이에게 질문하면 지윤이의 상세한 설명이 이어졌다.

처음에 지윤이는 "엄마 이렇게 생겼어. 이렇게"라고 하며 엄마에게 초콜릿을 내밀었다. 지영은 지윤이에게 엄마는 보여줘도 모른다고 말했다. 아이가 먹는 음식이었기에 손으로 만져서 모양을 파악할 수도 없었다. 그러자 지윤이는 엄마에게 초콜릿 모양을 설명하기 위해 자신의 손으로 모양을 만들어서 초콜릿 모양을 간접적으로 설명했다. 아이가 만지라고 한 것(자신의 손)과 엄마가 만질 수 없다고 한 것(초콜릿) 간에 이해의 차이가 있었지만, 지윤이는 엄마가 자신의 손을 만질 때까지 엄마에게 재차 이야기하며 설명하려고 애썼다.

지윤이는 리본 모양을 만들기 위해 양손을 오므린 후 붙였다. 눈 부분을 설명하기 위해서는 주먹을 동그랗게 쥐었다. 기다란 귀 모양은 양 손바닥을 쭉 펴서 만들었다. 지윤이가 이렇게 손으로 모양을 만들 때 지영은 지윤이의 손을 만졌고, 비로소 초콜릿의 모양을 짐작할 수 있었다. 이처럼 지윤이는 말로 상세하게 설명할 뿐 아니라 섬세한 몸짓을 동원해 엄마에게 알려주었다.

보이는 사람이었다면, 아이가 먹고 있는 초콜릿이 무슨 모양인지 묻지 않아도 보는 즉시 알 수 있다. 그렇기 때문에 이러한 상황에서 아이와 이야기를 나누더라도 모양을 묻는 것 대신 다른 주제의 이야기를 했을 것이다. 보이는 엄마와 보이지 않는 엄마가 아이와 함께 상호작용하는 방식은 이처럼 큰 차이가 나타

난다.

설명을 마친 지윤이는 야금야금 초콜릿을 먹기 시작했다.

— **아로미 귀를 먹었어. 내가 음료수 먹고 초콜릿 먹고 음료수 먹고 초콜릿 먹고 막 그럴 거야. 이번에는 리본을 한번 먹어 볼 거야. 엄마 리본 다 먹었어. 귀도 다 먹었어. 엄마 그다음 귀가 또 있어. 계속 또 귀를 먹어볼게. 엄마 양쪽 귀가 다 없어졌어. 엄마 나 얼굴 한번 먹어볼게. 엄마 이번에는 눈썹을 한번 먹어볼게. 엄마 이번엔 눈을 한번 먹어볼게. 엄마 이번에는 코를 한번 먹을 거야. 엄마 코를 한번 먹어보겠어. 엄마 이번에는 입을 한번 먹어봤어. 엄마 엄마. 이번에는 얼굴을 먹어볼게. 내가 초콜릿 다 먹었어.**

지윤이는 아로미 초콜릿을 먹으며 엄마에게 초콜릿 먹는 과정을 모두 상세하게 설명했다. 지윤이는 캐릭터의 리본을 먹고, 양쪽 귀를 차례차례 먹었다. 또 얼굴을, 눈썹을, 눈을, 코를, 입을 먹는 과정과 거의 동시에 자신이 현재 초콜릿의 어느 부분을 먹고 있는지 엄마에게 이야기했다. 지윤이는 엄마가 물어보기 전에 먼저 엄마에게 무엇인가를 자세하게 설명하는 편이었다.

흔히 시각장애를 가진 부모의 아이는 말을 잘한다고 한다. 또,

말을 일찍 깨치는 아이가 유독 많다고 들었다. 물론 아이마다 개인차가 있기 때문에 말이 늦게 트이는 경우도 있겠지만, 내가 본 아이들은 대부분 묘사력이 뛰어났다. 아마도 부모가 아이에게 엄청나게 많은 의사소통과 상호작용을 시도한 결과일 것이다.

지윤이도 언어의 성숙도가 굉장히 높은 편이었다. 성격이 활달하고 말하는 것을 좋아하는 특성도 한몫했겠지만, 엄마와의 소통도 큰 도움이 되었을 것이다. 지윤이는 엄마에게 아주 상세하고 세세하게 상황이나 대상을 설명하고 있었다. 엄마에게 보이지 않는 대상일지라도 엄마의 질문과 지윤이의 대답이 만나 지영 역시 결국 지윤이와 같은 것을 보게 되었다.

"엄마, 나 여기 있어!"

지윤이가 이제 저희한테 완전 적응이 되어서 놀 때도 항상 저한테 소리를 내줘요. "엄마! 지윤이 봐라! 엄마 지윤이 뭐 올라가고 있다! 뭐 하고 있다! 뭐 잘하지! 멋있지!" 막 이런 식으로 계속 소리를 내거든요. 그러면 저는 소리 나는 쪽으로 조금씩 걸어가면서 쫓아다니기도 하고. 계속 지윤이 말에 대답해주거든요.

지윤이는 엄마가 불렀을 때, 대답을 안 하거나 소리를 내지 않으면 엄마가 다시 부르고 걱정한다는 것을 알았다. 그래서 지윤이는 엄마가 부를 때에만 대답하는 것이 아니라 엄마가 부르기 전에 자신이 어디에 있는지 알려주기도 했다. 무엇을 하고 있는지 상세히 이야기하며 엄마가 자신이 하는 일을 알게 했다.

지윤이는 엄마와 둘이 놀이터에서 놀 때도 항상 소리를 내주었다. 지윤이는 "엄마! 지윤이 봐라!", "엄마 지윤이 올라가고 있다", "잘하지! 멋있지!"라고 엄마에게 큰 소리로 끊임없이 말을 건넸다. 덕분에 지영은 아이만 졸졸 쫓아다니지 않아도 아이가 어디 있고, 무엇을 하고 있는지를 대략적으로나마 알 수 있었다. 또, 아이의 목소리를 통해서 아이의 기분이나 상태를 파악했다.

앞서 이야기했듯이 지영은 보이지 않기 때문에 아이에 대해 알려면 더 노력해야 했다. 그녀는 놀이터에서도 아이를 쫓기 위해서 부단히 노력했다. 온몸의 감각을 곤두세웠다.

개인차는 있겠지만 보이는 엄마가 아이와 놀이터에 가면 대부분은 육아에서 잠시 해방된다. 아이는 놀이터에서 다른 아이와 함께 놀고, 엄마는 휴대폰을 보거나 다른 부모와 이야기한다. 아이와 함께 있더라도 아이를 쫓아다니며 아이의 모습을 휴대폰으로 찍기 바쁘다.

바로 내가 아이의 모습을 사진으로 남기기 바쁜 사람이었다. 내 휴대폰에는 놀이터에서 찍은 아이의 사진이 고스란히 담겨 있다. 아이가 어렸을 때는 종종 지난 사진을 보며 그 시절을 회상하기도 했지만, 이제는 그저 습관적으로 사진을 찍는 것 같다.

사실 이 작고 네모난 기기 안에 아이의 찰나를 담기에는 역부족이다. 바람의 기분 좋은 일렁임, 땀을 흘리며 뛰어다니는 아이의 체온, 놀이터의 활기찬 분위기는 아무리 좋은 기기라도 담아낼 수 없다. 아이들이 웅성거리는 소리는 영상일지라도 제대로 담기지 않는다. 눈으로 본 색감과 사진 사이의 간극도 크지 않은가.

끊임없이 엄마를 부르며 자신의 상황을 설명하는 지윤이. 지영과 지윤이가 놀이터에서 노는 모습을 보니 아이가 놀이터에서 엄마에게 원하는 것은 무엇일지 처음으로 아이의 입장에서 고민하게 되었다. 휴대폰을 잠시 내려놓고 그 시간에 아이와 온전히 함께 호흡하는 것이 아이에게 더 큰 행복을 주는 일이 아닐까? 나는 아이와 함께할 때 더는 작은 기기로 순간을 포착하는 일에 과하게 몰입하지 않겠다고 결심했다.

보는 것은 살아가는 데 엄청난 이점을 가져다준다. 아침에 눈을 뜨면서 밤에 눈을 감고 잠들 때까지 눈으로 정보를 찾는 일은 계속된다. 너무나 익숙해져서 때로는 얼마나 편하고 좋은 일인지 잊기도 한다. 하지만 시각적인 것에 갇혀서 우리가 놓치게 되는 것들이 얼마나 많은지 생각해볼 필요가 있다.

— **지윤아? 지윤?**

— **응?**

— **어디 갔어?**

— **(엄마 곁에 와서) 있어.**

지영은 지윤이를 부르고, 아이의 대답을 통해 위치를 확인했다. 지영과 지윤이가 백화점에 갔을 때 엄마는 아빠의 옷을 사기 위해 매장에서 직원의 설명을 듣고, 옷들을 만져봤다. 그동안 지윤이는 매장 안팎을 오가며 혼자 놀고 있었다. "지윤아?" 아이의 기척이 느껴지지 않았는지 지영은 직원의 설명을 듣다가 갑자기 지윤이를 불렀다. 지영이 지윤이를 불렀을 때 아이는 매장 밖에서 대답했다. 그녀는 다시 아이에게 "어디 갔어?"라고 물었다. 지윤이는 즉시 엄마 곁으로 다가와서 "있어"라고 답했다. 지윤이는 백화점에 있는 내내 엄마가 부르면 대답했다. 지윤이는 자신을 불러서 위치를 확인하는 엄마의 방식에 익숙해져 있었다.

보이는 부모에게는 지속해서 위치를 알려주거나 구체적으로 행동을 설명할 필요가 없다. 엄마가 아이를 바로바로 볼 수 있기 때문이다. 물론 보이는 엄마를 둔 아이들도 부모가 부르면 대답한다. 지윤이는 그것에서 더 나아가 엄마의 불안을 알고 먼저 엄마에게 소리를 내어 자신의 위치를 알렸다.

— "턱이 있어" 이런 안내는 어머님 아버님한테만 하는 거죠. 다른 사람들한테는.

— 안 하죠.

— 구분이 확실히 되는구나, 지윤이가. 혹시 지윤이가 다른 시각장애인분들을 만난 적도 있어요?

— 네. 많이 만났어요.

— 그럼 그분들한테는 어머님께 하는 거 같은 행동을 하나요?

— 친구들이 여러 명 와서 한 명씩 한 명씩 옷 입고 집에 가느라고 신발장 옆에서 신발을 신는데, 한 친구가 좀 뒤에 서 있었더니 (지윤이가) 이 삼촌도 데리고 가야지. 가방도 가지고 가야지. 뭐 그런 거 있잖아요. 그런 거.

지윤이는 보이는 사람과 보이지 않는 사람에 대해 적절하게 행동을 달리했다. 지윤이는 아빠, 엄마가 보이지 않기 때문에 조심해야 하는 것이 있다는 것을 알았다. 예를 들어 길의 턱은 조심하지 않으면 아빠, 엄마를 불편하게 하거나 다치게 하는 장애물이었다. 그래서 보이지 않는 아빠, 엄마와 함께 길을 갈 때 앞에 턱이 있으면 지윤이는 알려주었다. 하지만 보이는 사람과 함께 걸을 때는 그런 이야기를 하지 않았다.

지윤이는 부모로 인해 다른 시각장애인들을 만날 기회가 많았는데, 그 사람들에게도 아빠나 엄마에게 하는 것과 같이 행동했다. 턱이 있다고 안내하기도 했고, 그들이 집에 왔을 때는 "이 삼촌도 데리고 가야지"라거나 "가방도 가지고 가야지"라는 말로 챙겼다. 지윤이는 보이는 사람이 왔을 때는 그런 말을 하지 않았다. 차이를 분명히 알고 있는 것이다.

지윤이는 장애를 가진 사람에 대해 별다른 이질감을 느끼지 않았다. 나아가 지윤이는 장애가 있는 사람뿐만 아니라 다른 타인들에 대해서 '이 사람은 나와는 달라' 하고 구분 짓지 않았다. 그냥 '사람 대 사람'으로 누군가를 대할 수 있었다. 지윤이는 엄마와 아빠는 다르고, 나와 친구는 다르다는 점을 자연스럽게 포용해갔다.

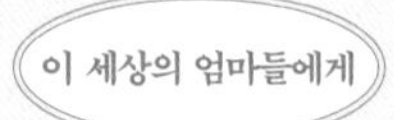

행복한 육아를 꿈꿔요

남 도움받는 걸 주저하지 말고 남의 시선에 구애받지 말고 그냥 엄마랑 아이 그 관계에만 집중했으면 좋겠어요. 보이는 사람도 누군가로부터 도움받고 다 하니까. 내가 장애인이라서 누구 도움을 받아야 하는 게 아니거든요.

'아, 내가 장애가 있지만, 우리 아이를 내가 내 힘으로 잘 키워야지' 막 이런 강박관념 같은 거 없이 저는 좀 엄마가, 엄마 아빠가 행복하게 육아했으면 좋겠다는 생각이 되게 크거든요. 그래야 아이도 행복하고. 부모가 스트레스 받는데 어떻게 아이를 행복하게 키우겠어요.

그니까 남의 도움받는 거 절대 주저하지 말고 적극적으로 요청해서 이것저것 제도들이나 뭐 아니면 가까운 지인이 됐든 누가 됐든 많은 도움을 받으면서 좀 행복하게 편하게 키웠으면 좋겠고. 그리고 시선도 사실은 신경을 안 쓸 수는 없겠지만, 내가 그걸 신경 쓴다고 해서 사실 달라질 것도 없고, 남들이 날 안 쳐다보게 할 수 있는 것도 아니고. 그러니까 내가 어떻게 할 수 없는 일인 거잖아요. 그거는.

그런 것에 스트레스 받지 말고, 에너지 쏟지 말고, 그 시간에 아이에게 더 집중해서 많이 사랑해주고, 그랬으면 좋겠다는 생각. 자꾸 비교하게 되잖아요. '아, 보이는 엄마는 이것도 해주고, 저것도 해주고, 여기도 가고, 저기도 가고 하는데 나는 못 해.' 그거는 뭐 집마다 다 다른 거니까. 내 아이는 내 방식대로 키우는 거죠. 누가 맞고 틀리고가 아닌 거니까. 그래서 그 두 가지를 꼭 이야기해주고 싶어요.

뭐 장애가 있다고 해서 없다고 해서 다른 게 아니고, 그냥 집마다 아이를 키우는 육아에 대한 가치관인 거고 환경인 거지, 그게 꼭 장애로 인해서 달라지는 차이점은 아니라고 생각해요. 어떻게 보면 그거죠. 장애를 떼고 그냥 봐주세요. 그거랑 똑같은 말이겠죠 뭐. 지윤이를 통해서 배우는 게, 참 지윤이를 키우면서 얻는 것도 많고 배우는 것도 많고 반성하는 것도 많고. 부모가 된다는 게 그런 거 같아요. 아이로 인해서 한 단계 더 성장하는 거죠.

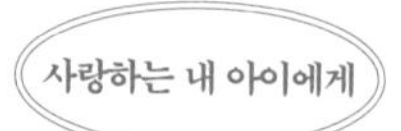

네 생각만으로 가득한 하루하루

사랑하는 지윤이에게.

예쁜 엄마 딸,

네가 서툴고도 서툰 엄마 아빠 품으로 찾아와준 지 벌써 다섯 해가 흘렀어.

너를 배 속에 품었던 그 순간부터 지금까지

엄마 아빠는 항상 네 생각만으로 가득한 하루하루를 보내고 있단다.

때로는 너를 혼내거나

쌀쌀맞게 굴거나

네가 원하는 것을 들어주지 않아

결국 큰 눈망울 가득 눈물을 뚝뚝 흘리게 만들어버리기도 하지만

엄마 아빠의 마음은 언제나 같은 말을 외치고 있다는 거 알고 있니?

아주아주 크게,

네가 들어주기를 바라면서 말이야.

그 말이 뭐냐면…

사랑해.

사랑해, 사랑해.

사랑한다. 우리 아가.

예쁜 우리 딸 사랑해.

세상에서 가장 사랑해……

앞으로 우리가 함께할 시간 동안

지금처럼 엄마 아빠가 너에게 상처를 주고

속상하게 만들 때도 분명히 있을 거야.

또 반대로 기쁨과 행복을 선물하는 일도 있겠지.

그렇지만 그 어떤 순간에도

엄마 아빠는 변함없이 우리 딸을 진심으로 사랑한다는 것,

그 마음 하나만큼은 네가 꼭 믿어주었으면 좋겠어.

그리고 엄마 아빠의 그런 마음이 우리 딸의 마음속에 크고 단단한 나무가 되어 너의 모든 순간에 함께할 수 있기를 기도한단다.

그리하여 먼 훗날, 너에게 소중한 아이가 찾아왔을 때

네 마음속에 뿌리내린 그 멋진 나무를 너의 아이에게도 전해줄 수 있는 깊고 단단한 사랑을 가진 어른이 되어주렴.

엄마 아빠도 그런 사람이 될 수 있도록 너를 위해 항상 노력할게.

너로 인해 언제나 감사하고 행복해.

사랑한다. 우리 딸.

3장

엄마 박민정과 아들 민준이의 이야기

엄마니까
그냥 다 알 수 있지

— 엄마 아까부터 소리가.

— 응.

— 다르다.

— 다르지?

— 어.

— 종이가 두꺼워서 그런가 봐.

— 이거 두꺼운 종이 아닌데.

— 좀 두꺼운 종이야 얘는. 계속 우리가 잘랐던 것보다.

— 응.

— **더 두꺼운 종이야. 비교해봐 이따가.**

(중략)

— **엄마 아까랑 소리가 좀 다르다.**

— **다르지?**

— **응. 이렇게 소리 난다.**

— **어어. 얘는 얇아. 만져봐 이따가.**

보이지 않는 엄마와 보이는 아이가 종이를 자르며 이야기를 나누고 있다. 두 사람은 종이를 자를 때 나는 소리에 집중한다. 민준이는 종이 두께를 알아보기 위해서는 직접 만져봐야 한다는 것을 알고 있었다. 그리고 이번에는 종이를 자르면서 종이 두께마다 나는 소리가 다르다는 것을 알게 되었다. 민준이는 다양한 감각을 통해 새로운 방식으로 세상을 느꼈다.

민정은 시각이 아닌 다른 감각을 통해 대상을 파악했다. 그리고 아이에게도 동일한 방식으로 대상을 파악할 수 있게 했다. 덕분에 민준이는 그 대상이 가지고 있는 다양한 속성들을 이해할 수 있었다.

저는 (본다는 것에 대해) 크게 의미 부여를 하지 않았던 거 같아요. 예를 들어서 진짜 눈으로 봤다면 나머지 한 이십에서

삼십 프로가 채워져 완전한 백 퍼센트가 되겠지만, 나머지 칠에서 팔십 프로는 굳이 눈으로 보지 않았다 하더라도 다 공감할 수 있는 부분이고 채워질 수 있는 거 같아요. (본다는 것이) 결코 반드시 필요한 건 아니죠. 보지 않아도 저는 더 중요한 걸 느낄 수 있는 거 같아요. 겉으로 표현되지 않는 건 안 보이는 사람, 안 보고 생활하는 것에 익숙해져 있는 사람이 더 잘 발견한다고 생각해요.

민정은 본다는 것에 대해 크게 의미를 부여하지 않았다. 그녀는 눈으로 보지 않아도 대부분은 공감할 수 있었다. 시각이 아니더라도 다른 감각으로 충분히 채워질 수 있다고 생각했기 때문에 시각에 연연하지 않은 것이다. 그녀는 다른 감각을 통해 충분히 많은 것을 느끼고 있었다.

그리고 민정은 겉으로 표현되지 않는 것들을 보이는 사람보다 더 잘 알아채기도 했다. 이런 민정에게 본다는 것은 꼭 필요한 게 아니며 오히려 다른 감각들을 보조하는 수단이었다.

— **민준아 이거 무슨 소리야? 무슨 소리야 민준아?**

— **이거?**

— **들어봐.**

— **노래 틀어놨나 봐.**

— **응. 그런가 봐. 노랫소리. 여기 피아노 치는 소리 났는데 지금은 안 나네?**

— **났다.**

— **났어?**

— **소리 난다.**

— **소리 나지?**

— **응.**

민정은 민준이와 놀이를 하던 중 피아노 연주 소리를 들었다. 민정은 민준이에게 피아노 소리에 대해 이야기했다. 엄마의 말을 듣고 민준이도 피아노 소리에 귀를 기울였다.

— (길을 걷다 멈춰 서서) **어? 민준아 귀뚜라미 소리네?**

— **진짜. 어디 있는 거야. 나무 위에 안 보이는데?**

— **귀뚜라미는 나무 위에 없지. 귀뚜라미는 나무 위에 안 살고 구석구석에 살아. 풀 사이에 살고. 사람들 눈에 안 보이는 데.**

가을밤, 엄마와 아들은 길을 걷고 있었다. 어디선가 귀뚜라미 우는 소리가 들렸다. 민정은 민준이에게 귀뚜라미 소리가 들린다고 했다. 보이지는 않지만, 소리로 귀뚜라미가 풀숲에 있다는 것을 알았다. 민정과 민준은 사소한 것도 놓치지 않고 대화를 이어나갔다. 민정은 집에서도, 길을 걷다가도 민준이가 무심코 지나칠 수 있는 소리나 냄새를 알려주었다. 그러면 민준이도 다른 감각에 집중해볼 수 있었다.

민정은 평소에도 민준이에게 "바람 소리 들어보니까 뭐가 생각나?", "나뭇잎이 저렇게 흔들리는 소리 들으니까 어때?", "물 냄새는 어떤 거 같아?"라고 물었다. 엄마는 항상 아이에게 질문했고, 아이는 엄마의 물음에 언제나 자신의 느낌을 말했다. 민정은 민준이와 놀이터에 나가기 위해 옷을 고르는 상황에서도 '길고, 미끄럼틀 탈 때 안 아플 거 같은 바지'를 찾아보자고 이야기했다. 바지를 고를 때도 바지의 색이나 무늬처럼 시각적 특징이 아닌 길이와 두께 같은 촉감으로 설명하는 것이다.

민정은 자신이 느끼며 살아가는 것을 아이에게도 똑같이 느끼게 해주고 싶었다. 다른 감각으로 집중하면 눈으로 보는 것보다 더 많은 것을 느낄 수 있었다. 덕분에 민준이는 다른 아이들보다 여러 감각을 활용해 더 풍부하게 세상을 느끼고 있었다. 다양한 감각은 민정과 민준이가 같은 세상을 볼 수 있는 힘이 되었다.

민정은 보이지 않는 것의 가치를 잘 알고 있었다. 또, 그 가치를 민준이와 나누며 세상을 충분히 향유하고 있었다. 매일의 삶

속에서 아름다움을 만끽하고 아이에게 전해주는 민정의 모습이 참 인상 깊다.

민정은 민준이에게 엄마가 보이지 않아도 다 알 수 있다는 메시지를 주려고 노력했다. 민정은 눈으로 보고 확인해야지만 알 수 있는 게 아니라 보지 않아도 엄마니까 그냥 알 수 있다는 것을 아이가 일상에서 느끼게 해주고 싶었다. 그래서 그녀는 아이에게 "엄마니까 다 알지"라거나 "엄마니까 잘 알지"라는 말을 자주 했다.

민정은 정말 그녀의 말처럼 눈으로 보지 않아도 엄마이기 때문에 모든 것을 다 알 수 있었다. 그녀는 민준이의 숨소리만 들어도 감기에 걸렸는지 알 수 있고, 민준이의 손만 잡아도 아이가 추운지 아닌지 알 수 있었다. 민준이는 그런 엄마에게 엄마가 보이지 않기 때문에 모를 것이라는 이야기를 하지 않았다. 이미 엄마가 많은 것을 알고 있다는 사실을 충분히 온몸으로 느꼈기 때문이다.

많은 부모가 아이를 볼 때 눈으로만 파악하려고 한다. 하지만 눈에 보이는 것이 전부는 아니다. 아이를 눈으로 보려고 애쓰는 동안 다른 많은 것을 놓쳤을지도 모른다. 곤히 잠든 아이 가슴의 들썩거림을 확인하다가 아이의 쌕쌕거리는 숨소리는 놓쳤을

지도 모른다. 아이의 부드러운 피부, 따뜻하고 평온한 분위기를 놓쳤을 수도 있다. 어쩌면 보는 것에 치중하여 아이와 그 순간을 온전히 함께해주지 못했을 수 있다. 시각 외에도 아이를 이해할 수 있는 방법은 무궁무진하다.

보통 엄마들은 뭐 예를 들어서 키가 큰 삼촌 있잖아, 이런 어떤 외모적인 거를 설명한다면, 저는 함께했던 상황을 설명하는 거 같아요. 그때 우리 같이 스파게티 먹었던 삼촌 있잖아. 어디 박물관 가서 만났었잖아. 음. 제가 그런 말을 많이 하긴 해요. 오늘 누구 만났고 뭐 해서 오늘은 어땠어? 이렇게 했는데 기분이 어땠어? 좋았어? 또 만나보고 싶어? 이런 식으로. 다음에 만나면 그 삼촌은 무슨 삼촌이라고 부를까? 뭐 이런 것도 많이 이야기하고.

민정은 민준이에게 사람에 관해 설명할 때 외적인 부분으로 설명하지 않고, 그 사람과 함께했던 상황으로 설명했다. 민정처럼 보이지 않는 사람은 대부분 이런 방식으로 이야기한다. 예를 들어 그녀는 '키가 큰' 삼촌이 아닌 '같이 스파게티 먹었던' 삼촌 또는 '박물관 가서 만났던' 삼촌이라고 설명했다. 또한 민정은 그 삼촌을 만났을 때 아이의 기분이 어땠는지, 삼촌을 어떻게 부를지에 대해서 이야기를 나눴다. 그래서인지 민준이 역시 누군가를 떠올릴 때, 그 사람과 어떤 이야기를 나눴고, 그 사람이 자기한테 어떻게 했는지를 명확하게 기억하고 있었다. '어떻게 이런 걸 다 기억하지?'라는 생각이 들 만큼 또렷했다.

어떤 일이 있을 때, 우리 거기 가서 뭘 봤잖아, 이런 말보다 거기 가서 뭐 타고, 뭐를 먹고, 누구누구랑 갔는데, 엄마 그거 기억나? 이런 식으로 말하는 경우가 많아요.

민준이도 어떤 일에 관해 설명할 때 자신이 시각적으로 본 것이 아닌 자신의 경험을 이야기하듯이 설명했다. 시각적인 표현보다는 다른 정보를 더 많이 집어넣어서 그 당시 상황을 설명했다. 돌고래를 만져보고 왔을 때도 그랬다. 민준이는 돌고래의 생김새에 대해 말하지 않았다. 돌고래를 만졌을 때 차가웠다는 것과 돌고래 피부의 느낌을 설명했다. 그리고 돌고래가 물을 뿜어서 가족이 물에 젖었던 상황을 이야기했다. 민정은 민준이가 또래보다 상황에 대해 더 자세하게 설명한다고 생각했다.

함께 나눈 경험과 감정을 토대로 하는 두 사람의 대화는 더욱 풍성했다. 그리고 이들의 대화에는 한 편의 시처럼 아름다운 표현들로 가득했다.

시작은
선택권을 주는 것에서부터

85년생 박민정은 선천성 녹내장으로 태어났다. 저시력이었다가 조금씩 안 보이게 되었고, 초등학교를 졸업할 즈음 실명했다. 민정은 유년기부터 청소년기까지 맹학교에 다녔다.

그녀는 초등학교 5학년 때 처음으로 자기 자신에 대해 생각하기 시작했다. 저시력에서 전맹이 되어가는 과정에서 '왜 나는 똑같이 예전에도 잘 안 보였고 지금도 그냥 안 보이는 건데, 나를 대하는 사람들의 행동은 달라질까?' 하고 생각했다. 그런 생각은 자연스럽게 '그럼 나는 어떤 사람인 걸까?'로 이어졌다.

또, 그녀는 자신처럼 전맹인 친구가 유학을 가면서 자신과는 다른 삶을 살게 되는 것을 보았다. 그때 민정은 '나는 어떻게 살아야 할까?' 하고 고민했다. '우리 집은 부자가 아닌데 그래도 나는 공부도 하고 싶고, 잘 크고 싶은데 어떻게 크는 게 잘 크는 걸까?'라는 생각을 했다고 한다.

민정이 장애를 가졌기 때문에 했던 다양한 고민은 앞으로 무엇을 해야 하는지, 내가 잘하는 것은 무엇인지, 나는 어떤 사람인지, 남들은 나를 어떻게 보는지 등에 대해 생각해볼 기회를 주었다. 민정은 많은 질문에 나름의 답을 찾아냈다. 그리고 그녀는 남들과 다른 자신이 할 수 있는 것과 할 수 없는 것을 일찍 깨닫고 자신을 이해해갔다.

민정은 맹학교에서 사회 적응 교육 프로그램에 참여한 적이 있었는데, 그 프로그램을 통해 대학생 언니, 오빠를 많이 만나게 되었다. 또 민정은 친척들이 한 동네에 모여 살았기 때문에 사촌들과도 자주 만났다. 다른 세계에 사는 사람을 많이 만나다 보니 맹학교에 다니는 게 답답하게만 느껴졌다. 다양한 일을 하는 사람들과는 달리 왜 자신은 커리큘럼이 한정된 학교에 다녀야 하는지 의문이 들었다. 그리고 '다른 학교에 가게 되면 나도 다른 것을 더 배울 수 있지 않을까?' 하고 생각하기도 했다. '어차피 크면 안마를 배워야 하는데, 꼭 그것만 배워야 하는 걸까?', '다른 방법으로 돈을 벌 수는 없을까?'라는 데까지 생각이 미쳤다.

민정은 언제나 새로운 것을 배우고 싶었고, 다양한 사람을 만나고 싶었다. 꿈이 많았던 민정은 대학에서 복지와 음악을 전공했고, 이후 대학원에 진학해 음악 공부를 더 할 수 있었다.

민정은 어린 시절에 시력의 변화를 겪었지만, 그로 인한 엄청난 성격의 변화는 없었다. 그런데 만약 저시력으로 계속 살았다면, 자신이 가진 개인적인 성향이 더욱 강해져서 지금처럼 남들의 도움을 받지는 않았을 거라고 말했다. 아이를 양육하는 일에 대해서도 혼자서 많은 것을 결정했을 것 같다고 했다.

민정의 동생은 민정과 마찬가지로 어릴 때 저시력이었지만, 20대에 실명했다. 민정은 동생이 잔존 시력을 활용하는 모습을 보며, 아무것도 볼 수 없는 자신보다 시력이 낮더라도 보이는 동생이 할 수 있는 것이 더 많다는 것을 절감했다. 민정은 이런 환경에서 시력이 조금이나마 있는 것과 없는 것의 차이가 크게 날 수 있다는 것을 의식하며 자랐다. 그로 인해 그녀는 '시력이 있는 사람을 배우자로 만나야겠다'는 생각을 확고하게 굳혔다.

민정은 같은 장애를 가진 이들끼리 서로 가장 잘 이해할 수 있다는 일반적인 생각에는 동의했다. 하지만 그보다 더 중요한 실질적인 부분이 있다고 생각했다. 민정은 전맹인 시각장애인 남자친구를 만났던 적이 있다. 혼자서는 다른 사람의 도움을 받는 게 부끄럽지 않았지만, 둘 다 볼 수 없으니 불편함이 배로 느껴졌다. 또 다른 이들의 시선이 더욱 신경 쓰였다. 그때 민정은 같은 장애를 가진 사람을 만나게 되더라도 조금은 시력이 있는 사람을 만나는 게 좋겠다고 생각했다.

민정은 부부가 서로를 완벽하게 이해하지는 못할지라도, 자신을 채워줄 수 있는 배우자가 더욱 필요하다고 여겼다. 특히 민정은 아이를 낳고 싶은 마음이 컸기 때문에 부모 중 한 명은 앞이 보이는 게 좋으리라 생각했다. 그렇게 민정은 마음이 잘 맞고 앞이 보이는 사람과 결혼했다. 현재 민정은 남편과 한 명의 자녀와 함께 살고 있다.

민정에게 남편의 눈은 도움이 되기도 했지만, 남편의 '볼 수 있음'은 상대적으로 자신의 '볼 수 없음'을 더 크게 다가오게 했다. 바로 옆에서 같이 사는 사람이 계속 시각을 활용하는 모습을 보다 보면, 자신이 가지지 못한 부분을 더 의식할 수밖에 없었다. 민정은 남편과 생활하며 '보이면 이런 것을 더 많이 해줄 수 있을 텐데'라는 생각을 많이 했다. 그렇다고 민정이 좌절한 것은 아니었다. 그녀는 '모든 것을 꼭 볼 필요는 없다'라는 생각을 잊지 않았다. 보지 않아도 더 중요한 것을 느낄 수 있다고, 겉으로 표현되지 않는 것을 더 잘 발견할 수 있다고 생각했다.

민정은 보았던 기억이 있기 때문에 무언가를 본다는 느낌이 어떤 것인지 잘 알고 있다. 예전에 보았던 경험과 색깔에 대한 이해가 남아 있기 때문에 무엇인가를 상상할 때 비교적 빠르게 떠올릴 수 있었다. 하지만 민정은 굳이 눈으로 보지 않아도 다 공감할 수 있다고 생각했다. 그래서 '본다'는 것에 대해 크게 의미를 부여하지는 않았다.

민정의 남편은 비장애인이었으나 아이의 돌 무렵, 급성 뇌출혈이 오면서 뇌병변 2급 장애를 갖게 되었다. 민준이가 어릴 때 생긴 일이라 당황했지만, 지금은 다행히 상태가 많이 좋아져서 일도 할 수 있게 되었다. 남편에게 장애가 생긴 초기에는 남편이 대부분의 집안일을 했고, 민정은 복직했다. 둘 중 한 사람은 안정적인 회사에 다녀야 한다고 생각했기 때문이다. 그녀는 장애체험 관련 직장에 다니고 있고, 남편은 재활을 받다가 최근 들어 다시 일하기 시작했다.

결혼 후 1년 8개월이 지나고 민정은 아이를 가졌다. 그녀는 멋진 엄마가 되고 싶어서 육아 관련 서적이나 유튜브 강의를 찾아보며 공부했다. 그녀는 아이를 낳고 양육하는 일에 관심이 많았다.

민정은 녹내장이 혹시나 아이에게 유전될까 무서웠다. 물론 남편의 눈이 건강했기 때문에 반쯤은 마음을 놓을 수 있었지만, 걱정으로부터 완전히 자유로울 수는 없었다. 하지만 말이 씨가 된다고 계속 그런 생각을 하면 정말 그렇게 될 것만 같아서 최대한 부정적인 생각을 하지 않으려고 노력했다.

임신 37주가 지나고 애타는 마음으로 기다린 아이는 2.52킬로그램의 작은 몸으로 세상과 마주했다. 민준이가 세상에 나오고 그녀의 배 위에 올라온 순간, 민정은 살면서 처음으로 '아 진짜 보였으면 좋겠다' 하고 생각했다. 눈도장이라도 찍어두고 싶은데, 체온으로만 아이를 느끼려고 하니 실감이 나지 않았다. 아이가 태어나자 원장 선생님은 남편에게 아이를 안겨주며 기도하라고 했다. 남편은 눈물을 보이며 정성껏 기도했다. "하나님 감사합니다. 민준이를 저희에게 선물로 보내주셔서 감사합니다. 아내도 민준이도 건강하게 지켜주셔서 감사합니다. 하나님의 은혜로 이 아이를 잘 키울 수 있도록 도와주세요. 예수님의 이름으로 기도드립니다. 아멘." 민정은 침대에 누워 남편이 기도하는 소리를 가만히 듣고 있었다. 민정은 생명이 참 귀하고 소중하다고 생각했다.

민정은 아이를 낳을 당시에는 민준이에 대한 별다른 느낌이 없었다. 몇 시간이 지나고 모자동실에 아이와 함께 누워서 잠이

들 때 많은 생각을 했다. 막 태어난 아이에게서 나는 비릿한 냄새나 양수 냄새 같은 게 너무 신기했다. 하룻밤을 함께 보내니 '이 아이가 내가 낳은 아이가 맞구나' 하고 비로소 실감이 났다.

민정은 자신이 느끼는 민준이의 이미지로 아이의 모습을 상상했다. 그녀는 민준이가 바가지 머리가 잘 어울리는 두상일 것이라 생각했다. 이마는 자신을 닮았다고 느껴서 그대로 상상했다. 눈은 동그란 모양으로 생각했는데, 주변의 이야기를 들어보면 그렇게 동그랗지는 않은 것 같다. 민정은 민준이를 느끼고 상상했으나 아이의 얼굴에 표정을 덧입히기는 조금 어려웠다. 워낙 어릴 때 시력을 잃었기에 아이들의 생김새와 다양한 표정을 연결 짓기가 쉽지 않았다. 그래도 민정은 민준이를 느낄 수 있었다. 민준이는 민정의 상상과는 조금 다른 모습이겠지만, 아이의 포근한 느낌과 사부작거리는 소리는 그대로 민정에게 전달되었다. 그 감각은 지금도 선명하게 남아 있다.

민준이는 2016년생 남자아이다. 민준이의 집에는 온갖 종류의 교통수단 장난감이 있다. 내가 방문한 대부분의 시간에 민준이는 엄마와 함께 장난감을 가지고 놀았다. 놀이는 꼬리에 꼬리를 물고 이어져 엄마가 퇴근하고 집에 온 오후 6시 반 무렵부터 내가 집을 나서는 늦은 저녁 때까지, 밥 먹는 시간을 제외하고 계속되었다. 인상적이었던 것은 놀이 내내 민정과 민준이 사이에 대화가 쉴 새 없이 이어졌다는 것이다. 민정은 아이와 함께하는 시간에 전심을 다해 자신도 놀이를 즐겼고, 그렇게 아이와 행복한 추억을 쌓았다.

민정의 엄마는 굉장히 헌신적이고 강인한 사람이다. 그녀의 엄마는 민정과 동생을 자립적으로 키우기 위해 부단히 노력했다. 일을 해야 하는 형편이 그렇게 만들기도 했지만, 그녀의 엄마는 민정과 여동생이 외부 캠프를 가도 아이들과 연락을 주고받기보다 아이들이 그 상황에 집중하기를 바랐다. 민정의 엄마는 그녀에게 입버릇처럼 "네가 하고 싶은 거 했으면 좋겠어. 엄마는 네가 그걸 잘 찾을 거라 믿는다"라고 했다. 이러한 모습은 민정 역시 자신의 아이에게 헌신적이고 강한 엄마가 되겠다고 결심하는 동기가 되었다.

그리고 민정은 아이에게 다양한 경험을 시켜주겠다고 결심했다. 민정은 육아에서 시각이 없어도 해줄 수 있는 언어나 정서적인 부분을 담당했다. 시각이 필요한 부분은 남편이 담당하여 민준이를 돌봤다. 그들은 가족 이외에 활동지원사 같은 다른 사람의 도움 없이 민준이를 키웠는데, 민정은 민준이가 어렸을 때 엄마의 도움을 많이 받았다. 건강한 손자는 할머니의 낙이 되었다. 그녀의 엄마는 민정과 동생을 키울 때 너무 바쁘기도 했고, 두

딸의 시각장애로 인해 제약이 있던 것을 민준이를 통해 채워갔다. 민준이는 그야말로 온 가족의 축복이고, 사랑이었다.

민정은 민준이 생후 24개월 때까지는 아이와 함께 있었고, 이후부터 직장에 나갔다. 엄마가 오전 10시부터 오후 5시까지 일하는 동안 민준이는 어린이집에 다니게 되었다. 처음에는 오전에만 어린이집에 보내고, 오후에는 할머니와 아빠가 돌아가며 아이를 돌봤다.

민준이는 어린이집 초기 적응을 매우 잘해서 별 어려움 없이 등원했다. 너무 잘 지내서 어린이집 선생님이 먼저 민준이 성격이 원만하니 오후 3시까지 있어도 되겠다고 말할 정도였다. 하지만 민정은 어린 민준이를 낯선 환경에 오래 두는 것이 마음에 걸렸다. 물론 민준이는 엄마, 아빠와 함께 다양한 곳에 다니고 많은 사람을 만났다. 하지만 엄마 없이 새로운 환경에서 오래 있어야 하는 일이 아이에게 스트레스가 될 것만 같았다. 직장에 나가면서부터 아이와 함께 오래 있어주지 못하는 게 미안하기도 했다. 그래서 민준이는 첫 등원부터 6개월까지는 오전 세 시간 정도만 어린이집에 있었다.

민정은 어린이집에서 낮잠을 잘지를 민준이가 선택하도록 했다. 담임 선생님은 아이가 잘 적응했다고 말했지만, 민정은 다른

이의 생각보다 민준이의 뜻을 더 중요하게 생각했다. 그녀는 아이에게 친구들과 같이 낮잠을 자고 싶은지, 일찍 집에 와서 자고 싶은지 물었다. 혹시 아이가 어린이집 생활이 힘든데, 억지로 참고 있는 건 아닌지 걱정이 됐다. 민준이는 집에 와서 자고 싶다고 했고 민정은 아이의 선택을 신뢰했다.

민정은 6개월간 12시에 아이를 집에 데려왔고, 아이가 선택한 대로 집에서 낮잠을 재웠다. 시간이 지나 아이가 스스로 어린이집에서 친구들과 낮잠을 자고 싶다고 하자 또다시 그 선택을 존중했다. 민준이의 의사를 존중했기에 아이는 어린이집의 다른 아이들보다 적응 기간을 오래 가졌다. 하지만 민정은 민준이 뜻에 따른 것이 아이가 안정적으로 잘 적응하는 데 중요한 역할을 했다고 믿었다.

민정은 아이에게 여러 선택지 중에서 하나를 고를 기회를 주고 있었다. 뭐든지 아이에게 설명하고 의견을 물었다. 그리고 결정에 있어 아이에게 자신과 동등한 권한을 주었다. 아이에게 선택권을 줌으로써 아이는 자신의 선택에 만족하고, 책임을 질 수 있게 되었다. 민정은 민준이의 의견을 충분히 듣고, 수용하며, 존중했다.

민준이는 어린이집에 다녀와서는 엄마에게 친구들이나 어린이집 생활에 대해 자주 말했다. 이야기를 잘하고 세심한 민준이 덕분에 민정은 조금은 마음을 놓고 일을 하면서 아이를 양육할 수 있었다.

보이지 않기에
할 수 있는 것들

민정은 민준이의 이름을 부르고, 민준이에게 말을 건네며 이야기 들려주는 것을 참 좋아했다. 그녀는 민준이가 엄마의 목소리를 들으면 엄마라는 존재를 느낄 수 있다고 생각했다. 그래서 민준이가 말을 하지 못할 때부터 민정 혼자 말하고, 혼자 대답하는 방식으로 아이를 대했다. 민준이가 어린이집에 다니면서부터는 일찍 일어나서 등원 전까지 민준이와 이야기를 했다. 그녀는 퇴근 후에도 온종일 민준이와 이야기를 나누며 시간을 보냈다. 민정과 민준이의 관계에서 대화는 습관과 같은 것이었다.

— 민준아 배 만들면 뭐 할 거야?

— 응?

— 배 만들면.

— 배?

— 응. 배로 뭐 할 거야?

— 이거 배야?

— 어. 아직 다 안 만들었는데 다 만들면 뭐 할 거야 얘로?

— 배?

— 응.

— 엄마! 배야? 둥둥 떠다니는?

— 응. 둥둥 떠다니는. 배는 어디서 떠다니지?

— 음. 물 수족관?

— 맞아. 응. 물 위에서.

— 물 위에서.

— 응. 민준이도 타봤어요?

— 타봤어요. 엄마 거기 타봤어요. 남이섬 가서.

— 맞아요. 남이섬 가서 탔지.

— 어떻게 갔지? 거기서 내가 어떻게 어떻게 걸어갔지?

— 어떻게 갔지?

— 거기 계단에 훅 바다까지 거기 기다란 음. 거기 기다란 한

칸, 두 칸, 세 칸 이렇게 음. 가서 거기 음. 탔잖아.

— **맞아요.**

— **거기 앉았잖아.**

— **맞아요. 민준이 잘 아네. 그래서 우리 물 안 빠지고 그치? 물에 안 빠지고 다리까지 갔지.**

놀이 중에도 이들의 대화는 끊이지 않았다. 민정과 민준이는 종이배를 접으며 대화를 나눴다. 대화 주제는 배를 만든 후에 하고 싶은 것, 배가 떠다니는 곳, 배를 타본 경험, 다리를 건너는 방법이었다. 손으로는 꼼꼼히 종이를 접으면서도 이야기는 계속됐다. 종이배를 접은 후에는 종이배가 물에 들어가면 어떻게 될지, 종이배를 어디에서 가지고 놀아야 할지에 관해 말했다. 나중에는 직접 종이배를 물에 넣어서 어떻게 되는지 관찰해보기로 했다. 이들은 종이배 하나를 접으면서도 여러 주제로 옮겨가며 다양한 이야기를 나눴다. 민정은 아이의 생각이 여러 갈래로 확장되어 자유롭게 뻗어나갈 수 있게 도와주었다. 형형색색 만화경 속 아름다운 패턴처럼 다양하고 개성 있지만 조화로운 두 사람의 이야기는 반짝반짝 빛나고 있었다.

두 사람은 배를 타고 떠나는 역할 놀이를 이어갔다. 종이배 놀이가 끝나자, 다음에는 자연스럽게 종이 자르는 놀이를 했다. 민준이가 종이배를 펴다가 종이가 찢어졌는데, 그것을 놀이로 연결한 것이다. 민준이는 마음에 드는 가위를 골라서 종이를 잘랐다. 자른 종이의 모양에 관해서도 이야기를 나눴다. 길쭉길쭉 잘린 종이를 보며 오이, 당근, 가지 같은 야채를 떠올리기도 했다. 마지막으로 종이 쪼가리는 포크레인 장난감 자동차를 가지고 와서 집었고, 덤프트럭 장난감 자동차로 옮겨서 쓰레기통에 골인시켰다. 치우는 과정까지 완벽하게 놀이로 이어졌다.

놀이의 처음부터 끝까지 민정과 민준이의 대화는 한 번도 끊어지지 않았다. 민정의 모든 말에 민준이가 대답했고, 민준이의 모든 말에 민정도 열심히 대답했다. 민정은 아이와 많은 이야기를 주고받고 다양하게 노는 것이 일상이라고 했다. 한 가지 놀이에서 끝나지 않고 다양한 주제로 나눈 대화가 또 다른 놀이로 확장되는 과정이 놀라울 정도였다.

— **엄마 지금 밤이 됐어.**

— **밤 됐지.**

— **응.**

— **응. 해님이 집에 갔다. 그치?**

— **어. 조금. 하늘이 조금. 하늘이 조금. 하늘이 변했어.**

— **응?**

— 조금. 하늘이. 어. 어. 갈색인데?

— 갈색이야?

— 응. 하늘이.

— 하늘이.

— 응.

— 해님이 집에 가면서.

— 응.

— 달님이 나오잖아.

— 응.

— 그래서 색깔이 바뀌었나 보다. 해님은 집에 뭐 타고 갔을까?

— 날아서.

— 날아서? 해님은 날개가 있어?

— 날개가 있어.

— 그래?

— 날개가 새처럼 있어.

— 날개가 새처럼 있구나. 좋겠다. 해님은.

날이 저무는 모습을 보면서도 민정과 민준이는 대화했다. 엄마와 여러 주제의 이야기를 나누는 민준이는 자신의 생각을 잘 표현했다. 민준이는 해님에게 새처럼 날개가 있다고 말했고, 민정은 아이의 생각에 맞장구쳤다. 아이의 독특하고 생생한 표현과 엄마의 공감이 만나 그들의 이야기는 더욱 따뜻하고 넉넉하게 채워지고 있었다.

— **빵빵! 빵빵!**

— **네에. 누구세요?**

— **72번 버스입니다. 비키세요.**

— **칠십이번이야?**

— **어. 칠십이번이야.**

— **그렇구나.**

— **72번 72번 72번 72번.**

민정이 의도하지는 않았지만, 보이지 않아서 대화할 때 민준이만의 독특한 생각을 더욱 존중해줄 수 있었다. 사실 민준이가 말한 72번 버스는 120번이었다. 아마 민준이는 1의 윗부분이 꺾인 모습을 보고 7이라고 오해한 것 같다.

나였다면 아이에게 곧장 "72번 아니야. 120번이야"라고 바꿔줬을 것이다. 그런데 민정은 바로 수정해주기 어려웠다. 정답을 강요하지 않은 덕분에 민준이는 더욱 다양하게 많은 것을 생각해볼 수 있었다. 예를 들어 민준이는 동물이 그려진 책에서 상어가 오징어를 잡아먹으려고 하는 모습을 봐도 상어와 오징어가 같이 놀자고 이야기한다고 해석했다. 아직 어리기 때문에 동물들의 관계에 대한 이해도 부족하고 내용을 상세하게 이해하기 어렵기에 나온 반응이었다. 민정은 이럴 때 제대로 된 내용을 알려주는 게 좋을지, 그냥 둬도 괜찮은지 꽤 오랫동안 고민했다.

그녀는 아직 정답을 찾지는 못했지만, 아이의 상상력을 존중하는 방식으로 아이와 소통하고 있다. 남편에게 그림을 제대로 확인하고 민준이의 생각과 그림의 차이를 느끼기는 했지만, '민준이는 그렇게도 생각을 했었구나' 하고 넘겼다.

민정은 대화가 아이와 엄마의 관계를 긴밀하게 이어주는 중요한 수단이라고 생각했다. 그녀는 민준이가 엄마에게 자신의 기분과 감정에 대한 정서적인 표현을 많이 할 수 있도록 이끌어주고 싶었다. 민정은 민준이 스스로 자신의 기분과 감정을 솔직하게 표현할 수 있어야 다른 사람의 감정에도 공감해줄 수 있다고 생각했다. 그래서 대화를 더욱 중요시하며 함께 이야기를 나눴다. 엄마의 목소리로 엄마의 마음을 충분히 느낀 민준이는 따뜻한 목소리로 다른 사람에게 온화한 말을 건넬 수 있는 아이로 성장하고 있었다.

편견의 벽을 넘어
민준이를 마주하다

민정은 아이를 낳고 기르는 동안 여러 편견과 마주했다. 사람들이 민정에게 갖는 편견의 기저에는 민정이 장애인이기에 엄마 역할을 잘할 수 없을 것이라는 생각이 깔려 있다. 여성이 아이를 갖는 것은 자연스러운 일이다. 하지만 산부인과 의사는 민정에게 "잘 낳을 수 있으시겠어요?"라고 물었다. 민정의 임신과 출산 과정에 의문을 표한 것이다.

의사 선생님이 저를 대하는 느낌이 성인을 대한다기보다 좀 되게 어린 사람을 대하는 것 같은 그런 느낌이 들었어요. 내

가 엄마가 돼서 임신 사실 여부를 확인하러 갔음에도 불구하고 '어떻게 낳으려고 하냐' 이런 느낌처럼. "잘 낳을 수 있으시겠어요?" 이런 이야기. 그래서 그때도 '아 임신은 축복받을 일이고 귀한 일인데 여전히 우리나라에서는 이런 말을 들어야 하는 건가?' 하고 생각했죠.

민정은 시시때때로 편견에 맞서야 했다. 게다가 편견은 민정에게서 끝나지 않았다. 엄마가 역할을 제대로 할 수 없을 테니 아빠의 손이 많이 갈 것이라는 생각으로 이어졌다. 급기야 민정은 모유 수유조차 제대로 할 수 없는 존재로 여겨졌다.

편견은 일상 속에서 수시로 다가왔다. 산부인과에서, 어린이집에서, 동네에서 길을 걷다가도 편견은 민정을 찾아왔다. "어떻게 아이를 이렇게 잘 낳으셨어요?" 하는 걱정 아닌 걱정에서부터 "어머님 그래도 되게 밝으시네요"라는 칭찬을 위한 칭찬에 이르기까지, 겉모습은 다양했으나 알맹이는 편견일 뿐이었다. 민정은 "그래도 엄마가 너무 밝으세요" 같은 말을 더는 듣지 않아도 되는 세상이 오기를 바란다. 사실 이런 말은 해도 그만 안 해도 그만인 말일 뿐이다. 그녀는 시각장애인 엄마의 특성을 존중하는 것을 넘어 그냥 엄마라는 사실로 존중받기를 원했다.

사람들은 자신의 머릿속에서 장애인이라면 할 수 없는 일이라고 규정한 것들을 민정이 해냈다는 점을 칭찬했다. 그와 동시에 "그래도 되게 밝다"라는 말을 함으로써 장애인 엄마로 살아가는 현실이 사실은 밝지 않을 것이라는 속뜻을 괄호 속에 감추어두었다. 이런 말들은 민정에게 익숙해질 정도로 자주 들려왔다.

때로는 민정의 가족에게까지 불똥이 튀었다. 민준이가 자라자 민정에 대한 편견이 아이에게까지 이어졌다. 아이의 특성이 장애를 가진 엄마에게서 비롯됐다고 여기는 경우가 종종 있었다.

민정은 어린이집 상담을 하면서 뜻밖의 이야기를 들었다. 어린이집 선생님은 민준이가 굉장히 참을성도 많고 신중하다고 했다. 또, 기초적인 생활 습관이나 훈련이 잘되어 있다고 칭찬했지만, 아이를 너무 억압해서 키우는 것은 아닌지 우려가 된다고 말했다. 그 말의 요지는 엄마가 장애가 있으니까 아이를 자유롭게 키우지 못하는 거 같다는 것이었다. 그 이야기를 듣고 민정은 '내가 그런 부분이 있었나? 오히려 나는 더 많이 수용해주고, 수용의 범위를 더 넓혀주려고 많이 노력했는데…' 하고 생각했다.

아이가 너무 활발하다며 엄마의 장애를 탓하는 선생님이 있다. 물론 아이가 너무 조용해도 엄마의 장애는 아이의 특성을 설명하는 구실이 되었다. 민정은 민준이의 모습이 그냥 민준이의 타고난 성격이라고 결론지었다. 하지만 아마 그 선생님은 아직도 자신이 본 민준이의 모습이 민정 때문이리라 생각하고 있을 것이다.

민정은 그냥 남들과 똑같은 엄마이고 민준은 남들과 똑같은 아이다. 만약 민정이 앞이 보이는 엄마이고, 민준이가 차분하고 참을성이 좋았다면 선생님은 그에 대해 어떻게 표현했을까? 민정은 분명 좋게 표현했을 것이라 예상했다.

민정은 아이가 앞이 보이지 않는 자신의 연장선이라고 여겨지는 것, 자신을 넘어 아이에게까지 편견이 이어진다는 것이 견딜 수 없이 아팠다. 민정의 마음은 알게 모르게 갉아 먹혀 상처 받고 있었다.

이유식을 직접 만들어서 먹인다고 얘기하면 그런 반응을 좀 많이 들었던 것 같아요. "근데 그런 게 가능하냐" 하는 식? "보통 엄마들도 다 주문해서 먹이는데, 사서 먹이거나. 어떻게 그렇게까지 해서 주냐" 뭐 이런 이야기들 많이 들었던 거 같고. 그다음에 제가 좀 민준이 교육에 대해 관심이 많을 때? 그럴 때 많이 듣는 거 같아요. 그리고 그냥 잘 모르는 지나가는 아주머니들이나, 제삼자들이 "안 보이는 엄마인데도 불구하고 되게 애를 깔끔하게 챙긴다" 뭐 이런 이야기?

민정이 민준이의 이유식을 직접 만들어서 먹인다고 이야기했을 때, 사람들은 보이지 않는 민정이 어떻게 이유식을 만드는지 궁금해했다. 다른 엄마들도 이유식을 주문하거나 사서 먹이는데 왜 그렇게 수고스럽게 하는지 의문을 표했다. 사람들은 그녀의 양육 방식이나 교육 방침이 궁금했던 게 아니다. 민정이 받는 질문은 마치 그녀가 해낼 수 없는 대단한 일을 해낸 사람처럼 만들었다.

사람들은 민준이 옷이 깔끔한 것을 보고, 안 보이는 엄마인데도 불구하고 되게 애를 깔끔하게 챙긴다고 말했다. 민준이를 위해 해주는 것들은 민정에게 단지 엄마의 일상이었다. 하지만 사람들은 민정의 일상을 그냥 엄마의 일상으로 받아들이지 않았다.

민정은 민준이의 교육에도 관심이 많았다. 엄마가 아이의 교육을 신경 쓰는 것은 당연한 일이다. 그런데 사람들은 안 보임에도 불구하고 그런 것들을 신경 쓴다며 신기하게 여겼다.

민정은 이런 이야기를 들을 때, 한편으로는 '그래도 내가 잘해내고 있나 보다' 하는 생각에 안도감이 들기도 했다. 물론 기분이 좋지 않고 마음이 무거워질 때도 있었지만 다른 이들의 시선은 민정이 남들만큼 하고 있다는 증거가 되어주기도 했다. 민정은 자신을 따라다니는 말들을 애써 무시하며 '안 좋은 얘기는 아니니까' 하고 넘겼다. 그녀는 그런 말들을 들어도 점점 괜찮다고 여길 수 있게 되었다.

저는 사실 남들이 나를 쳐다봐도 제가 그걸 못 보니까 거기서 자유로울 수 있어요. 제가 만약 시선을 의식하는 사람이었다면 안 나가게 되고 그랬을 텐데, 민준이를 위해서라도 진짜 그거는 안 되는 거니까. 우리가 당당하지 않으면 민준이도 결국에는 부모를 당당하게 생각하지 않게 될 테니까. 그래서 저희가 일부러라도 더 많이 나가게 되고, 더 많이 이것저것 해주고 싶고 그런 생각을 하게 되는 것 같아요.

민정은 자신을 비교적 자존감이 있는 사람이라고 표현했다. 자존감이 있다는 것은 자신의 존재 자체를 있는 그대로 인정하고, 자신을 스스로 존중하는 것을 의미한다. 자존감이 높은 사람은 타인의 시선이나 평가에 얽매이지 않고 자기 자신이 할 수 있는 것과 할 수 없는 것을 스스로 알고 있다. 그래서 자신이 할 수 없는 것에 대해서는 별로 개의치 않는다.

남이 자신을 보는 시선을 보지 못하면 역설적으로 남의 시선을 더욱 의식하게 되기도 한다. 보이는 남과 보이지 않는 자신을 비교하게 될지도 모른다. 하지만 자존감이 높은 민정은 남들이 자신을 쳐다봐도 자신은 볼 수 없기 때문에 오히려 시선에서 벗어날 수 있었다. 그녀는 자기 스스로 당당하지 않으면 결국에는 아이도 부모를 당당하게 여기지 않게 되리라 생각했다. 그래서 그녀는 아이 앞에서 더 당당하려고 노력했다.

자존감 높은 민정은 자신에 대한 편견에는 어느 정도 맞설 수 있었다. 그녀가 가장 걱정한 것은 자신의 옆에서 편견 어린 이야기를 함께 듣고 있을 민준이의 마음이었다. 민정은 민준이가 사람들로부터 그런 말을 듣는 엄마를 바라보며 어떤 생각을 할지, 엄마를 바라보는 다른 사람들의 시선을 어떻게 느낄지 걱정되었다.

나중에 컸을 때 굳이 민준이가 막 엄마나 아빠로 인해서 되게 책임감 느끼지 않았으면 좋겠고. 그냥 평범한 부모와 자녀의 관계였으면 싶은데.

그녀는 민준이가 엄마나 아빠의 장애로 인해 책임감을 느끼지 않기를 바랐다. 민정은 민준이와 그냥 평범한 부모, 자녀 관계가 되고 싶었지만, 자신의 바람과는 달리 어쩔 수 없이 아이가 책임감을 느끼게 되리라 생각했다. 그래서 민정과 남편은 아이가 부모를 책임지는 관계나 아이만을 위주로 생각하는 관계가 아닌 부부가 중심이 되는 관계를 만들기 위해 노력했다.

부모가 너무 많은 것을 포기하고 희생하며 아이 위주로 살아가면, 나중에 아이 역시 부모에 대해 책임감을 느끼고 보살펴야겠다고 생각할 수도 있을 것 같았다. 민정과 남편은 부부가 중심이 됨으로써 궁극적으로 아이에게 의지하는 존재가 되지 않으려고 마음먹었다. 그뿐만 아니라 민정은 아이가 책임감을 느끼지 않게 하기 위해서 부부가 계속 일을 해서 아이가 커도 경제적으로도 의지하지 않아야겠다고 생각했다. 민정은 아이에게 부담감을 주지 않아야 한다는 생각을 다른 이들보다 더 강하게 하고 있었다.

엄마가 괜히 미안하다고 생각하고 그러면 그 감정이 전달될 거고. 물론 "엄마가 이건 안 보여서 못 해줘. 미안하다. 좀 아쉽다" 이런 얘기는 하지만 저 스스로 내가 장애인이기 때문에 민준이에게 미안해야 된다는 마음은 안 먹으려고 많이 노력하는 거 같아요.

민정은 보이지 않기 때문에 해줄 수 없는 것에 대해서 "엄마가 이건 안 보여서 못 해줘. 미안해. 좀 아쉽다"라고 말했다. 하지만 본인이 장애인이라는 사실 하나만으로 미안하다는 마음은 갖지 않으려고 노력했다. 민정은 민준이가 보이지 않는 엄마를 만났기 때문에 어쩔 수 없이 감당해야 하는 것들에 대한 미안함을 갖지 않으려 했다. 민정 스스로 미안하다고 생각하면 아이에게 그 감정이 전달될 것만 같았다. 그래서 민정은 아이에게 미안하다고 말하고 싶을 때, 미안하다는 말 대신 고맙다는 말을 더 많이 하려고 했다.

민정은 아이한테 의지하는 존재가 되고 싶지 않았다. 평소에도 "엄마가 이건 안 보이니까 민준이가 찾아줘"라거나 "민준아, 엄마 이거 해줘" 하는 식의 말을 잘 하지 않았다.

민정은 민준이가 바깥에 더 자주 나가다 보면 다른 엄마, 아빠를 보고, 자신의 엄마, 아빠와의 차이를 인식하리라 생각했다. 차이를 알고 혹시나 엄마, 아빠에 대한 불평이 나오면 어쩌나 싶어서 위축되기도 하고 미안한 마음도 들었다. 하지만 민정은 의식적으로 그런 생각을 하지 않으려고 노력했다. 대신 민정은 엄마가 더 열심히 사는 모습을 보여주고 습관적으로 "그래서 엄마는 더 열심히 사는 거야" 같은 말을 더 많이 했다.

민정은 자신이 아이에게 무엇인가를 해주었을 때, 아이가 기뻐하는 모습을 보면 위안이 되었다. 그녀는 '난 이렇게 열심히 했다'라는 흔적을 남기기 위해 아이에게 최선을 다했다. 그렇게 민정은 아이에게 최선을 다함으로써 아이에게 미안해하지 않으려 노력했다.

민정은 민준이에게 최선을 다함으로써 민준이가 자신의 엄마가 장애를 가졌다는 것에 대한 '피해 의식'이나 '자격지심'을 갖지 않기를 바랐다. 민정은 민준이가 여느 아이들처럼 자라났다고 느끼게 해주고 싶었다. 그리고 민정은 아이에게 최선을 다하는 것뿐만 아니라 자신의 삶을 열심히 살아내는 모습을 보여주고자 했다. 이런 마음들이 모여 민정은 자신이 할 수 있는 것들에 집중하면서 점점 더 강한 존재가 되어갔다.

다른 사람의 눈을 통해 보는 내 아이

민준이가 돌 무렵, 예기치 않은 사고로 남편 역시 장애를 갖게 되었다. 그로 인해 민정이 일을 하게 되었고, 민준이는 계획보다 일찍 어린이집에 다니게 되었다. 민정은 집에서는 아이에게 무엇이든 해줄 수 있다고 자부했다. 그런데 어린이집 초기 적응을 위해 같이 어린이집에 방문했던 날, 민정은 처음으로 아이에게 제대로 된 엄마 역할을 못 해줄 수도 있다고 느꼈다. 민정은 시각장애인 엄마를 대해본 적이 없는 원장 선생님에게 어떻게 상황을 설명해야 할지 어렵게만 느껴졌다. 민준이가 적응할 수 있도록 필요한 것을 요구해야 하는데, 자신도 채 준비가 되지 않았기에 대처하기 어려웠다.

아이가 새로운 곳에 적응할 수 있도록 돕고, 환경에 친숙해지도록 안내하는 것이 보호자에게 의례적으로 기대되는 역할이다. 하지만 민정에게도 어린이집은 새롭고 낯선 곳이었다. 낯선 곳에서 민정은 민준이와 똑같은 입장이었다. 민준이는 그 공간에서 가장 익숙한 엄마에게 장난감 같은 것을 가지고 왔다. 그러나 장난감은 민정에게 더욱더 낯선 것이었다. "민준아 이건 어떻게 하는 걸까?", "이건 뭘까?" 하고 아이에게 물을 수밖에 없었다.

민정은 민준이가 적응할 수 있게 어떻게 도울지 고민했다. "이제 여기가 네가 앞으로 올 곳이야. 네가 다녀야 하는 곳이야" 하고 말로만 설명해줘도 되는지, 아니면 아이와 어린이집을 같이 다녀보면서 상세히 다 알려주는 게 좋을지 고민이 되었다. 심지어 민준이를 눈이 보이는 할머니와 함께 보냈다면 더 나았을까 싶기도 했다. 민정은 자신이 민준이에게 도움이 되지 못하는 상황에 마음이 불편했다.

처음에 원장님이 어플 얘기도 하시면서 이렇게 CCTV 보면 선생님들이 아이들을 어떻게 대하는지도 다 보이고, 민준이가 어떻게 적응하는지도 다 볼 수 있다. 뭐 이런 얘기를 하시는데, 제가 핸드폰 사용을 아무리 할 줄 알아도 이거는 못 보

는 부분인 거잖아요. 그렇다고 그거를 또 누구한테 이렇게 물어보기도 사실 좀. 어떻게 보면 그래도 나의 사생활인 거니까. 그거를 또 회사 가서 누군가에게 물어보기도 그런 부분이고.

어린이집에서는 CCTV를 통해 민준이가 지내는 모습을 볼 수 있다고 했다. 하지만 정작 민정에게 CCTV는 활용할 수 없는 시스템이었다. 또, 어린이집의 모든 문서는 종이로 인쇄되어 제공되었고, 알림장은 노트에 수기로 작성되어 전달되었다. 남편이나 주위 사람에게 읽어달라고 할 수도 있었다. 하지만 그들에게 부탁하기 시작하면 끝이 없을 것 같았다. 민정은 자신이 할 수 없는 것을 욕심내면 다른 사람도 함께 힘들어진다는 생각에 꾹 참았다. 한 글자도 빠짐없이 모두 읽고 싶은 마음, 내가 함께하지 못하는 공간에서 아이가 어떤 시간을 보내는지 조금이라도 더 알고 싶은 마음을 내려놓을 수밖에 없었다.

아이가 어린이집에 다니기 시작하면서 민정은 이제는 자신의 감각이 아닌 제삼자의 눈을 통해 아이를 이해할 수밖에 없다는 것을 느꼈다. 자신과 다른 공간에서 머물렀던 아이의 일과를 알기 위해서는 다른 사람의 정보에 의지할 수밖에 없었다. 민정은 때로는 타인의 말을 그냥 믿을 수밖에 없는, 자신의 상황을 인정했다.

할머니나 활동지원사와 어린이집에 간다면, 민준이는 엄마로 인해서 적응하기보다는 제삼자의 도움을 받는 모양새가 된다. 그러다 보면 엄마는 도움을 받아야 하는 사람이라는 인식이 생길지도 모르는 일이었다.

만약 민정이 앞이 보였더라면 선생님의 모습은 어떤지, 선생님이 아이에게 직접적으로 어떻게 관심을 표현해주는지를 더 직관적으로 알 수 있었을 것이다. 하지만 보이지 않는 민정은 직관적으로 알기가 쉽지 않았다. 게다가 민정은 일 때문에 하원에 동행해줄 수 없었다. 아침에 등원은 함께하지만 하원은 못 하니 선생님과 이야기를 나눌 시간도 적었다.

일 년 동안 민준이가 선생님이랑 한 작업물을 보내주셨는데, 이걸 처음 받았을 때 저의 느낌은 아, 너무 궁금한 거예요. 이게. 이거를 정말 어떤 파일이나 기록으로 주기는 어렵겠지만 뭔가 그래도, 정말 '일 년 동안 민준이가 어떤 부분이 성장이 됐고, 어떤 내용 어떤 부분은 좀 더 잘하고 어떤 부분은 좀 더 이렇게 보충되었으면 좋겠다'라는 선생님의 생각이나 메시지라도 덧붙여져 있었다면, '그런 걸 제가 볼 수 있는 방법을 미리 물어봐주셨으면 되게 좋았을 거 같다' 그런 생각

은 많이 들었었죠. 시각장애인 엄마들은 못 보는 거죠. 그거에 대한 혜택이라고 표현하면 좀 적절하지 않은 거 같긴 하지만 어떤 그런 권한이 차단되어 있는 거죠. 좀 더 밀접하게 볼 수 있는 어떤 기회? 또 집이 아닌 다른 기관을 통해서 성장하는 아이의 모습을 엄마가 체크할 수 없고, 타인의 이야기를 통해서만 들어야 되는. 친정 엄마도 얘기해주고, 남편도 얘기해주죠. 근데 그 역시 다른 사람의 이야기고 할머니는 할머니 감정이 들어갔을 거고, 아빠는 아빠의 감정이 들어갔을 테니까. 그런 게 제일 아쉽죠. 그런데 이런 게 점점 커지겠죠.

어린이집에서는 가정 통신문이나 알림장뿐만 아니라 일 년 동안 아이가 만든 작품이나 아이를 찍은 사진도 보이지 않는 엄마에 대한 별다른 배려 없이 다른 가정과 동일하게 제공했다. 민정은 작품을 만드는 과정에 함께했던 누군가나 그 사진을 찍는 순간에 함께했던 누군가의 설명 없이는 혼자서 이해하기 어려웠다. 민정은 작품을 손으로 만져보고 사용된 재료를 알 수는 있었다. 하지만 색깔이나 형태를 이해하기는 어려웠다. 게다가 사진은 아무리 손으로 만져봐도 그 내용을 전혀 알 수가 없다. 결국, 이번에도 민정은 타인의 이야기를 통해서 자신의 아이를 이해해야 했다.

하지만 타인의 입으로 전해 듣는다고 해도 민준이의 작품을 온전히 이해할 수 있던 것은 아니었다. 민정은 다른 사람을 통해서 듣게 된 이야기는 아이의 의도와는 다를 수 있다고 생각했다. 그 사람의 개인적인 감정이나 해석이 들어갔으리라 생각한 것이다. 그렇기에 민정은 아이가 작은 손으로 열심히 작품을 만들었던 그 순간, 아이가 사진을 향해 웃고 있는 바로 그 순간은 상상으로만 알 수 있을 뿐이었다.

꼭 필요한 배려가 없는 곳에서도 잘 해내고 싶었던 민정의 다짐은 여러 난관에 부딪히며 힘을 잃어가고 있었다.

정말로 내가 맡긴 아이가 잘 적응하고 잘 지낸다는 걸 알기 위해 내가 더 자세히 관찰해야 하는 거 같아요.

민정은 제삼자의 눈으로 보는 이해의 간극을 메우려고 아이에게 더 묻고, 더 많이 대화하고, 더 많이 이해하려고 애썼다. 민정은 민준이가 어린이집에서 잘 적응하고 재미있게 지낸다는 것을 알기 위해서 이전보다 아이를 더 자세히 관찰해야만 했다. 아이가 하원하고 집에 왔을 때 가기 전과 비교해 달라진 것은 없는지, 선생님에 관해 이야기하는 것을 꺼리지는 않는지 세심하게 관찰했다. 또, 민준이에게 어린이집 가는 것이 어떤지, 가서 무엇을 하고 노는지 등에 대해서도 많이 물어보았다. 그렇게 민정은 아이에게 질문하고 아이의 대답을 듣고 함께 대화하며, 보지 못해서 알 수 없는 것에 대한 불안을 줄여갈 수 있었다.

엄마가 되어가는
행복한 나날

그전까지는 답답할 때도 있고 그런 건 있었지만, 그래도 그렇게까지 내가 막 (보는 것에 대해) 간절해지고 그런 건 없었던 거 같아요. 근데 아이가 딱 태어났을 때 그 순간만큼은 '아. 보는 게 진짜 좋겠구나' 그런 생각을 했었고, 만약에 진짜 짧은 시간이라도 볼 수 있다면 꼭 지금의 이 순간을 봤으면 좋겠다고 생각을 했었으니까.

민정은 민준이가 태어나는 순간, 살면서 처음으로 '아, 이거는 보는 게 낫겠다'라고 생각했다. 민정은 귀한 순간을 직접 볼 수는 없었지만, 비릿한 양수 냄새가 나는 아이를 안고 아이를 체온으로 느끼며 생명의 소중함을 느꼈다고 한다.

민정은 가장 익숙한 공간인 집에서 아이를 돌보는 게 제일 편할 것이라는 생각에 산후조리원에 가지 않았다. 대신 집에서 산후 도우미의 도움을 받았다. 민정은 출산 후 아이와 떨어져서 회복할 시간이 없던 것에 대한 아쉬움은 딱히 느끼지 못했다. 자신만의 생활과 개인 시간을 확보해야 한다는 생각도 없었다. 민정은 그냥 엄마니까 당연히 아이랑 있는 거고, 엄마니까 당연히 시간을 내는 것이라고 생각했다.

민정은 아이를 낳으며 처음으로 누군가를 온전히 책임지는 삶을 살게 되었다. 그러므로 새로운 삶에 더 최선을 다하려고 노력했다. 그녀는 엄마로서 희생하는 것이 아깝고 속상한 것이 아니라 당연하다고 생각했다.

나는 아이를 낳으면서 처음으로 타인에 의해 내 삶이 메이는 경험을 하게 되었다. 내가 가고 싶으면 가고, 먹고 싶으면 먹고, 자고 싶으면 자던 삶에서 아이가 태어나면서부터는 가고 싶어도 아이 때문에 못 가고, 때로는 먹고 싶은 것을 못 먹을 때도 있었다. 온전한 식사 시간이 보장되지도 않고, 심지어는 자고 싶을 때 마음대로 잠들 수조차 없는 삶이 시작된 것이다. 그러다 보니 처음에는 아이를 키우는 일이 힘들게만 다가왔다. 변화에 적응하고, 엄마로서의 삶의 방식을 받아들이기까지 오랜 시간이 걸렸다. 그런데 오히려 민정은 변신 로봇처럼 뚝딱 엄마로서의 삶을 받아들였다. 엄마가 되기 위한 마음가짐과 앞선 경험이 미치는 영향이 얼마나 큰지를 새삼 느끼게 된다.

혹시 만약에 내가 뭐 잘못해서 무슨 일이 생기면 어떻게 하지? 이런 거 때문에 처음에는 기저귀 가는 것도 너무너무 불안한 거예요. 이렇게 하는 게 맞는 건가? 막 이러면서. 애기 태어나면 처음에 한두 달은 수시로 배변을 보잖아요. 근데 그게 애기니까 냄새도 잘 안 나고 하니까. 잘 닦아진 게 맞는 건지. 그리고 너무 몸이 조그마하고 가녀리니까 혹시 다칠까 봐. 이런 것들 때문에 많이 그랬었는데, 딱 한 달 지나고 나니까 그냥 좀 제 감각적으로 하게 되는지 그런 불안감이 없어지더라고요. 한 달 지나니까 조금 만질 만하게끔 돼가지고. 한 달 지나고 민준이가 딱 3.4킬로그램이 됐는데 그땐 좀 괜찮더라고요.

육아 초기 민정은 남편이 출근하고 민준이와 둘만 있는 시간이 되면 불안감이 밀려왔다. 혹시 자신이 잘못해서 아이에게 무슨 일이 생기는 건 아닌지 걱정이 되었다. 하지만 아이가 태어난 지 한 달이 지나자 민정은 아이를 돌보는 일을 감각적으로 할 수 있게 되었고 불안도 어느 정도 해소되었다.

민정은 남편의 도움을 많이 받았다. 생후 50일까지는 남편이 아이의 목욕을 담당했다. 아이가 목을 못 가누기도 했고, 혹시나 아이를 물에 빠뜨릴까 봐 무서웠기 때문이다. 그러다가 그녀는 남편이 쉬는 날이나 시간이 있을 때마다 함께 연습을 시작했다. 일하고 들어오는 남편도 피곤하고 지칠 수 있기 때문에 적절한 가사 분담을 위해 노력한 것이다. 그녀는 어떻게 하면 남편과 분담을 잘할 수 있을지 고민하고 계속 연습했다.

아무래도 남편은 아이에게 나긋나긋하게 말을 걸며 씻기지 않으니, 자신이 민준이와 대화하며 목욕을 시키고 싶었다. 친정 엄마에게 조언을 구했다. 아기를 씻기는 방법에 대해서 대충 설명을 들었을 뿐인데 그런대로 감이 잡혔다. 그리고 남편과 연습 끝에 적절한 방법을 찾았다.

결국, 손에 익히는 게 최고였다. 민정은 아기 욕조에 있는 의자에 아이를 기대게 하고 씻겼다. 머리 감기는 일은 직접 안아서 팔로 받쳐가며 한 손으로 할 수 있었다. 민정은 자신이 엄마라서 그런지 민준이와 호흡이 맞는 것 같다고 느꼈다. 또, 그녀는 자신이 적절한 방법을 찾기 위해 시행착오를 거칠 동안 민준이가 기다려주는 듯한 느낌을 받았다고 했다. 민정은 까다롭지 않고, 예민하지 않은 민준이 덕분에 어려운 시기를 잘 이겨냈다고 생각하며 아이에게 무척 고마워했다.

민정은 보이는 남편과 함께, 보이지 않아도 민준이를 적절히 돌볼 수 있는 방법들을 찾아나갔다. 민정은 남들보다 한두 번의 과정을 더 거치거나 도구의 도움을 받았지만, 결과적으로는 다른 사람들과 똑같이 아이를 기를 수 있었다. 예를 들어 그녀는 분유를 타기 위해 계량컵을 사용했다. 같은 양의 분유를 타는 일이 반복되자 나중에는 계량컵이 없어도 감으로 물의 양을 맞출 수 있게 되었다.

분유는 40도 정도로 온도를 맞춰야 했는데, 그 과정은 꽤 어려웠다. 집에서는 온도를 맞출 수 있는 전기 포트를 사용했다. 다만, 전기 포트의 조작 부분이 터치 방식이어서 민정이 누르면 안 되는 부분에는 종이를 붙여두었다. 집 밖에서는 뜨거운 물과 차가운 물을 섞어서 줄 수밖에 없었다. 그녀는 뜨거운 물과 차가운 물을 어느 정도 섞어야 적당한지 알기 위해서 물의 양과 온도를 맞추는 연습을 수도 없이 했다. 엄청난 노력 끝에 숙달되자 민정은 물 온도를 맞추는 일도 단번에 할 수 있게 되었다.

어느새 아이가 자라고 이유식을 먹을 시기가 되었지만 음성으로 된 이유식 책을 구할 수가 없었다. 민정은 남편과 다른 가족이 볼 수 있는 책을 한 권 사서 내용을 듣고 도움을 받았다. 그리고 자신처럼 보이지 않는 직장 동료에게 어떻게 했는지 조언을 구했다. 이유식을 만드는 과정은 어렵지 않았다. 오히려 다양한 야채를 잘게 손질해서 이유식을 만드는 것이 민정에게는 즐거운 일이었다.

하지만 의외의 복병이 있었으니, 바로 민준이에게 이유식을 먹이는 것이었다. 아이에게 이유식을 먹이기는 쉽지 않았다. 민정은 처음 이유식을 먹일 때 흘리는 게 싫어서 턱받이를 해주고 먹였다. 그런데 민준이가 불편해하는 게 느껴졌다. 좀 흘리더라도 아이가 편한 게 더 중요하다고 생각해 턱받이를 사용하지 않았다. 처음에는 힘들었으나 나중에는 적응이 되었다.

또 민정은 아이가 밥을 잘 삼켰는지 확인할 수 없었다. 그래서 아이에게 계속 이야기했다. 아이가 알아듣든지 못 알아듣든지, "민준아, 먹을 때 꿀꺽하면 그다음에 또 먹는 거야"라고 계속 말했다. 아이가 엄마의 말을 알아듣게 되자, 아이는 음식을 다 먹은 후에 스스로 입을 벌렸다. 그녀는 아이가 숟가락 위에 있는 밥을 어느 정도 먹었는지 무게로 확인하기 위해 가벼운 아이스크림 숟가락을 사용했다. 이런 다양한 육아 방식은 민정 혼자서 생각했던 게 아니었다. 남편과 이 과정을 함께했기에 민정은 자신감을 갖고 새로운 방법을 터득하여 민준이를 기를 수 있었다.

민정은 남편과 함께 이야기하며 하나하나 해결해나가는 과정이 너무나도 즐거웠다. 그녀는 자신이 아이에게 무엇인가를 해줄 수 있고, 보이지 않아도 누군가를 돌볼 수 있다는 사실 자체가 행복했다. 이렇게 세 가족이 똘똘 뭉쳐서 함께하는 하루하루는 그녀에게 너무나도 소중했다.

우리가 할 수 있는
방식으로

저는 육아 서적 같은 거 읽을 때 그런 부분은 좀 생각했었던 거 같아요. 여기 적혀 있는 거 중에 내가 할 수 있는 건 뭐가 있을까? 안 되는 거는 어떤 게 있을까? 그런데 그 안 되는 거 중에서도 정말 안 되는 게 있고, 다른 방법으로 대체할 수 있는 것이 있을 텐데 어떻게 해야 할까? 같은 것을 되게 많이 생각했어요. 그리고 제 생각과 다른 부분은 참고도 하지 않았어요.

민정은 아이를 갖기 전이나 출산 후에도 엄마의 역할을 제대로 해내기 위해 열심히 공부했다. 육아 서적을 읽거나 인터넷으로 육아와 관련된 강의를 자주 찾아보았다. 그녀는 이렇게 다양한 방법으로 육아 팁을 얻었지만 전부 수용하지는 않았다.

민정은 육아 서적을 읽을 때 먼저 자신이 할 수 있는 것과 없는 것을 구분했다. 하기 어렵다고 생각되는 방법 중에서는 정말 해결할 수 없는 것인지, 아니면 다른 방식으로 대체할 수 있을지 고민했다. 그렇게 민정은 자신에게 가장 적합한 양육 방법을 찾아나갔다. 그녀는 아무리 전문적인 내용이라고 하더라도 자신이 할 수 없거나 자신의 기본 양육 방침과 크게 차이가 나는 부분은 전혀 참고하지 않았다.

신생아 때부터 너무 많이 안아주면 사람 손 탄다고 힘들다고 하잖아요. 근데 저는 애를 안고 있지 않으면 애의 행동을 모르니까 그게 너무 불안한 거예요. 그래서 스킨십을 엄청 많이 하죠. 그게 많이 할 수밖에 없는 거 같아요. 거의 매일 붙어서 있었으니까.

민정은 엄마라면 응당 아이에게 스킨십을 많이 해야 한다고 생각했다. 그녀는 아이가 엄마 품에서 크는 것이 자연스럽고 당연한 일이라고 여겼다. 민정은 주변 사람들이 뭐라고 하든, 책에서 뭐라고 하든지 상관없이 자신이 옳다고 생각한 방식대로 했다. 사람들은 아이를 너무 많이 안아주면 손을 타서 못쓴다고 걱정했다. 하지만 민정은 아이를 안고 있지 않으면 불안했다.

민정은 민준이를 만지지 않으면 지금 아이가 무엇을 하고 있는지 알기 어려웠다. 특히 아이가 스스로 의사 표현을 하기 이전에는 아이를 만져보지 않으면 아이의 상태를 제대로 파악할 수 없었다. 아이와 살을 맞대고 있으면 마음의 거리도 좁혀지는 느낌이었다. 그녀는 아이와 꼭 붙어 있을 때 진짜로 함께 있다고 느꼈다. 그래서 민정은 아이와 스킨십을 많이 할 수밖에 없었고, 거의 매일 대부분의 시간 동안 아이와 딱 붙어 있었다.

아이를 따로 재우는 것이 좋다는 조언에 대해서도 민정은 전혀 고려하지 않았다. 그녀는 엄마가 아이의 가까이에서 아이를 파악하는 것이 가장 중요하다고 생각했다. 아기 의자에 앉혀서 이유식을 먹이는 것이 식습관 형성에 좋다는 이야기도 여러 차례 들었지만, 그 방법은 도저히 따라 할 수 없었다. 아기 의자에 앉은 민준이는 음식보다는 여기저기 다른 곳에 더 관심이 많았다. 게다가 민정이 버둥거리는 아이의 입을 찾기는 쉽지 않았다. 그녀는 민준이를 자신과 같은 방향을 보게끔 자신의 무릎에 앉히고 입의 위치를 확인해가며 이유식을 먹였다.

다만 한 가지 걱정스러웠던 점은 무릎에 앉혀 먹이다 보니, 아이가 스스로 밥 먹는 방법을 터득하기 어렵지는 않을지 불안했다. 물론, 지금 민준이는 혼자서도 곧잘 밥을 먹는다. 하지만 당시 민정의 걱정은 이만저만이 아니었다. 우려와 다르게 민준이는 밥 먹는 방법을 자연스럽게 터득했다. 이후 민정은 더욱 자신감을 갖고 민준이를 양육할 수 있었다.

시간이 지나면서 민정은 기준에 연연하기보다 조금 더 융통성 있게 대처할 수 있게 되었다. 민정은 '분유를 정확한 양으로 조제해야 해야 한다'라는 내용을 읽고, 기준을 지키기 위해 보이지 않아도 할 수 있는 방법을 찾고 해내려고 노력했다. 하지만 곧 너무 딱 맞춰서 먹이지 않아도 괜찮다는 것을 깨달았다.

아이 세 명을 키운, 같은 장애가 있는 지인에게서 "아이의 상태를 봐서 조금 더 연하게 먹여도 되고, 분유를 더 많이 넣어서 좀 더 진하게 먹여도 되며, 아이가 대변을 잘 못 보면 좀 연하게 먹이는 게 좋다"는 말을 들었다. 그다음부터는 분유의 양을 지키는 것에 자유로워졌다. 민정은 아이를 기르며 정확도에 집중하기보다 자신이 할 수 있는 방법으로 민준이 맞춤형 엄마가 되려고 노력했다.

내가 못 하는 거는 어쩔 수 없는 거. 내가 할 수 있는 거는 어

떤 방법을 찾아서라도 해주는 거. 이런 게 저는 좀 명확하게 있어요. 그래서 엄마가 안 되는 거는 안 돼. 예를 들면 밖에 나가서는 엄마가 마음껏 민준이를 쫓아갈 수는 없어, 이런 이야기를 해야 한다는 거를 그냥 받아들이는 거.

민정은 선천성 녹내장으로 인한 저시력이었다가 초등학교 6학년 무렵 완전 실명하게 되었다. 민정은 어릴 때 시력을 잃게 되면서 자신이 할 수 없는 일을 몸소 느끼며 자라왔다. 민정은 보이지 않아도 할 수 있는 것과 보이지 않기 때문에 할 수 없는 것을 미리 판단하는 습관이 있었다. 그녀는 어떤 일을 하기 전에 자연스럽게 자신이 할 수 있는 일과 없는 일을 판별하는 과정부터 거쳤다. 무수히 많은 경험 끝에 그녀는 자신이 할 수 있는 것과 할 수 없는 것, 그리고 할 수 없으리라 생각했지만 막상 해보니까 되는 것을 판단할 수 있었다. 경험이 쌓이면서 민정은 자신이 가진 능력을 점점 더 명확히 알 수 있었다.

자신의 능력에 대한 분명한 이해와 판단력은 육아에도 도움이 되었다. 민정은 민준이를 임신했을 때, 엄마로서 할 수 있는 것과 없는 것, 노력하면 대체할 수 있는 것에 관해 생각했다. 모유수유는 민정이 명확히 할 수 있는 것이었다. 이유식은 처음에는 조금 어려울 수 있겠지만 시도해보면 할 수 있겠다고 예상했다.

하지만 아이를 데리고 문화센터에 다니는 것이나 밖에서 제약 없이 아이를 쫓아다니는 것은 어려운 일이었다. 또, 아이를 자신이 원하는 스타일대로 입히고 꾸미는 것은 혼자 하기에는 버거울 것이라고 판단했다. 그렇게 민정은 엄마로서 자신이 할 수 있는 일들을 구분해나갔다.

민정은 스스로 할 수 있는 것과 없는 것을 자신이 먼저 빠르게 판단하고 아이에게 엄마의 능력에 대해 알려주었다. 육아는 엄마 혼자 하는 것이 아니다. 아이와 함께 발을 맞추어 걸어가는 과정이다. 그래서 민정은 민준이가 엄마의 능력을 명확히 알아야 한다고 생각했다. 민정은 자신이 볼 수 없어서 할 수 없는 것을 아이에게 일관성 있게 알려주었다. 그렇게 민정은 민준이에게 엄마가 보이지 않기 때문에 모든 것을 다 해줄 수 없다는 현실을 일깨워줬다. 또, 엄마가 도와주기 어려운 일도 있다는 것을 사실대로 말했다.

민정은 아이에게 엄마의 할 수 없음을 솔직하게 말하는 게 제일 좋다고 생각했다. 더불어 민정은 민준이에게 '엄마가 보이지 않기 때문에 민준이가 해야만 하는 것'도 말했다. 가령 민준이는 엄마가 보이지 않기 때문에 엄마를 기다려줘야 할 때도 있고, 바깥에서는 엄마 손을 꼭 잡고 가야 했다. 하지만 그것은 엄마가 보이지 않는 것에 대해 미안한 마음을 전하거나 양해를 구하는 차원이 아니었다. 단지 보이지 않는 엄마가 갖는 특성에 대한 설명이었다.

— **저기 기, 기차 같은 거 지나가.**

— **뭐가 지나간다고?**

— **기차 같은 거.**

— **기차?**

— **응.**

— **으음.**

— **저게 뭐야? 저기 지나가는 거.**

— **엄마 모르겠는데? 뭐 지나가는지. 텔레비전에서?**

— **어.**

— **음. 글쎄. 그건 아빠한테 물어보자. 나중에.**

하루는 민정과 민준이가 함께 텔레비전을 보고 있었다. 민준이는 텔레비전 화면 하단에 지나가는 광고 자막을 보고 기차 같은 게 지나간다고 했다. 화면을 보지 못한 민정은 '기차 같은 게' 무엇인지 정확히 알지 못했다. 민정은 민준이가 말하는 게 무엇인지 엄마는 잘 모르겠다고 민준이에게 솔직하게 이야기했다.

그리고 나중에 아빠에게 물어보자고 했다.

민정은 자신이 볼 수 없는 것에 대해 민준이가 물었을 때 그것이 무엇일지 민준이에게 되물었다. 그러면 민준이는 다시 생각해 보거나 엄마에게 상세히 설명해주었다. 민정은 때로는 아빠나 보이는 사람에게 물어보자고 말했다. 민정은 민준이에게 엄마가 할 수 없는 부분을 분명히 알려주고 보이는 아빠에게 도움을 받을 수 있도록 했다. 그렇기 때문에 민준이는 보이지 않는 엄마가 할 수 있는 영역과 보이는 아빠가 할 수 있는 부분을 잘 이해했다.

민준이가 네 살이 되자, 아이는 엄마가 무엇인가를 할 수 없고, 할 수 있다는 것에 대해 말로 표현하기 시작했다. 민정이 "엄마 텔레비전 보고 있지"라고 말하면, 민준이는 "엄마 눈 안 보이는데 어떻게 텔레비전 봐?"라고 물어보았다. 그럴 때면 엄마는 소리로 보는 거라고, 소리로 듣고 생각하는 거라고 이야기했다. 엄마가 민준이에 대해 느끼는 것처럼 똑같이 그렇게 보는 거라고 설명해주었다.

이 무렵 아이는 점자라는 개념도 알게 되었다. 그 이후로 민준이는 엄마에게 "점자 없으면 엄마 못 읽지"라는 말을 한 적이 있다. 민정은 "그렇긴 한데, 민준이가 그림을 얘기하면 엄마가 읽어줄 수 있어" 하고 답했다. 민정은 의도적으로 못 한다는 말을 빼버리고 다른 말로 바꾸었다. 즉 점자가 없는 책의 글을 읽을 수 없지만, 민준이가 그림을 이야기하면 읽을 수 있다고, 의식적으로 부정의 표현을 긍정의 표현으로 바꾸었다.

민준이는 엄마가 점자가 없는 책은 읽을 수 없다는 것을 알고 있었다. 하지만 민정은 아이가 엄마가 할 수 없다고 생각하기보다는 '우리 엄마는 다른 방식으로 할 수 있다'라고 인식하기를 바랐다.

— **민준아 심심해?**

— **어! 심심해.**

— **그러면 엄마랑 밖에 나갈까?**

— **어 근데 엄마도 밖에 나갈 수 있어?**

— **할 수 있지. 민준이가 있잖아.**

— **엄마도 길 알아?**

— **그럼. 엄마도 길 알지. 대신에 민준이가 위험한 거만 말해주면 돼.**

민준이와 민정이 단둘이 처음으로 놀이터에 나갔던 날, 민준이는 엄마에 대해 더 많이 알게 되었다. 엄마는 길을 알고 있었다. 자신이 위험한 것만 설명해주면 엄마와 단둘이도 자유롭게 밖에 나갈 수 있었다. 심지어 어두울 때 외출하는 것도 가능했다. 그렇게 민준이는 저녁에 엄마와 놀이터에 가서 한 시간가량을 놀았다. 엄마와 단둘이 하는 일. 그것은 민준이에게 특별한 추억이 되었다.

그동안 민준이는 거의 할머니나 아빠와 놀이터에 갔다. 민정과 단둘이 놀이터에 간 것은 처음이었기에 더욱 특별했다. 민정은 아이가 그렇게 기뻐할 줄 몰랐다. 그녀는 자신이 감당할 수 있는 범위 내에서 자신만의 방법으로 아이와 함께하고 있었다.

제가 그냥 해줄 수 있는 거. 아니면 시도해봐서 할 수 있는 부분. 아니면 제가 아무리 노력을 해도 안 되는 부분. 그래서 안 되는 것은 다른 방법을 찾아보거나 그냥 포기하는 거. 그래서 주로 두 번째. 내가 시도해보면 될 수 있을 거 같은 부분을 많이 늘려가는 거? 그게 그냥 제가 찾은 방법인 거 같아요.

단념하게 된다는 건, 좀 포기하게 되는 영역이 아무래도 많아질 수 있는 확률이 높은 거죠. 예를 들면 아이가 학교에 가게 됐을 때 어쩔 수 없이 내가 못하는 부분이니까 그냥 학습을 누구에게 맡겨버리거나, 처음에 한글 배우는 과정을 학습지 선생님에게 대신 맡기거나 이런 일이 많아질 거 같아요. 제가 단념하면 그렇게 되겠죠. 그런데 그냥 단념해버리기도

무서운 거 같긴 해요.

또 어려운 부분이 찾아오는 거죠. 친구 사이에서, 학습의 부분에서. 단념해야 하는 부분이 점점 많아지겠죠. 근데 그래서 저는 더 공부하게 되는 거 같아요. 다른 엄마들보다. 다른 매체를 다루는 방법. 예를 들어 컴퓨터를 다루는 방법을 더 배우게 되거나 외국어 영역을 더 많이 배우게 되거나 그런 것들. 또 나름의 방법을 통해서 극복하겠죠.

민정은 아이가 점차 자라서 보다 큰 세상으로 나아가게 되면, 자신의 능력이 미치는 범위가 점점 좁아질 것이라 생각했다. 어쩔 수 없이 자신이 단념해야 하는 영역이 더 많아지리라 생각한 것이다. 민정은 참고서를 함께 보며 아이와 함께 문제를 풀기는 어려울 것이다. 또는 아이가 다닐 학교에 대한 정보를 머릿속으로 그릴 만큼 충분히 파악하지 못할 수도 있다. 그렇기에 한글을 가르치기 위해서는 다른 사람의 도움을 받거나, 어쩌면 다른 사람에게 아이의 교육을 일임해야 할 수도 있다.

그렇다고 민정이 좌절하는 것은 아니다. 오히려 다른 엄마들보다 더 노력해야 한다고 말했다. 민정은 아이가 자람에 따라 새롭게 마주하게 될 것들이 처음에는 낯설고 마음이 편치 않을 수 있다고 했다. 하지만, 결국 방법을 찾아서 해결하게 될 거라 여기고 있는 것도 사실이다.

제가 그런 거에 대한 경험을 많이 했었기 때문인 거 같아요. 어떤 사람을 만나서 어떤 교육을 받느냐에 따라서 생각하는 게 정말 달라지고, 시야도 넓어지고. 아무래도 경험의 중요성이 크게 와닿는 거 같아요. 그러다 보니 아무래도 좀 더 좋은 환경의 교육 기회를 주고 싶은 것도 있죠. 내가 가정에서 일일이 다 해주지 못하는 부분들이 이제 점점 더 많아질 테니까. 그런 부분을 선생님을 통해서나 외부 환경, 교육 기관을 통해서 채울 수 있게 최대한 좋은 교육의 기회를 마련해 줘야 하지 않나 싶죠. 그걸 잘 받아들이거나 못 받아들이는 건 민준이 몫이지만, 일단 제가 해줄 수 있는 부분은 다 해줘야죠. 어떤 것을 접하게 해주는 부분은 엄마가 해줄 수 있으니까. 그런 생각을 많이 하는 거 같아요. 저는.

새로운 일은 계속, 끊임없이, 평생 민정을 찾아올 것이다. 하지만 새로운 문제들이 생겨나고, 예기치 않은 상황들이 닥쳐올지라도 민정은 또다시 나름의 길을 찾아서 극복해나갈 것이다. 보이지 않는 엄마의 역할로 규정되는 한계를 무너뜨리며 나아갈 것이다. 그것은 장애와 현실을 조화시켜 살아가는 방식을 모색하는 행위이자, 새로운 가능성을 향한 엄마의 도전이다.

민준이와 엄마의 단단한 약속

저는 바깥에 나가서는 제약을 좀 많이 하는 거 같아요. "멀리 가면 안 돼", "엄마 손 놓고 가면 안 돼" 뭐 이런 말을 많이 하게 되는 거 같아요. 근데 반대로 제가 확실하게 안전한 곳이라고 인지하게 되는 장소에서는 "여기선 마음껏 다녀도 돼" 이런 말을 많이 하고요.

민정은 앞이 보이지 않기 때문에 집이 아닌 외부에서는 민준이에게 제한을 많이 하게 된다. 그녀는 민준이에게 밖에서는 엄마에게서 멀어지면 안 되고, 엄마의 손을 놓고 가면 안 된다고 강조하고 또 강조했다. 바깥에서 민준이를 안전하게 지키기 위한 어쩔 수 없는 선택이었다. 그렇다고 밖에서 민준이에게 자유가 없는 것은 아니다. 민정은 자신이 생각하기에 확실하게 안전한 곳이라고 판단이 되는 곳에서는 민준이가 자유롭게 돌아다닐 수 있게 했다. 물론 이런 상황에서도 단서가 하나 붙었다. 엄마가 보이지 않는 곳까지는 가지 않아야 한다는 것이다.

민준이는 그냥 계속 저를 자기 옆에 이렇게 있게끔 하면서 저로부터 멀리 가진 않는 거 같아요. 제가 그 말을 되게 많이 하거든요. 엄마, 아빠 안 보이는 데까지 가면 안 된다고. 이런 얘길 많이 해서 멀어졌다고 해도 금세 다시 돌아오고.

민준이는 밖에서 될 수 있는 한 엄마에게서 멀리 떨어지지 않는다. 앞서 걷다가도 이내 엄마에게 돌아오고, 또다시 앞서서 가다가도 엄마와 거리가 많이 벌어진다 싶으면 다시 엄마에게 돌아온다. 민준이는 엄마와 산책을 할 때도 계속 엄마의 위치를 확인하며 적정 거리를 유지하며 걸었다. 엄마보다 앞서 걸어가다가도 다시 뒤를 돌아서 엄마의 위치를 확인했고, 엄마가 자신에게 올 때까지 기다리거나 다시 엄마에게로 돌아갔다. 민준이는 엄마가 파악하는 가까운 거리에서 벗어나지 않는 습관이 몸에 배어 있었다. 놀이터에서도 엄마가 부르면 금방 대답을 할 뿐만 아니라 엄마에게서 멀리 떨어지지 않았다.

민정은 자신이 먼저 어떤 장소가 안전하다고 확신할 수 있을 때, 마음 놓고 민준이에게 자유를 주었다. 자신이 안심이 되어야 아이에게 자신 있게 괜찮다고 해줄 수 있었다. 예를 들어 놀이터에 새로운 미끄럼틀이 생겼을 때, 민정은 먼저 미끄럼틀을 타고 내려와보았다. 자신이 직접 경험한 후에 위험하지 않다고 판단이 되면 그제야 민준이가 혼자 미끄럼틀을 탈 수 있게 했다. 사소한 상황에서도 방심하지 않고 아이를 안전하게 지키기 위한 엄마의 노력이었다.

제가 "민준아" 하면 민준이가 너무 어리니까 말을 못 하잖아요. 그래도 "민준아, 엄마가 '민준아' 하고 부르면 '응' 하고 대답하는 거야, 알겠지?" 하고 설명했죠. "그래야 엄마가 민준이가 어디 있는지 알 수 있지" 이런 식으로 막 놀이하는 것처럼 이야기를 많이 했었는데, 그러다가 돌 때쯤부터인가? 다른 말은 못 해도 "민준아" 부르면 대답을 엄청나게 잘했었어요. 민준이 또래 친구들을 자주 만나는데, 그 애들은 안 그랬었거든요. 다들 "민준이는 진짜 대답을 잘한다"고 했는데, 저도 참 신기했죠. 아이랑 6~7개월 때부터 집에 둘이 있었

으니까, 그때마다 엄마가 부르면 대답해달라고 말했거든요.

민정은 민준이가 혼자서 앉고 기어 다니기 시작한 6~7개월 무렵부터 자신이 이름을 부르면 대답해달라고 말했다. 민정은 민준이에게 마치 놀이하는 것처럼 대답하기 규칙을 자주, 재미있게 이야기했다. 그리고 민준이가 대답해야지 엄마가 민준이가 어디 있는지 알 수 있다며, 대답해야 하는 이유도 명확하게 알려주었다. 민준이가 돌 무렵이 되자 아이는 자신의 이름을 듣고 "응"이라고 대답을 하기 시작했다. 민준이는 아직 제대로 된 말을 하지는 못했지만, 자신의 이름에는 반응했다. 덕분에 민정은 아이의 위치를 확인하기가 수월해졌다.

민준이의 "응"이라는 대답 안에는 '엄마 나 여기 있어'라는 의미가 담겨 있었다. 민준이는 엄마가 부를 때면 언제나 대답을 했고, 엄마의 모든 말에 반응했다. 민준이는 엄마가 하는 말과 질문에 대답하기로 한 약속을 충분히 숙지하고 있었다. 민준이의 대답은 자신이 엄마의 말을 듣고 있고, 엄마와 함께하고 있음을 알리는 신호였다.

민준이의 이런 모습은 민준이가 엄마와 함께하는 모든 일상에서 동일하게 나타났다. 특히 두 사람이 함께 그림책을 읽을 때 서로의 말에 집중하고 열심히 대답하는 모습을 볼 수 있었다.

— 이불 속에 동그랗게 터널을 만들고. 이불 터널 만드나 보다.

— 응.

— 엄마랑 민준이도 만들어봤지.

— 응.

— 응. 엉금엉금 기어서 들어가요. 깜깜하겠다.

— 응.

— 누가 기어가고 있어?

— 음… 친구.

— 친구가. 이불 터널은 아주 깜깜해요. 눈을 꼭 감고 있으면 뭐가 보일까?

— 베개.

— 베개. 베개가 마중을 나와요. 안녕? 오늘 밤도 함께 놀러 갈 거야. 민준이는 누구 마중 나가본 적 있어?

— 음. 할미.

— 할미 맞아. 할미 마중 나가본 적 있지.

— 응.

— 응. 하늘을 나는 이불 타고 하늘을 여행해요. 여행 가고 싶다. 그치?

— 응.

— 어디 갈까 우리?

— 음… 바다.

— 바다 갈까?

— 응. 바다. 또 가고 싶어.

— 바다에 또 가고 싶어요. 밤하늘 저편에 있을 이불 나라예요. 벌써 친구들이 모여 있네요. 친구들이 많이 왔나 봐. 어 앤 어딨나. 여기 있다.

— 이것도 있는데?

— 그래? 자 우리 함께 베개 놀이 하자! 베개 놀이 한대. 베개 놀이 어떻게 하는 거야?

— 이렇게 팡팡팡.

— 팡팡팡. 베개 던지고 막 노는 건가 보다.

— 응.

— 엄마랑 나중에 해볼까?

— 응.

민정은 아이와 책 읽는 시간을 소중히 여겼다. 그림을 보며 서로 이야기를 나누고 새로운 세계를 알아가는 과정이 참 즐거웠다. 민정은 책이야말로 자신이 아이에게 간접적으로 정보를 전달해줄 수 있는 가장 좋은 시각전달 매체라 생각했다.

— (점자를 읽으며) **친구들이 바다에 왔어요. 바다에 들랑날랑 숨 쉬고 있는 파도가 있어요. 들리나요? 파도 소리는 어때요? 이런 식으로 제가 적어놨어요.**

— **어머님이 내용을 바꾸셨어요?**

— **네. 맞아요.**

— **왜 바꾸셨어요?**

— **민준이한테 파도 소리에 대해서 얘기해주고 싶어서요. 그냥 제가 내용을 조금씩 들으면서 바꿨어요. 사람들에게 읽어달라고 해서 거기에다가 그냥 제 표현을 덧입혀서 적어놨어요.**

— **어머니께서 이 책에 대해서 완전히 이해한 다음에 아이한테 읽어주시는구나.**

— **맞아요.**

민정은 책을 읽으며 아이에게 알려주고 싶은 내용을 질문하고 말로 설명해주기도 했지만, 아예 책 내용을 바꾸어 전해주기도 했다. 그녀는 남편에게 책을 읽어달라고 해서 내용을 전부 (점자정보단말기에) 받아 적었고 일부 내용은 자신이 이해할 수 있는 방식으로, 민준이에게 더 전해주고 싶은 내용을 중심으로 각색했다. 가령 바다에 대한 내용이 나올 때, '바다에 들랑날랑 숨 쉬고 있는 파도가 있어요. 들리나요? 파도 소리는 어때요?' 하는 식으로 내용을 바꾸어 적어두었다. 민준이에게 파도 소리를 알려주고 싶었기 때문에 내용을 바꾼 것이다.

민정은 책에 엄마의 표현을 덧입혀 완벽하게 내용을 이해하고 아이와 공유했다. 이렇게 바꾼 내용은 직접 점자를 찍는 도구를 이용하여 일일이 스티커로 만들어 책에 붙였다. 점자가 인쇄된 책이나 음성 파일을 구할 수도 있었지만, 책의 종류가 제한적일 뿐더러 점자가 인쇄된 책이나 음성 파일이 나오기까지 시간도 오래 걸렸다. 또, 민정은 자신이 온전히 이해하는 내용을 민준이와 나누는 편이 훨씬 좋다고 생각했다. 그래서 민정은 힘들더라도 민준이를 위한 책을 제작하는 데 열심이었다.

민정은 최근에 민준이와 함께 책을 읽으며, 아이가 한글을 읽기 시작하면 오히려 점자가 불편하게 느껴질 수 있겠다고 생각했다. 몇 년 안에 민정과 민준이가 함께 책을 보는 방법은 달라질 것이다. 지금은 실제 글자와 내용이 달라도 큰 문제가 없지만, 글자를 배우기 시작하면 정확한 내용을 읽어주는 게 더 좋을 것이다. 아이가 아는 글자와 내용이 다르면 되레 혼란스러워질지도 모른다. 그때 민준이는 그림보다는 글자의 모양, 책의 내용에 집중하며 독서할 것이다. 그렇다고 해서 민정은 아이와 함께 책을 매개로 소통하는 시간은 절대 줄어들지 않으리라 믿는다. 민정은 책을 읽으며 민준이와 함께 서로의 생각을 공유하고 이야기를 나누는 것을 중요하게 생각했다. 방법은 달라져도 두 사람은 언제나 서로의 이야기에 반응하며 함께할 것이다.

민정과 민준이의 약속은 집 밖에서나 안에서나 꼼꼼히 지켜지고 있었다. 민정의 가족은 민준이가 생후 22개월이 될 때까지는 집에서 텔레비전을 켠 적이 거의 없었다. 민준이는 어릴 때 핸드폰으로 보는 영상도 접할 수 없었다. 22개월 이후로는 영상물을 보기 전에 반드시 엄마의 허락을 받아야 한다는 규칙을 세웠다. 시청 시간도 미리 정했다. 민준이는 엄마가 정한 규칙 속에서 엄마가 이끄는 길로 나아가고 있었다.

하지만 민정은 아이가 엄마의 장애로 인해 제한받기를 원치 않았다. 어떤 약속은 민준이의 안전을 위해 꼭 필요하겠지만, '엄마가 장애인이기 때문에 민준이가 대신 무엇인가를 해야 한다거나 엄마가 장애인이기 때문에 민준이가 무엇인가를 못 해도 참아야 한다'라는 식의 말을 아이에게 하지 않으려고 의식적으로 노력한다. 그런데 때로는 민정의 의지와는 상관없이 부모가 장애인이기 때문에 아이의 행동에 제약이 생기기도 했다.

동물원에 갔을 때, 민준이는 리프트를 타고 싶어 했다. 하지만 아이와 동행한 보호자가 장애를 가지고 있다는 이유로 민준이네 가족은 리프트를 탈 수 없었다. 함께 어떤 체험을 하러 갔을 때도 항상 입장 전에 "괜찮으실까요?" 혹은 "아빠는 보이시는 거죠?"라는 말을 들어야 했다. 민정은 자신의 의지와 상관없이 아이를 제약할 수밖에 없는 상황이 오자 아이에게 너무 미안했다. 가슴이 먹먹해졌다. 게다가 앞으로 더 큰일에서 이런 상황이 발생할까 두려웠다. 아이가 하고 싶어 하는 중요한 일을 자신 때문에 하지 못한다면 너무나도 슬플 것 같았다.

민정은 민준이가 하고 싶어 하는 일은 최대한 마음껏 하게 해주고 싶었다. 하지만 앞으로 이런 제약이 더 많아질 것 같다는 생각에 현실이 야속하게만 느껴졌다. 희망찬 내일을 꿈꾸려고 해도 제한적인 환경이 민정의 마음에 찬물을 끼얹고는 했다. 타의로 인해 제약이 생기는 상황에 민정은 씁쓸한 마음을 감출 수 없었다.

보이지 않음과
보임의 자연스러운 공존

민정은 흰지팡이를 사용하여 단독 보행을 하고 있다. 민정은 평지를 걷다가도 무엇인가 이질적인 느낌이 들면 일단 멈추고 그것이 무엇인지 확인했다. 민정은 민준이가 걸음마를 하기 시작하자 아이와 함께 아파트 주변을 자주 산책했다. 그녀는 민준이와 함께 걸을 때도 뭔가 다르다거나 이상한 느낌을 받으면 일단 멈췄다. 무엇 때문인지 원인을 파악한 후에는 민준이에게 상황을 설명하며 다시 걸었다.

올라가는 계단이 나오면 민준이에게 "이제 계단이니까 이렇게 올라가면 되겠다"라고 말했고, 내려가는 계단이 나오면 "내려가는 계단이니까 조심해야겠다"라고 말을 하며 걸었다. 민준이도 어느 순간부터 계단 같은 게 나오면 엄마보다 먼저 멈추어 섰다.

걸음마를 하게 됐을 때 여기 아파트 주변도 걸어가고 하잖아요. 계단 같은 게 나오면 민준이가 이렇게 딱 멈춰요. 먼저. 그게 되게 신기했어요. '계단이다'라거나 '뭐가 있다' 하는 얘기는 안 하지만 일단 멈추더라고요.

민준이가 아직 말을 하지 못했을 때, 아이는 앞에 계단이 있다거나 어떤 다른 게 있다는 표현은 하지 못했지만 일단 멈추었다. 걸음마를 엄마와 함께 시작했기에 민준이가 걷는 방식은 엄마의 방식과 닮아 있었다.

— **민준이 가봐. 어딘지 엄마가 모르겠으니까 민준이가 가보는 데 따라가볼게.**

— **어. 쭉 가면 돼.**

— **어.**

— **이쪽으로 와. 쭉 가면. 가서.**

— **거긴 뭐 있는데?**

— **오르막길이야. 오르막길.**

— **그래.**

— **오르막길 가자. 오르막길.**

— **올라갈 수 있겠어?**

— **어?**

— **올라갈 수 있겠어?**

— **어. 트럭 조심해.**

— **그래. 트럭이 어디 있어?**

— **저기. 저기.**

— **아 저 앞에?**

하루는 민정과 민준이 함께 놀이터를 찾아갔다. 민준이는 킥보드를 타고 앞서갔고, 민정은 민준이의 뒤를 부지런히 따라갔다. 민준이는 "쭉 가면 돼" 또는 "이쪽으로 와" 같은 말로 엄마에게 길을 안내했다. 민정은 흰지팡이 없이 민준이의 목소리를 따라 걸어갔다.

전에는 계단 같은 게 나오면 말없이 일단 멈췄던 민준이는 말을 하게 되면서 계단 앞에 서서 엄마에게 "오르막길이야"라고 설명해주었다. 민준이는 계단 앞에 멈춰서 "오르막길 가자. 오르막길"이라고 하며 엄마를 기다렸다. 그리고 엄마가 '오르막길'로 오자 다시 앞서갔다. 민준이는 멀리서 오는 트럭을 보고 엄마에게 "트럭 조심해"라고 다급히 말하기도 했다. 민준이는 엄마에게 지형과 위험 요소를 설명하며 길을 안내했다.

결국 민준이는 놀이터를 찾지 못했다. 하지만 놀이터를 찾아가는 중에 유치원을 발견하고, 예전에 함께 갔던 분수도 찾았다. 물건을 싣고 가는 트럭도 봤다. 민준이가 무언가를 새롭게 발견할 때면 민정도 민준이 옆에 멈춰서 민준이와 신나게 이야기를 나누었다. 그리고 민준이가 다시 걸어가면 그제야 민정도 걸어갔다.

— **민준이 유치원까지 찾아갈 수 있더라? 엄마 너무 신기했어.**

— **왜?**

— **민준이가 거기 찾아가서.**

— **엄마 고맙지?**

— **고마워? 뭐가 고마운데?**

— **거기 길 찾아줘서.**

— **응. 고마워.**

— **응.**

— **응.**

놀이터를 찾아 떠난 여정이 끝나고 집으로 돌아온 후, 민정은 민준이와 더 많은 이야기를 나누었다. 민정이 민준이가 유치원 가는 길을 알고 있어서 너무 신기했다고 말했다. 그러자 민준이는 그 말을 듣고 엄마에게 "(길을 찾아줘서) 고맙지?"라고 물었다. 민준이는 자신이 엄마에게 길을 찾아주는 것이 엄마에게는 고마운 일이라고 생각하고 있었다. 엄마에게 도움이 되어 뿌듯한 마음이 민준이의 얼굴에 밝은 미소로 번졌다.

민준이는 생후 10개월 무렵, 엄마 손에 어떤 물건을 쥐여주었다. 그것은 보이지 않는 민정에게 다른 사람들이 물건을 건네는 방식이었다. 민준이는 아주 어릴 때부터 엄마가 손으로 만지는 것이 엄마의 보는 방법이라는 사실을 이해하고 있었다. 그래서 엄마에게 무언가를 보여주어야 하는 상황에서 엄마의 손을 잡아 엄마가 보기를 원하는 대상에 갖다 대었다. 아이가 엄마의 손에 물건을 쥐여주었을 때, 민정은 신기하면서도 슬픈 마음이 들었다. 어린아이가 벌써 보이는 사람과 보이지 않는 사람을 알고 행동을 달리한다는 것이 좋기도 하면서, 한편으로는 다른 아이들은 생각하지 않아도 되는 것을 생각해야 하는 현실이 마음 아팠다.

"엄마 이거 봐봐" 이러는데 "어 알겠어"라고 하면, "와서 만져

봐야지" 이렇게 계속 얘기를 하고, (엄마가) 그럴 때까지 계속 기다려요. 장난감 같은 거 자기가 뭐 변신 같은 거를 했는데 내가 손으로 안 만져보고 그냥 대답하거나 하면 굳이 만져보게끔 시킨다거나.

민준이는 엄마가 만져보지 않고 그냥 대답만 하면 엄마가 만져볼 때까지 기다렸다. 장난감을 변신시켰을 때 엄마가 만지지 않고 "멋지네" 하고 대답하면, 민준이는 꼭 다시 엄마에게 가져가 장난감을 만져보게 했다.

민준이는 엄마의 보는 방식을 명확히 이해하고 있었다. 두 사람이 함께 기차를 탔을 때 민준이는 엄마 손을 잡아서 엄마가 창문을 만져보게 했다. 그러고는 "엄마, 여기 만져봐. 여기서부터 창문이 저기 위까지 있어. 창문이 엄청나게 크다"라고 했다. 엄마와 함께 퍼즐을 맞출 때, 민준이는 엄마에게 "엄마 내가 알려줄게. 여기 뭐야? 만져봐. 이거랑 똑같은 걸 여기서 찾아야 되지. 자, 만져봐. 뭐가 똑같은 거 같아?"라고 말했다.

저는 엄마가 안 보이니까 도와줘야 한다거나 엄마를 안내해줘야 한다거나 하는 그런 상황들을 억지로 반복해서 강요하고 주입하는 건 정말 원치 않아요. 그래서 제가 노력하는 건

(민준이가) 자연스럽게 알아가고 배워가게 하는 거예요. 그냥 자연스럽게 민준이 생각 속에 엄마의 장애가 스며들어서 그런 거 아닐까 생각해요.

민정은 장애를 가진 엄마와 살아가는 비장애 자녀로서 민준이의 역할을 많이 생각하고 고민했다. 엄마가 보이지 않기 때문에 민준이가 길을 안내하는 등 엄마를 도와야 할 수는 있지만 굳이 강요하지는 않았다. 민준이는 그런 역할을 강요받거나 주입받지 않아도 자연스럽게 알아가고 배워가고 있었다.

민준이가 돌이 되었을 무렵, 민정은 민준이와 함께 양말들의 짝을 맞추는 놀이를 했다. 민정에게는 양말의 짝을 정확히 맞추는 것이 어려운 일이었다. 민정은 이 놀이를 통해 민준이가 엄마의 장애를 억지로 아는 게 아니라 엄마의 모습을 자연스럽게 보면서 그냥 알 수 있기를 바랐다.

민정은 민준이에게 도움을 청할 때 엄마가 할 수 있는 부분과 민준이가 엄마에게 도움을 주어야 하는 부분을 함께 말하여 민준이의 부담을 덜어주었다. 민준이가 엄마에게 전적으로 도움을 주어야만 한다는 인식을 갖지 않도록 하려는 의도였다. 민준이는 큰 부담 없이 엄마를 도왔다. 오히려 엄마를 돕는 것에 큰 기뻠을 느끼는 것처럼 보였다.

민준이는 다른 사람을 돕는 걸 즐거워하는 따뜻한 아이였다. 민준이는 어린이집 친구들에게도, 할머니에게도 마치 형처럼, 보디가드인 것처럼 행동했다. 민정은 이런 민준이를 보며 민준이가 모태 신앙으로 하나님을 자연스럽게 알고 믿게 되는 것처럼 민준이에게 엄마의 장애가 자연스럽게 스며들어서 그런 행동을 하는 것이라고 생각했다.

— **민준아 불 켤까?**

— **어?**

— **불 켜야 돼? 꺼도 돼? 안 켜도 돼?**

— **불 꺼져 있어.**

— **그래.**

한번은 민준이가 방에서 장난감 자동차를 가지고 놀고 있는데, 민정이 뒤이어 방으로 들어왔다. 민정은 민준이에게 방에 불을 켜야 하는지 물었다. 민준이는 엄마에게 불이 꺼져 있다고 말했다. 민정은 민준이의 말을 듣고, 스위치를 눌러서 불을 켜주었다. 민준이는 "불 켤까?"라는 엄마의 질문에 직접 불을 켜지 않았다. 상황을 설명해 엄마가 행동할 수 있도록 도왔다. 민준이는 엄마가 할 수 있는 일과 자신이 도와야 하는 부분을 명확하게 인지하고 있었다.

— **민준아** (민준이 소변 통) **이거 왜 여기 뒤에다가 치워놓은 거야?**
— **음. 쏟아.**
— **쏟아. 그렇지.**
— **응.**
— **엄마가 쏟을 수도 있지.**
— **응. 엄마가 쏟았지.**
— **맞아. 엄마가 가끔 쏟고 이모가 쏟은 적도 있지.**
— **응.**

민준이는 소변 통에 소변을 본 후, 엄마를 한 번 보더니 소변 통을 엄마에게서 떨어진 곳에 갖다 놓았다. 내가 민준이에게 왜 소변 통을 치웠는지 묻자, 민준이는 "쏟아"라고 대답했다. 그리고 이어지는 민정과 민준이의 대화를 통해서 이전에 엄마와 민준이의 보이지 않는 이모가 소변 통을 쏟은 적이 있었다는 것을 알게 되었다. 민준이는 앞선 경험을 통해 보이지 않기 때문에 일어날 수 있는 일에 대해 예상할 수 있었다. 그렇기에 소변 통이

쏟아지지 않도록 소변 통을 엄마에게서 멀리 놓았던 것이다.

보이는 아이가 엄마의 눈이 되어 무엇인가를 보거나 찾아서 엄마에게 도움을 주는 일은 일상 속에서 수시로 일어난다. 심지어 아이는 엄마가 도움을 요청하지 않아도 미루어 짐작해서 엄마에게 필요한 행동을 하기도 한다. 보이지 않기에 엄마가 아이의 도움을 받는 것이 자연스러웠고, 아이는 보이기 때문에 엄마를 돕는 것이 자연스러웠다.

보이지 않는 엄마와 보이는 아이의 관계 속에는 엄마가 보이지 않기에 보이는 아이의 도움을 받아야 하는 부분이 분명 있었다. 아이가 돕기 때문에 훨씬 더 수월하게 할 수 있는 일도 꽤 많았다. 그들은 서로의 역할을 자연스럽게 인정하고 받아들이며 살아가고 있었다. 민준이는 엄마에게 무엇이 필요한지, 엄마에게 도움을 주기 위해서 자신은 어떻게 해야 하는지를 잘 알고 실천했다. 민준이는 엄마에게 도움을 주는 역할을 자연스럽게 받아들이고 있었다. 민정의 보이지 않음은 민준의 보임과 자연스럽게 함께하고 있었다. 두 사람은 천천히 서로에게 물들어가고 있었다.

민준이는 돌 무렵부터 보이지 않는 사람을 대할 때와 보이는 사람에게 하는 행동이 확연하게 차이가 났다. 민준이의 엄마는 보이지 않는 사람이고, 민준이의 아빠는 보이는 사람이다. 민준이는 아빠는 눈으로 보고, 엄마는 만져서 본다는 것을 알고 있었다. 민준이가 말을 하지 못할 때도 아이는 아빠와는 눈을 맞추었고, 엄마에게는 물건을 만져보게 했다.

민준이가 말을 할 수 있게 되자 아빠에게는 "아빠 보이지?" 또는 "아빠 봤지?"라고 말했고, 엄마에게는 "엄마 이거 만져봐"라고 했다. 민준이가 조금 더 자라자 글자 같은 것을 엄마에게는 묻지 않고, 아빠에게 물었다. 또한 민준이는 상대에 따라 함께 노는 방법을 달리했다. 보이는 삼촌과 아빠와는 활동적인 놀이를 했고, 보이지 않는 이모와 엄마와는 가만히 앉아서 할 수 있는 놀이를 했다. 그리고 보이는 할머니나 아빠에게는 점자 스티커가 붙어 있지 않은 책을 가지고 와서 읽자고 했다.

민준이는 새로운 사람을 만나게 됐을 때도 그 사람이 보이는 사람인지, 보이지 않는 사람인지에 관심을 보였다. 그 사람이 보이지 않는다고 판단되면 엄마에게 하는 행동과 비슷한 행동으로 그 사람을 대했다. 민준이는 차이를 이해하고 존중하며 적절히 대응할 수 있는 아이였다. 차를 타고 갈 때, 아빠나 보이는 사람들과 대화할 때는 창밖으로 지나가는 게 뭔지를 계속 물어보았고, 엄마나 보이지 않는 사람들에게는 외부 풍경을 보며 이야기하지 않았다.

남들하고는 다른 엄마를 경험하게 되면서 자연스럽게 사람들은 다 다르단 걸 알게 된 것 같아요. 눈으로 봤을 때 평범하지 않고, 뭐 휠체어를 탄다든지, 아니면 얼굴이 좀 다르게 보인다든지, 뭐 아니면 외국인이라든지, 이렇게 좀 다른 사람들한테 그렇게 큰 거부감이 있는 거 같지가 않아요.

민준이의 인간관계가 넓어지고 새로운 사람들을 접하면서 보이는 사람과 보이지 않는 사람에 대한 이해는 점점 확장되어갔다. 또한 민준이는 엄마처럼 보이지 않는 사람뿐만 아니라 다른 장애가 있는 사람, 외국인에 대해서도 편견이 없었다. 다양한 이들을 만나본 민준이는 자연스럽게 누군가의 다름을 받아들일 수 있었다.

민정은 차이를 이해하는 민준이가 대견스러웠지만, 한편으로는 언제나 도와줘야 한다는 생각을 너무 많이 할까 봐 걱정이었다. 함께 어울려서 살아야 하는 거니까 어릴 때부터 일찍 받아들이게 하는 게 나은 거 같다고 생각하다가도 안타까운 마음이 들기도 했다. 그래서 민정은 민준이에게 눈이 보이는 사람과 보이지 않는 사람을 고루 만날 수 있게 해주려고 노력했다. 민정은 보이는 사람의 집단과 보이지 않는 사람의 집단 속에서 아이가 균형 있게 관계를 맺고, 경험할 수 있게 하려고 한다.

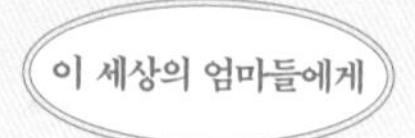

우리는 다 똑같은 '엄마'입니다

그냥 엄마는 다 똑같은 엄마인 거 같아요. 장애와 비장애를 떠나서도 경제력이 있는 엄마, 그렇지 않은 엄마. 뭐 굳이 나누려면 다 나눌 수 있겠죠. 많이 배운 엄마, 못 배운 엄마도 있을 수 있고. 근데 그런 거보다 일단 엄마라는 게 중요하죠.

물론 다 그렇진 않겠지만, 일단 엄마는 아이에 대한 사랑이 있는 사람이고 책임지게 될 수밖에 없는 존재로 만들어진 거 같아요. 내 태에서 태어난 아기니까. 그래서 상황이나 조건과 관계없이 일단 엄마가 되는 순간부터 그냥 엄마인 거죠. 나무가 여러 가지 종류가 있어도 어쨌든 그게 다 나무인 것처럼 말이에요. 어쨌든 공통적으로 나무는 공기를 맑게 해주고 시원한 그늘을 주고 쓸모가 많은 존재인 건 똑같은 것처럼, 어떤 엄마가 되더라도 한 사람을 교육하고 양육하고 그래서 각자 쓸모 있는 사람으로 키워내는 거랑은 똑같은 거 같아요. 그 방법이나 모양은 좀 다를 순 있어도. 엄마는 다 똑같은 엄마고.

요즘 사람들한테는 약간 고리타분한 얘기 같을 수도 있지만 다 이유가 있는 거 같아요. 엄마가 되게 하고 아빠가 되게 하고 아이를 낳아야 하고 이런 것이. 정말 한 사람으로 살아가는 동안에 꼭 반드시 배워야 하고 통과해야 하고 감당해야 하는 그런 어떤 각자의 몫인 거 같아요. 그래서 모두가 똑같은 엄마인 게 중요한 거 같고.

저는 박민정이라는 한 사람으로서 30년 동안 살았던 거보다 민준이 엄마가 되어서 살아가는 이 5년이라는 기간에 더 많은 것을 배우고, 느끼고, 알아가는 거 같거든요. 5년 동안. 근데 이게 점점 늘어나서 10년이 되고, 15년이 되겠죠. 그러면서 '아이를 통해 배운다는 말', 저는 되게 많이 실감하는 거 같아요.

장애를 가진 엄마들도 이렇게 좋은 엄마가 되고 싶어 하는데, 건강한 사람들은 일단 출발 조건이 훨씬 더 나으니까 더 좋은 엄마가 될 수 있을 거라는 생각이 들어요. 그래서 그냥 본인 자신을 좀 믿고, 분명히 좋은 엄마가 될 수 있기 때문에 자신감을 갖고 했으면 좋겠다. 좀 틀리고 잘못되더라도 어쨌든 그 아이에게는 절대적으로 엄마니까. 아이한테 세상에 하나뿐인 존재가 되는 거니까. 엄마를 통해서 아이는 어쨌든 세상을 만나는 거니까.

제가 생각할 때 엄마는 되게 중요한데, 엄마가 얼마나 많은 세상을 아이한테 담아주느냐에 따라서 아이가 만나는 세상의 크기가 정해지는 거 같거든요. 제가 그런 생각을 많이 했어요. 내가 보이지 않기 때문에 만나게 되는 세상은 사실은 비장애인들에 비해서는 굉장히 작을 수밖에 없는, 어떤 그런 물리적인 한계점이 있잖아요. 근데 그게 민준이한테 그대로 이어지니까, 그거에 대한 공포감 같은 게 좀 있는 거 같아요. 그래서 엄마가 장애가 있지만, 엄마를 통해서 아이는 더 많은 세상을 만나게 해야겠다고 생각했어요. 그러려면 일단 엄마가 깨어 있어야 하고 마음도 열려 있어야겠죠. 장애와 상관없이.

물론, 장애를 가진 엄마들은 아무래도 그런 부분에서 더 어려울 순 있으니까, 동기부여 같은 거 많이 하려고 저도 은연중에 민준이에게 그런 말을 많이 하는 거 같아요. "여기 이 나라 가보면 어떨까?", "민준이 비행기 타면 어떨 거 같아? 근데 비행기 타면 우리가 어떻게 해야 될까?" 이런 이야기나, 혹은 작은 거라도 그대로 지켜가는 모습 많이 보여주려고 하는 거 같아요. 어디에 뭘 하러 갔으면 반드시 거기에 간다든지, 다음 계획은 미리 세워놓는다든지. "이제 우리 여기 가봤으니까 그다음에는 뭘 해보면 좋을까?" 뭐 그런 말들을 아이에게 심어주려고 제가 많이 노력한다는 느낌이 들어요. 다른 엄마들보다 더 많이. 그래서 제가 더 많이 성장하게 되고 그런 거 같아요.

아이가 학교 가고 다른 사람들 만나기 시작하면 이제 내가 아니더라도 다른 사람들이나 어떤 기회를 통해서 이 아이가 다른 것들도 접할 수 있고 볼 수 있지만, 아이가 태어나서 한 7~8년 정도까지는 부모를 통해서 어쨌든 다 만나고 접하게 되고 하는 거니까. 아빠, 엄마가 얼마나 많은 네트워크를 갖고 있느냐에 따라서 아이가 경험하게 되는 부분은 굉장히 달라질 수 있다고 생각해요.

내게 선명히 새겨져 있는 너

사랑하는 민준아!

모두가 잠든 밤 너의 숨소리를 들으며 너의 작은 손을 꼭 잡고 옆에 누워 있으면 엄마는 정말 행복해.

너의 머리를 쓰다듬고 너의 살결 냄새를 맡으면 재잘재잘 너의 목소리가 들려오는 것 같아.

민준아!

엄마는 요즘 들어 우리 민준이가 너무 궁금해. 정말 보고 싶어.

신나는 음악에 맞춰 멋지게 춤을 추는 너의 모습.

저 멀리서 엄마를 보고 열심히 달려오는 너의 모습.

흔들다리 위에서 무서워 벌벌 떨면서 엄마 손을 잡고 "할 수 있다"를 외치며 한 발 한 발 다리를 건너는 너의 모습.

너무너무 궁금하고 또 궁금해.

엄마의 두 눈 속에 너를 담을 수 있다면 얼마나 좋을까?

하지만 엄마는 두 손으로 그리고 마음으로 우리 민준이를 볼 수 있지!

민준이를 꼭 껴안고 있으면 민준이의 마음이 보이고!

민준이의 목소리를 듣고 있으면 민준이의 표정이 보이고!

민준이의 발걸음 소리를 들으면 민준이의 생각이 보이고!

엄마 마음속에는 민준이가 아주 선명하게 새겨져 있어.

민준아!

엄마는 민준이에게서 너무나 따뜻하고 포근하고 사랑스러운 세상을 선물로 받았어. 정말 고마워.

엄마도 우리 민준이에게 멋진 세상을 선물로 주고 싶어.

너의 그 마음속에 감사와 행복을 주고 싶어.

민준이가 조금씩 자라서 멋진 형아가 되고 듬직한 어른이 되어가면서 힘들고 어려운 시간도 찾아오겠지?

또 때로는 엄마의 장애가 민준이를 눈물 나게 하고 마음 아프게 하는 순간도 올 거야.

하지만 우리 민준이는 그런 순간도 잘 이겨내고 견뎌낼 수 있을 거야.

엄마가 늘 민준이를 위해 기도할게.

우리 민준이가 근사한 어른이 되면 어떤 모습일까?

그땐 민준이가 가고 싶어 하는 우주에 정말 갈 수 있을까?

민준아. 엄마는 언제나 우리 민준이를 응원할 거야.

세상에서 가장 사랑스러운 엄마의 보물 민준아, 정말 사랑해!

4장

평범하지만 특별한 사람들의 이야기

— 엄마, 장애인은 어떤 사람이야?

— 몸이나 어디가 아픈 사람을 장애인이라고 하는 거야. 예를 들면 다리가 아프거나 팔이 아프거나 눈이 아프거나 귀가 아프거나 그런 거.

— 그러면 아빠도 다리가 아프고 팔이 아프니까 장애인이네?

— 어. 맞아.

— 그럼 엄마도 눈이 아프니까 장애인이네?

— 어. 그것도 맞아.

— 그럼 나도 장애인 할래.

어느 날 민준이는 엄마 민정에게 장애인이 어떤 사람이냐고 물어봤다. 민정은 아이가 이해하기 쉽게 '어디가 아픈 사람'이라고 설명해주었다. 그러자 민준이의 입에서 뜻밖의 대답이 튀어나왔다. "나도 장애인 할래." 민정은 차분히 설명했다. "민준이는 아픈 데가 없잖아. 민준이 다리도 안 아프고 팔도 안 아프고 눈도 안 아프고. 엄마는 민준이가 하나도 아프지 않아서 너무너무 감사하고 너무너무 기뻐. 민준이는 장애인이 아니야." 엄마의 말에도 민준이는 뜻을 굽히지 않았다. 민준이는 "아니야 나도 장애인이야!"라고 했다.

민준이의 이야기를 듣고 민정은 많은 생각을 했다. 네 살짜리 아이가 벌써 '장애인'이라는 단어를 안다는 것도 놀라웠고, 부모와 같아지고 싶다는 아이의 마음에 복잡 미묘한 감정을 느꼈다.

민준이는 장애를 단지 엄마의 특성으로 받아들이고 있었다. 아이는 자연스럽게 장애를 받아들였다. 모든 이가 민준이처럼 아무런 차별 없이 순수한 눈을 갖게 되면 얼마나 좋을까. 당신은 '장애'에 대해 어떻게 생각하는가? 보건복지부에서 발표한 자료에 따르면 2020년 12월 기준, 한국에 등록된 장애인 수는 263만 3,026명이다. 우리 주변에 꽤 많은 이들이 장애를 갖고 살아가고 있다.

'장애'는 바라보는 관점에 따라 다양하게 해석된다. 「장애인복지법」 제2조에서는 장애인을 "신체적·정신적 장애로 오랫동안 일상생활이나 사회생활에서 상당한 제약을 받는 자"라고 정의하고 있다. 이 정의는 장애로 인해 얻게 되는 부정적인 측면, 즉 장애로 인한 제약에 초점을 맞춘다. 이는 장애를 '병' 혹은 '손상'의 측면에서 접근하는 의료적 모델에 근간을 두고 있기 때문이다.

장애를 바라보는 관점 중 하나인 의료적 모델은 장애로 인한 손상의 원인을 찾고 진단하는 일, 그에 따른 처치와 예방에 관심을 둔다.[1] 그리고 건강과 병약, 정상과 비정상을 이분법적으로 구분한다. 장애가 없는 몸은 정상적인 몸으로, 장애가 있는 몸은 비정상적인 몸으로 분류하는 것이다.[2] 이런 전제하에 정상은 기준이 되고, 비정상은 결손이 있는 상태로 낙인찍힌다. 완전한 상태를 규정함으로써 그 안에 포함되지 않은 상태를 장애로 간주하여 정상의 범주에서 구별하며, 이런 식으로 인간을 대상화함으로써 소외 문제를 야기한다.[3]

그간 우리 사회는 장애를 다른 기능으로 보완하거나 대체하는 훈련에 관심을 기울여왔다. 특정한 신체 기관의 장애는 다른 신체 기관을 통해 보완할 수 있다고 가정하고, 더 나은 신체 활용을 위해 애썼다.[4] 문제는 이러한 가정이 장애인의 손상 부위를 대체할 수 있는 다른 기관을 발달시켜야 한다는 인식을 유도한다는 점이다. 상대적으로 보완하기 어렵다고 여겨지는, 정도가 심한 장애인들은 차별과 배제의 대상이 되고 만다.[5] 이런 맥락에서 장애등급제는 복지 서비스의 수급 자격을 의료적 모델에 기대 시대착오적이라는 이야기를 줄곧 들어왔다. 결국, 장애등급제는 2019년에 폐지되었다.

의료적 모델을 기반으로 한 장애에 대한 인식은 장애인 당사자조차 자신의 장애를 거부하게 만든다. 장애를 자신의 몸으로부터 분리하고 떼어내어 자기 몸의 일부로 인정하지 않는 것이다. 동시에 '정상인'이라는 정체성을 획득하고자 하는 강한 욕구를 갖게 하는 결과를 낳기도 한다.[6]

의료적 모델과 달리 사회적 모델에서는 '손상'에 주목하지 않는다. 사회적 모델에서는 장애를 장애일 수밖에 없게 만드는 '사회적 환경'에 집중한다. 사회적 모델에서 장애는 그 자체로는 완전하지도 불완전하지도 않은 것이다. 다만, 장애로 인한 특성이 환경적인 조건과 맞지 않을 때 장애로 부각된다. 장애인에게 사회적으로 부여된 장벽은, 장애인들이 자유롭게 넘나드는 것을 구속하고 때로는 넘어뜨리기도 한다.[7] 문제는 사회적인 환경이 주류를 중심으로 구성된다는 것이다. 장애인처럼 상대적으로 주류가 아닌 집단은 소외되고, 사회적으로 불리한 위치에 놓이기 쉽다.[8] 다시 말하면, 사회적으로 주류인 비장애인을 중심으로 구성된 사회 환경이 장애를 유발하는 것이라 할 수 있다.[9]

사회적 모델은 장애를 개인의 결함으로 보는 것이 아니라 사회적 관계 속에서 조망함으로써 장애에 대한 정치적, 사회적 담론과 합의를 끌어냈다는 의의가 있다. 하지만 사회적 장벽을 너무 강조한 나머지 장애인 한 개인으로서의 존재와 본질은 다소 가볍게 여겼다. 그리고 사회의 수많은 맥락과 상호작용하는 실체로서의 장애인에 대한 논의까지는 이끌어내지 못했다는 아쉬움이 남는다.

장애를 바라보는 또 다른 관점인 문화적 모델은 사회적 모델에서 표명했던 '사회적으로 구조화된 정상성'이라는 개념에 의문을 제기하며 나타났다.[10] 문화적 모델은 다양한 현상을 '문화적 맥락' 안에서 이해한다는 점에서 문화상대주의와 궤를 같이한다.

문화상대주의는 소극적 상대주의와 급진적 상대주의로 나뉜다. 소극적 상대주의는 사회 내에서 가치 있고 필요하다고 여겨지는 능력을 사용할 수 없을 때 그것을 장애로 규정한다고 보는 관점이다.[11] 예를 들어 보는 것을 중요하게 여기는 사회에서 시각의 결손은 불이익을 불러온다. 또, 신체를 통한 노동에 가치를 부여하는 사회에서는 신체의 결손으로 인한 불이익이 생길 수 밖에 없다. 꽤 그럴듯해 보이는 논의다. 하지만 소극적 상대주의는 몸의 특정한 기능이나 그것을 통한 과업 수준에 머물러 있다. 신체적인 것을 완전히 넘어서서 문화가 삶의 세계를 구조화한다는 것에 대해서는 다루지 못한다는 한계가 존재한다.[12]

그에 비해 급진적 상대주의는 장애를 가지고 있든 없든 모두에게 하나의 인격체가 있다는 측면으로 접근한다. 사회적 맥락 안에 어떠한 정체성과 가치가 존재하고 있는지에 대해 폭넓게 다루고 있다.[13] 그런 맥락에서 본다면 어떤 곳에서는 장애지만, 다른 곳에서는 장애가 아니게 된다. 어떤 곳에서는 장애가 아닌 것이 다른 곳에서는 장애가 될 수도 있다. 즉, 고정된 속성으로서의 장애는 존재하지 않는다.

우리는 흔히 병과 장애를 구분한다. 병은 신체의 특정한 부분이 손상되어 생긴 것으로, 치료함으로써 나을 것이 기대된다. 치료되지 않는다고 하더라도 병은 장애보다 일시적인 것으로 간주한다. 하지만 문화적 모델에 의하면 장애는 일시적이거나 극복해야 하는 대상이 아니라 갖고 살아가는 것이다.

여러 장애 중에서도 우리가 주의 깊게 살펴볼 시각장애로 넘어가보자. 시각장애인의 장애를 병적인 측면에서 접근한다면, 단순히 시력의 결손이라는 고정적인 속성에 의해 갇혀버리게 된다. 하지만 문화적 모델에 의하면, 장애는 치료되는 것이 아니라 지속적이며 '나'라는 존재를 구성하는 요소다. 가령 시력이 현저히 낮은 사람의 '시각'을 눈이 나쁜 것이나 보이지 않는 병을 가진 것으로 간주하지 않고, 그 사람이 가지고 있는 무수히 많은 특성 중 하나로 받아들이는 것이다. 이런 입장에서는 시각장애로 인해 할 수 없는 것에 굳이 집중할 필요가 없다. 시각장애는 그 자체로 받아들여야 하지, 어떤 방식으로라도 극복해야 하는 것이 아니다. 시각장애는 단지 누군가의 존재를 구성하는 여러 방식 중 하나일 뿐이다.

"모든 생명체는 그 자체로는 어떤 것도 장점이나 단점이 아니며, 어떤 환경과 만나는가에 따라 그것은 장점이 되기도 하고 단점이 되기도 한다"라는 말이 있다.[14] 인간은 저마다 다양한 행동 패턴과 고유한 신체적 특성, 학습 능력, 재능, 사회적 기술을 갖고 있다. 사람들이 다양한 방식으로 의사소통하듯이 누군가는 발로 이동하고 누군가는 휠체어로 이동한다.[15] 이런 맥락에서 장애는 언제나 동일하게 설명될 수 있는 어떤 실체가 아니다. 특정한 상황이나 시간에 따라 유동적으로 변할 수 있기 때문에[16] 장애는 다양성의 한 형태로서 이해되고 존중받을 수 있어야 한

다.[17]

우리는 누구나 다르고 고유한 특성을 지닌 채 살아간다. 우리가 사는 세상 속에는 무수히 많은 차이가 존재한다. 하지만 인간은 모든 차이에 주목하지 않는다. 그 차이가 너무 다양하기에 모든 차이에 주목하는 것은 불가능하다. 자신의 사유 내에서 누군가가 지닌 어떤 측면은 전경으로 부각되고, 다른 측면은 배경으로 물러나게 된다.[18] 그렇기에 어떤 누군가는 다름을 단지 고유한 성질이나 특성, 단순한 차이로 받아들이지만 또 다른 누군가는 다름을 오해하고 왜곡하며 차별한다.

장애를 피상적으로 바라보고, 자신도 모르는 사이에 스며든 고정관념에 맞춰 생각하다 보면 편견이 수반될 수밖에 없다. 편견은 장애인들을 소외시키고 부당한 대우를 받게 만든다.[19] 여전히 장애는 혼신의 노력을 다한다면 치유되어 정상이 될 수 있으며, 정상화되어야만 하는 것으로 간주되는 경향이 있다. 장애인의 다름이 있는 그대로 인정되기보다는 부정되고 변화되기를 바라는 것이다.[20]

모든 장애는 '사회적 다름'의 문제로 바라볼 필요가 있다. 그저 '다름'이라 생각하면 장애에 대해 갖는 편견과 부정적인 인식, 그리고 그로 인한 한계에서 벗어날 수 있게 된다. 그리고 장애를 사회적 다름으로 바라볼 수 있을 때, 그들이 갖는 다면적이며 고유한 특성을 이해할 수 있다.[21]

다름을 인정하지 않는 사회적인 시선이 바로 장애가 아닐까?[22] 인간이 다양하다는 것을 인식하지 못하는 편협한 사고는 장애인을 비장애인과 다른 별개의 집단으로 규정짓는다. 우리는 장애에 대한 이분법적 시선을 거두기 위해 노력해야 한다. 완전은 불완전이 있기에 생겨날 수 있으며, 정상도 비정상이 있기에 생겨난다. 장애와 비장애, 불완전과 완전을 가르는 이분법적 기준과 그것을 토대로 생성되는 사회적 편견은 상대적이며 한계가 있다.[23]

나는 세 엄마를 관찰할 때, 장애를 문화적 다양성의 차원에서 바라보는 문화적 모델의 관점을 지향했다. 시각장애 엄마를 문화적 모델의 관점으로 바라봄으로써 그들의 장애를 이 세상에서 체화되는 한 형태이자 그들의 존재를 구성하는 한 특성으로 바라보고자 했다. 또한 엄마의 장애가 유아기 자녀에게 이해되고 받아들여지는 방식에 대해서도 있는 그대로 이해하고자 했다. 그저 시각장애 엄마와 함께 살아가고 있는 유아기 자녀의 모습을 보여주고자 하였다. 세 가족의 모습을 담은 이 책이 '장애'에 대해 다시 한번 숙고하게 하는 계기가 되기를 바란다.

과연 장애란 무엇이며,

민준이는 왜 엄마와 같아지고 싶어 했는가.

누구나 '엄마'라는 존재가 되어간다

여성은 어머니가 됨으로써 이전까지의 모습과는 전혀 다른 삶을 살아가게 된다. 출산은 몸도 마음도 전혀 다른 형태로 바꾸어 놓는다. 완전히 새로운 미래와 새로운 가능성이 열리게 되는 것이다.[24] 어머니가 된다는 것은 기존의 삶에 어머니라는 새로운 역할이 추가되는 수준이 아니다. 삶의 지형이 완전히 달라지는 중대한 사건이라고 할 수 있다.[25]

장애 여성이 어머니가 되는 과정 역시 이와 크게 다르지 않다. 장애 여성 또한 결혼하고 어머니가 됨으로써 새로운 정체성을 획득한다.[26]

모성과 관련된 용어 중 자주 사용되는 것은 'motherhood'와 'mothering'이 있다. 'motherhood'는 주로 '모성'으로 해석된다. 이는 임신, 출산, 수유와 같은 생물학적 요소와 더불어 모성 이데올로기와 같은 사회적 요소까지 포괄하는 개념이다.[27] 'mothering'은 주로 '어머니 노릇'이라고 해석되며, 직접적인 체험을 통해 자녀 양육 경험에서 스스로 형성해가는, 어머니로서 갖는 고유한 경험을 포함하는 개념이다.[28] 모성이 'motherhood'와 'mothering'이라는 각각의 고유한 영역을 가진 두 차원으로 이해될 수 있음에도 불구하고 그간 여성의 생애에서 결혼, 임신, 출산, 양육에 대한 경험은 'motherhood'라는 모성만을 부각해왔다.

모성에 대한 지배적인 담론은 상대적으로 단일하게 구성되어 왔으며,[29] 여성의 삶에 지대한 영향을 미치고 있다.[30] 모성 이데올로기는 모성이 정상 가족 안에서 어머니다운 어머니에 의해 헌신적으로 행해져야 한다는 메시지를 준다. 이런 정형화된 모성은 아주 오래전부터 우리 삶에 녹아 있었다. 가사 노동뿐만 아니라 시댁 식구를 돌봐야 하는 할머니 세대의 모성부터 남동생을 위해 학업을 포기하고 일찍부터 노동 현장에 뛰어들어야 했던 어머니 세대의 모성까지, 한국은 강요된 모성에 너무나도 익숙한 사회였다.

이런 맥락에서 사회가 규정한 모성애는 여성의 주된 역할을 출산과 육아에 묶어두고, 그들의 정체성과 자아를 부정하며 여성이 완벽한 아내, 완벽한 어머니가 되도록 압박했다. 하지만 더 이상 여성에게 요구되는 역할 역시 '엄마' 하나가 아니며, '엄마'

에게 요구되는 역할은 한 갈래가 아니라 매우 다양하게 뻗어 있다. 모성은 한 가지가 아닌데, 대체 이상적인 모성이란 무엇이란 말인가.

더욱이 모성 이데올로기의 관점에서는 장애 여성의 어머니 됨을 제대로 설명할 수 없다. 아내와 어머니에 대한 정상적 상태가 존재한다고 보니 장애가 있는 어머니는 모성에 적합하지 않다고 간주된다. 장애를 가진 여성은 어머니로서 부적절하고 능력이 없으며 심각한 문제가 있는 것처럼 여겨진다.

이러한 인식 속에서 장애 여성은 장애가 있는 아이를 낳을 것이며, 아이를 잘 기를 수도 없을 것이라 여겨진다. 심지어는 결혼이나 임신을 포기할 것을 권유받기도 한다.[31] 축복받아야 마땅한 일에서 왜 장애 여성은 배제되어야 하는가?

적지 않은 사람들이 모든 형태의 장애가 유전될 수 있다고 생각한다. 그에 따라 결혼한 장애 여성에게 자녀 계획이 있는지 묻는 것조차 드물고,[32] 장애 여성이 아이를 낳는 행위를 무책임하다고 여기기까지 한다.[33] 그뿐만 아니라 장애 여성은 부모 역할을 제대로 하지 못할 것이며, 그들의 장애가 자녀에게 악영향을 미치리라 생각한다.[34]

제가 얼마나 답답했으면 막 인터넷으로 검색하다가 아동 상담이나 놀이 치료를 전문으로 하시는 엄마의 블로그 같은 걸 보게 되었어요. 그분도 자기 자식이 너무 어렵더래요. 다른 애들 상담은 그렇게 많이 했는데. 그래서 가만히 생각해보니까 자기가 그렇게 많이 상담해줬던 아이 중에 민감한 아이의 모습이 떠오른 거죠. 민감한 아이들의 기록을 쭉 살펴보니까 그게 자기 아이더라는 거예요. 블로그에 그런 항목을 열 개 정도 정리해뒀더라고요. 그 열 개가 다 지윤이인 거예요. (웃음) 막 그런 거 있잖아요. 평소에 식사나 배변 뭐 생활 리듬도 불규칙하고, 새로운 자극을 되게 좋아하고 등등. 읽어보는데 진짜 다 지윤이 얘기인 거예요.

어떤 선생님은 엄마가 너무 프리하게 키워서 아이에게 규칙이나 일관성 없이 막 먹고 싶어 할 때 먹이고 안 먹고 싶어 할 때는 안 먹인 게 아니냐고 생각하시더라고요. 근데 제가 또 그렇지는 않거든요. 지윤이는 제가 이렇게 저렇게 다 시도해봐도 안 되는 아이였거든요. 잠도 그렇고 먹는 것도 그렇고. 그래서 그냥 '놓자. 내려놓고 편하게 키우자'라고 하면서도 속으로는 '내가 너무 애를 규칙 없이 키우나?' 가끔 고민하기도 했었는데, 그걸 보니까 이제 조금은 부담이 없어지더라고요. 전문가 아이도 그렇다니까. 그냥 아이들 기질이

다 있구나 싶고. 지윤이는 원래 기질이 이러니까 이해를 해야겠다고 생각했죠. 물론 다 내려놓을 수는 없었지만….

앞이 보이지 않는 엄마 지영도 이런 편견의 시선 때문에 힘들었다. 차별적인 이야기를 거름망 없이 전부 듣다 보니, 지윤이의 기질이 자신 때문은 아닌지 심각하게 고민하기도 했다. 다행히 그녀는 한 전문가의 블로그를 보고 자신을 탓하기보다는 아이의 기질을 있는 그대로 받아들이기로 했다. 대신 자신이 아이에게 해줄 수 있는 부분에 집중하는 것을 잊지 않았다. 만약 지영이 여전히 편견에 사로잡혀 자신을 탓했다면 어땠을까? 지영 자신이 갉아먹히는 것은 물론이거니와 지윤이에게도 부정적인 영향을 끼쳤을 것이다. 오히려 장애 여성의 모성은 개인의 신체적 능력보다는 외부에서 날아드는 차별의 시선 때문에 훼손되는 게 아닐까 싶다.

일반적으로 장애 여성에게 갖는 또 다른 편견에는 자녀를 양육할 경제적 여건이 되지 않을 것이라는 부정적인 인식이 있다.[35] 장애와 관련된 사회 구조적 장벽은 장애 여성이 소위 '이상적인' 모성을 수행하는 것을 더욱 어렵게 만든다.[36]

장애 여성에게는 '장애'와 '여성'이라는 이중적 요소가 교차하고 있다.[37] 때문에 더욱 불리한 위치에 놓이게 되며, 많은 경우

삶의 전반에 걸쳐 다양하고 심층적인 차별을 경험하게 된다.[38] 이런 사회적 인식 때문에 장애 여성마저 자신의 임신에 대해 전반적으로 부정적으로 생각하는 경향이 있다.[39] 유전적 문제가 없다는 것을 알고 있음에도 불구하고 자신의 자녀 또한 장애가 있을지도 모른다는 두려움을 가진다.[40] 그렇기에 장애를 가진 어머니는 비장애 어머니보다 '이상적인' 모성에 대해 더 복잡한 정서를 가질 수밖에 없다.[41]

장애 여성의 모성을 'motherhood'가 아닌 'mothering'의 차원으로 바라보면 어떨까? 이 관점에서는 장애 여성의 모성을 단순히 '이상적인 모성'이나 '어머니다운 어머니'라는 잣대로 판단하지 않는다. 직접적인 체험을 통한 고유한 경험과 의미로서의 모성에 초점을 맞춘다.[42] 체험은 단순히 의식 차원에서 이루어지는 것이 아니라 몸을 통해 직접적이고 주체적으로 이루어진다. 그런 의미에서 장애를 가진 어머니는 실존적 차원의 몸을 가지고 있다고 할 수 있다.

장애 여성은 모성 경험을 통해 매 순간 자신의 존재감을 확인하게 된다.[43] 그들 자신의 몸을 통한 양육의 경험은 외적인 사건이 아닌, 살아 있는 그들의 몸으로 느끼는 그들만의 열린 체험이다. 그들의 양육 방법은 개개인의 장애 특성과 더불어 각 개인이

지니는 자신의 역사와 개인이 살아가고 있는 시간과 관계를 아우르는 맥락들 속에서 고유하게 형성된다. 그들의 몸 역시 특유의 방식으로 엄마의 몸을 형성하게 된다. 자신만의 양육 세계를 구성해나가는 것이다.

— **어떤 특정한 어머니의 역할을 기대하는 모성에 대한 통념이 있잖아요.**
— **네.**
— **근데 엄마라는 건 고정된 게 아니라 끊임없이 이렇게 시행착오를 겪으면서 되어가는 존재잖아요.**
— **그럼요. 엄마는 그런 존재죠.**
— **다 처음이고. 어머님이 하셨던 말처럼 아이의 나이만큼 나도 엄마가 되는 거니까. 장애인이어서가 아니라 그냥 엄마로서.**
— **맞아요. 왜 엄마도 연습해보지 않아서 엄마가 힘들다는 말도 있잖아요.**
— **맞아 맞아.**

이러한 관점에 따르면, 장애를 가진 엄마는 고정된 존재being가 아니다. 자신의 몸을 통해 양육을 체험하고 실천해나가며, 되어가고 있는 존재becoming라고 할 수 있다. 은선과 내가 엄마가 되어가는 과정에 대해 이야기를 나눴을 때, 우리는 실제로 이 이야기에 몹시 공감했다. 아이를 낳음으로써 자연스럽게 좋은 양육자가 되는 것이 아니라 부단한 양육의 과정과 무수히 많은 경험 속에서 저마다 고유한 어머니가 되어가는 것이다.

이와 같은 맥락에서 본다면 모성에는 개념적인 층위와 실질적으로 적용되는 층위가 있다. 또, 그 둘의 간극은 얼마든지 있을 수 있다.[44] 아이는 반드시 어떠한 방식으로 길러야 한다는 등의 개념적 층위는 개개인의 어머니가 처한 상황과 맥락 속에서 적용되는 실질적인 층위와 간극이 있을 수 있다. 즉 어떠한 어머니가 되어야 한다고 정해진 바는 없으며, 특정 여성만 어머니가 될 수 있는 것도 아니다.

시각장애 여성이 양육 과정에서 겪는 어려움은 여러 경로로 알려져 있다. 각종 제도를 마련할 때도 대두되었고, 요즘에는 인터넷만 찾아봐도 실질적인 어려움을 알 수 있다. 앞서 살펴본 세 엄마도 양육에 어려움을 겪었다. 은선은 혼자서는 아이의 유모차를 밀어줄 수 없었고, 외출 시에는 아이를 안아주거나 함께 걸을 수밖에 없었다. 아이가 하는 행동을 즉각적으로 파악하기 어려웠기에, 안전을 위해 언제나 바닥은 깨끗이 치워야 했다.

지영은 아이가 아파서 병원에 데리고 가야 할 때 심리적 부담을 느꼈다. 아이의 어린이집 활동에 참여하는 것도 그녀에게는 어려운 일이었으며, 보이지 않기에 아이가 지금 당장 하는 일에 대해 즉각적인 판단을 하는 게 쉽지 않을 때도 있었다.

민정은 아이를 옆에서 지켜보며 행동을 고쳐주거나 도와줘야 하는 상황에서 곧바로 해줄 수 없는 것에 한계를 느꼈다. 시각이 있어야 알 수 있는 아이의 질문에 대답하는 것은 앞이 보이는 남편에게 의존할 수밖에 없었다. 아이 목욕시키기, 대변 색깔로 아이 건강 상태 확인하기, 분유 탈 때 물 양을 맞추는 일도 쉽지 않았다.

이외에도 자녀에게 색깔이나 모양에 관해 설명해주거나 위급 상황이 발생했을 때 신속하게 대처하는 것에 어려움을 겪는 시각장애 어머니도 있다. 또한 많은 시각장애 어머니가 독립 보행의 어려움으로 인해 외출이나 야외 활동, 대중교통 이용에 많은 제약을 받았다.[45]

이처럼 시각장애 어머니는 자신의 장애로 인해 현실적인 한계를 느낀다. 그러는 와중에 자신이 어머니 역할을 제대로 하지 못하고 있다고 느낀다면 어떨까? 양육 자체를 부정적인 경험으로 인식할 수밖에 없을 것이다. 하지만 시각장애 여성이 자녀를 양육할 때 부정적인 경험만 하는 것은 아니었다. 우리가 만난 세 엄마만 봐도 그렇다. 그들은 자신만의 방법으로 어려움을 헤쳐

나갔다.

아이가 자라고, 직접 양육을 통해 아이를 감각적으로 인식할 수 있게 되었을 때 그들은 자신감을 느끼게 되었다. 도리어 자신만의 방식으로 아이를 양육할 수 있다는 것을 깨닫게 됨에 따라 양육을 긍정적인 경험으로 받아들였다. 양육에서의 긍정적인 경험은 자신의 장애로 인해 느꼈던 어려움과 좌절을 극복하는 데에도 도움이 되었다.

세 엄마는 사회에 만연한 고정관념을 극복하려고 노력하였고 부모로서 자신의 긍정적인 측면을 스스로 알고 있었다. Kent의 연구(2002)[46]에서처럼 그들은 지속되는 사회적 편견과 불리함 속에서도 자신의 경험을 확신하며 주체적으로 엄마의 역할을 해나갔고, 자녀와의 경험을 통해 자신의 삶 자체를 풍요롭게 확장하고 있었다.

나는 시각장애를 가진 세 엄마의 전반적인 양육 경험을 살펴보는 것에서 나아가 시각장애 엄마 각자의 삶으로 이해의 범위를 보다 확장하고자 하였다. 이를 위해 '시각장애 엄마'라는 집단이 아닌 은선, 지영, 민정이라는 개개인의 삶을 들여다보았다. 그들의 경험을 구체적인 삶 속에서 살펴봄으로써 겉으로 드러나는 양육 행위 이면의 개인적인 의미에 대해서도 이해하고자 하였다.

이 책을 통해 여러분도 각 엄마의 삶을 '시각장애 엄마'가 아닌, 그들 개인적인 삶의 맥락 속에서 이해할 수 있기를 바란다.

마음의 눈을 느낄 수 있는 아이들

인간은 가정 안에서 최초의 사회적 관계를 맺는다. 그리고 점점 관계를 넓혀가며 죽을 때까지 다양한 인간관계 속에서 살아가게 된다. 그중 부모와 자녀의 관계는 한 인간의 성장에 기초가 되는 가장 중요한 관계라고 할 수 있다.[47] 자녀는 최초의 교사인 부모를 통해 세상을 접하고, 세상에 대한 이해를 확장해나간다.

그간 부모와 자녀의 관계에서는 주로 부모의 양육 행동이 자녀에게 미치는 영향력이 강조되어 왔다. 부모와 자녀 간 상호작용을 사회화의 일방향 모델에 기초하여 설명했기 때문이다. 사회화의 일방향 모델에서는 교사이자 전통적인 성인 역할을 하는 부모와 능동적인 학습자로서의 자녀가 강조된다. 그러다 보니 자연스럽게 부모가 자녀에게 미치는 영향력은 명백히 중요하지만, 자녀가 부모에게 미치는 영향력은 없다고 간주했다. 인터넷에 부모와 아이의 관계에 대해 검색해봐도 이런 양상이 유지되는 것을 알 수 있다. '아버지의 언어 습관이 아이에게 미치는 영향'이나 '어머니의 스트레스가 아이에게 미치는 영향' 등 부모가 자녀에게 미치는 영향력에 대한 자료는 많지만, 아이의 행동이 부모에게 미치는 영향은 별로 중요하게 다뤄지지 않는다.

하지만 양육은 부모가 일방적으로 하는 게 아니다. 양육은 아이와 부모가 함께 서가는 과정이라고 표현된다. 가족체계이론에서는 부모와 자녀의 관계를 양방향적이라고 설명한다. 자녀 또한 능동적인 참여자의 역할을 하며 부모와 상호 영향을 주고받는다는 것이다.[48] 따라서 각각의 동적인 발달 상태에 위치한 부모와 자녀는 서로 발달적으로 상호작용한다. 부모의 내적인 특성과 생태학적 요인은 자녀에게 영향을 주고, 자녀 또한 부모에게 영향을 미친다.

자녀가 부모의 삶에 영향을 주는 영역에는 부모의 건강, 행동, 고용 상태, 경제적 자원의 사용과 유용성, 부모의 친밀한 관계, 부모의 상호작용, 부모의 지역 내에서의 상호작용, 인성 발달, 가치, 태도와 신념 체계, 삶의 계획, 자아 통제감 등이 있다.[49] 이처럼 부모의 삶 또한 자녀에 의해 지대한 영향을 받게 된다.

그렇다면 부모와 자녀 관계의 양방향성은 장애를 가진 부모와 비장애 자녀 관계에도 적용될까? 장애 부모를 둔 비장애 자녀에 대해서는 '영케어러Young Carer'가 중요하게 부각된다. 어린 보호

자라 불리는 '영케어러'는 질병, 장애, 감염, 중독, 정신적인 문제를 가진 부모나 조부모에게 금전적 대가 없이 가정에서 지속적인 돌봄을 제공하고 지원하는 어린이 또는 18세 이하의 아동 및 청소년을 일컫는 말이다.[50] 많은 이들은 '영케어러'로서 비장애 아이가 장애 부모를 돌보는 것을 '역할 전이'의 문제로 바라본다. 돌봄을 받아야 할 대상이 자녀에서 부모로 전이되었다는 뜻이다. 이런 시선으로 바라본다면, 장애 부모와 비장애 자녀의 관계는 정상성에서 벗어난 것으로 간주된다. 장애를 가진 부모는 자녀의 도움 없이 가족을 충분히 돌보지 못할 것이라는 왜곡된 고정관념이 형성되는 것이다.

— **지윤이가 이제 놀이터 갔다 집에 오는 길 다 알잖아. 그치?**

— **엄마, 시소 옆으로 나가다가 음…. 첫 번째 집은 지윤이 집이 아니고 두 번째 집이 지윤이 집 맞잖아.**

— **응! 맞아. 우리 몇 호지?**

— **응. 삼.**

— **맞아. 삼.**

지영과 지윤이가 함께 놀이터에 갔다가 집으로 돌아오는 길이었다. 지윤이는 어둑어둑해지는 바깥 풍경에, 사람도 점점 없어지는 길을 보자 엄마와 단둘이 집을 찾아가야 한다는 게 약간은 무서웠다. 게다가 자신이 길을 찾아야 한다는 책임감이 강해 보였다. 오히려 지영은 별걱정이 없었다. 동생과 영상 통화를 할 수도 있고, 다른 해결 방안이 있으리라 생각해 크게 염려하지 않았다. 하지만 지윤이는 엄마가 보이지 않기에 자신이 도움이 되어야 한다고 생각하는 듯했다.

지윤이는 평소에도 "엄마 여기 턱 있어"라고 설명해주며 엄마에게 길을 안내했다. 지영은 이런 지윤이가 고마웠다. 하지만 지영은 아이에게 모든 부분을 일임해야 한다고 생각하지는 않았다. 지영은 아이에게 새로운 메시지를 주려고 노력했다. 지윤이에게 엄마가 도움을 받아야 하는 부분과 혼자 할 수 있는 부분을 명확하게 알려줬다. 아이에게 짐을 지워주고 싶지 않은 지영은 그저 지윤이의 보호자였다.

"네가 엄마 손 잡고 가야 돼. 어머니를 잘 모시고 다녀야 돼." 아이들에게 이야기할 때 이런 식으로, 엄마의 연장선상으로 가면 안 되죠. 그런데 장애인 부모의 자녀를 사회가 이렇게 만들어요. 모든 어른이 툭툭 내뱉는 말이 아이에게 짐을 하나씩 지워주는 셈이죠. 조금이라도 생각 있는 장애인 엄마면, 아이에게 그런 부담을 최대한 주지 않으려고 노력하고

발악을 하며 살고 있는데 무심코 던진 한마디가 독이 되죠.

은선은 은솔이에게 무심코 짐을 지워주는 이들을 보면 탄식할 수밖에 없었다. 은선은 은솔이에게 부담이 되고 싶지 않았다. 역사적으로 장애를 가진 가족 구성원이 있는 가정의 아이에 관해서는 간병을 맡아야 하는 아이의 부담 및 부정적인 측면에 집중했다. 심지어는 '영케어러'가 자신의 어린 시절을 잃을 위험에 처해 있다고까지 본다. 사회적·신체적 고립과 가정에서의 압력으로 인해 학업에 전념할 수 없다고 여겨 심각한 문제로 생각한다.[51] 또한 이른 나이에 부모의 장애에 과도한 책임을 느끼게 되는 것은 심리적·사회적으로도 해로울 뿐만 아니라 교육의 단절이나 신체적 손상, 정신 건강 문제, 낮은 자존감, 제한된 사회관계와 같은 부정적인 결과를 야기한다고 본다. 나아가 이러한 문제는 성인기까지 지속될 수 있다고 하니[52] 끔찍한 일처럼 들린다.

실제로 장애인 부모를 둔 비장애인 자녀의 경험에 관한 사례연구(김미희, 2003)에서 장애를 가진 부모와 함께 사는 비장애자녀는 항상 마음을 놓지 못하고, 부모를 대할 때 절규하고 싶은 심정을 갖기도 하며, 위축된 상태로 자신을 자책하기도 한다고 했다. 누구에게도 마음을 표현하지 못하고 외로움을 느끼며 성장한다는 것이다.[53]

물론, 이렇게 부정적인 입장만 있는 것은 아니다. '영케어러'가 돌봄의 경험을 통해 사랑과 공감 및 책임의 가치를 배우고 성숙함을 느낄 수 있다고 보기도 한다. 자녀와 부모 사이의 유대감을 높일 수 있다거나 가정에서 갖는 책임감이 자녀의 미래의 삶에도 중요한 역할을 할 수 있다는 등 긍정적인 측면도 제시되었다.[54] 이런 서로 다른 연구 결과는 결국 '영케어러'는 일반화될 수 없으며, 아이와 부모가 관계를 맺는 방식에 따라 삶의 방향이 달라진다는 의미가 아닐까?

장애 부모와 비장애 자녀의 관계에 관한 논의는 주로 장애를 가진 부모가 장애로 인해 비장애 자녀에게 미치는 부정적인 측면과 돌봄의 경험을 통해 자녀가 얻을 수 있는 긍정적인 측면으로 한정되어 있다. 즉, 장애 부모와 비장애 자녀 간 상호작용은 여전히 사회화의 일방향 모델에 토대를 두고 있다. 장애가 있는 부모가 비장애 자녀에게 미치는 영향력은 중요하게 간주되는 반면, 자녀가 부모에게 미치는 영향력은 간과되고 있다.

하지만 비장애 자녀 또한 장애가 있는 부모와의 발달적 상호작용을 통해 성장해간다는 점[55]에 비추어볼 때, 비장애 자녀가 장애를 가진 부모에게 영향을 미친다는 것은 쉽게 예측할 수 있다. 장애가 있는 부모와 비장애 자녀를 도움이 필요하고, 도움을 제공하는 관계로 바라보는 것에서 벗어나 그들의 언어적·비언

어적 상호작용에 초점을 맞추고 그들의 양방향적 관계에 주목할 필요가 있다.

그냥 저희가 안 보이는 게 저희의 특성인 거죠. 아이한테는. 아이는 안 보이는 엄마가 다른 사람들에 비해 모자란다고 생각하지 않고 있잖아요. 그냥 우리 엄마는 이런 사람인 거죠. 안 보이는 사람. 옆집 아줌마는 뚱뚱한 사람, 우리 엄마는 안 보이는 사람, 윗집 아줌마는 쌀쌀맞은 사람. 그냥 그런 사람인데 우리가 그 의미를 너무 아이에게 감정이입을 하면서 크게 생각하고 있지 않나, 아이는 엄마의 상황을 부정적으로 받아들이고 있지 않은데 우리가 부정적으로 접근하고 있지 않나, 그 생각을 했어요. 그러니까 아이가 저를 챙겨주는 행동을 볼 때 안쓰러워진다기보다는 재미있어지더라고요. 접근이 벌써 달라지더라고요. 아이를 안쓰럽게 보기 시작하는 순간 상황이 너무 힘들잖아요. 근데 재미있게 보기 시작하면 다시 뭘 더 하고 싶잖아요. 그렇게 해결이 되더라고요.

시각장애 어머니를 둔 보이는 아이들은 희생되어야 하고, 엄마를 책임져야만 하는 어린 보호자가 아니다. 시각장애 어머니를 그냥 엄마로 보아야 하듯이, 장애를 가진 어머니의 자녀도 그냥 아이로 봐야 한다. 나는 세 엄마를 볼 때, 그들의 삶을 있는 그대로 이해하고자 했다. 세 엄마와 심층적인 이야기를 나누었고, 그들의 양육 현장에 들어가 관찰했다. 덕분에 엄마의 과거 경험과 현재의 삶을 연결하여 이해하는 동시에 양육의 모습을 더 생생하게 드러낼 수 있었다.

세 아이를 볼 때도 그들의 말이나 행동, 상황의 맥락을 있는 그대로 살피려고 노력했다. 내가 만난 세 아이는 모두 만 3세(연구 시점인 2019년 기준)로, 만 3세부터는 언어가 급속도로 발달하며, 정서 표현이 분명해지고, 이전보다 더 자율적이고 독립적으로 변한다고 알려져 있다. 세 아이 각각에서 드러나는 발달상 특징과 생애 초기의 경험 역시 그 어떤 프레임 없이 주목하려고 애썼다.

세 엄마와 아이를 관찰하고 글을 쓰면서 어느 순간부터 그들의 삶과 양육 방식이 나와 크게 다르지 않다는 걸 깨닫게 되었다. 아이를 사랑하고 아이를 돌보는 모습은 어떤 엄마와도 다르지 않았다. 내가 살아오면서 의식했거나 의식하지 못했던 모든 편견을 내려놓고 있는 그대로 바라보면, 다르다고 생각되었던 것들이 결코 다르지 않게 다가오는 순간들이 있다. 세 가족의 모습을 바라본 독자들도 나와 같은 깨달음을 얻었으리라 믿는다.

Epilogue

양육에 정답은 없다

맨 처음 세 가족을 만났을 때, 나는 보이지 않는 엄마의 눈을 보려고 애썼다. 또, 그런 엄마를 보고 있는 아이의 눈을 보려고 노력했다. 엄마의 보이지 않음에 주목하고, 아이의 보임에 집중했다.

두 번째로 그들을 만났을 때, 나는 어머니들에게 물었다. "(보이지 않는데) 어떻게 그리기, 만들기 같은 미술 활동을 하세요?" 나는 이 질문이 내가 가지고 있던 고정관념을 가장 잘 드러낸다고 생각한다. 이들을 만나고 알아갈수록 보이지 않기에 할 수 없다거나 보이지 않지만 할 수 있다는 구분이 중요하지 않다는 것을 알게 되었다. 보는 것을 자각하지 않고 살아가는 것이 나의 자연스러운 일상인 것처럼 그들에게는 지금 그들의 모습 그 자체가 자연스러운 일상이기 때문이다.

나와 그들의 삶은 '엄마'라는 접점에서 맞닿아 있었다. 그래서 우리의 만남은 단순히 관찰하는 이와 삶을 보여주는 이 이상의 의미가 있었다. 맨 처음 나는 그들의 모습을 연구자로서 객관적으로 바라보고자 노력했다. 그러나 시간이 지날수록 관찰자의 시점과 한 명의 엄마로서 갖게 되는 관점이 뒤섞였다. 나는 점점 그들에게 주관적으로 몰입하게 되었다.

이러한 관점의 변화는 나의 글에 고스란히 반영되었다. 연구 초반에 나는 '시각장애' 어머니를 이해하기 위한 기초 질문 위주로 이야기를 나눴다. 그러나 점점 그들에게 익숙해질수록 그들의 일상 속 평범함에 주목하게 되었다. 우리의 이야기도 시각의 테두리를 벗어나 단지 '엄마'와 '아이'에 대한 것 위주로 이어졌다.

세 시각장애 어머니는 자신의 장애와 살면서 겪어왔던 경험에서 쌓은 자기 이해를 토대로 하여 엄마로 살아가고 있었다. 그들은 자신을 있는 그대로 받아들이고, 할 수 있음과 할 수 없음을 구분하였으며, 스스로 할 수 있는 방법을 찾아가고 있었다. 그들은 할 수 있는 것에는 최선을 다했다. 그리고 자신의 장애로 인해 자녀에게 미안해하지 않으려 노력했다.

세 자녀는 엄마의 장애에 대한 이해를 토대로 엄마와 함께 살아가고 있었다. 그들은 엄마의 보이지 않음에 대해 이해하고 있었고, 엄마의 보는 방식을 알고 있었으며, 엄마의 눈이 되어주기도 했다. 그뿐만 아니라 누군가의 다름에 대한 이해가 확장되어 엄마와 자신의 다름에서 나아가 사람 자체의 다름을 자연스럽게 포용하고 있었다.

세상에 완벽하게 이상적인 인간은 없다. 장애를 가진 엄마, 비장애 엄마 모두 발달하는 과정 속에 위치하는 존재이다. 그렇기에 '좋은' 엄마 혹은 '이상적인' 엄마라는 이름 아래 빚어낸 허구에서 벗어나 '엄마'가 가지는 본질에 집중해야 한다. 이런 면에서 세 시각장애 엄마의 양육은 귀감이 된다.

세 엄마는 '이상적인 어머니상'을 상정해놓고 양육에 뛰어들지 않았다. 현재 상황과 자신의 상태에서 어떻게 하면 더 좋은 엄마가 될 수 있을 것인지 끊임없이 성찰하며 더 나은 대안을 모색했다. 그들은 삶의 현장 속에서 자신의 양육 방식을 지속적으로 다듬어갔다. 부모 교육에서 '이상적인 어머니상'을 제시하거나 도달하는 것을 목표로 하여 정형화된 무언가를 제시하는 것보다는 그것을 참고로 하되, 자신의 구체적인 삶 속에서 융통성 있게 적용하고 활용할 수 있는 역량을 갖추도록 하는 것이 필요함을 알 수 있다.

이들을 만나고 내게 찾아온 가장 큰 변화는 '다름'의 의미를 더 깊이 이해할 수 있게 된 것이다. 또, 누군가를 진정으로 이해한다면 어떻게 생각하고 행동해야 하는지 배웠다. 그들과의 관계가 깊어질수록 그들이 어떻게 살아왔고, 어떠한 현실 속에서 살아가고 있으며, 어떻게 지금에 이르게 되었는지, 그리고 앞으로 어떻게 살아갈지 진심으로 알고 싶어졌다.

그들을 개개인의 존재로서 마주하자 더 자세히 알고 싶고, 이해하고 싶어졌고, 그러한 개인에 대한 이해를 바탕으로 시각장애인이라는 존재에 대한 이해에도 더 가까워질 수 있었다. 처음에는 시각과 관련된 점이 부각되어 보였지만, 시간이 흐를수록 시각장애 어머니이기에 보이는 모습은 배경으로 물러나고, 단지 한 아이의 어머니로서 갖는 공통적인 모습이 전경으로 나타났다. '시각장애'는 단지 그들을 설명하는 많은 수식어 중 하나일 뿐이었다. 엄마는 '그냥' 엄마였고, 아이는 '그냥' 아이였다.

세 어머니가 보여주는 모습 중 대부분은 단순히 개인의 가치에 따른 선택이었다. 무수히 많은 사람이 살아가는 여러 가지 모습 중 하나일 뿐이었다. 나는 세 어머니가 살아가고 있는 세계, 그들이 그 세계 속에서 경험한 것들, 그들이 세계를 다루는 다양한 방식과 능력을 바라볼 수 있었다. 그리고 주체적인 존재로 그들을 대할 수 있었다.

세 엄마와의 만남을 통해 나는 이전에는 생각하지 않았던 많은 질문을 마주하게 되었다. 나는 누구인가, 나는 무엇을 할 수 있는 사람인가, 나는 무엇을 할 수 없는 사람인가, 그리고 나는 어떤 엄마인가? 이런 물음에 나름의 답을 찾기 위해 나를 돌아보고 이해하고 성찰함으로써 '이상적인 어머니상'에 나를 맞추고 싶다는 허황된 욕심과, '이상적인 어머니상'에 나를 맞추어야 한다는 지배적인 담론에서 벗어나 '있는 그대로의 나'를 지각할 수 있었다.

아이와의 상호작용에 대해서도 돌이켜봤다. 나만 아이를 일방적으로 이해하고, 나를 아이에게 온전히 맞추는 것이 아니라 아이 또한 나를 이해함으로써 서로의 모습 그대로를 받아들이고 서로가 서로에게 적응하는 과정이 필요하다는 것을 알게 되었다. 마지막으로 나와 나의 아이가 서로의 다름을 이해하고, 그것을 자연스럽게 받아들이며 살아간다면 나도 아이도 우리의 다름에서 나아가 모든 관계의 다름을 존중하며 살아갈 가능성이 확장될 수 있다는 것을 깨달았다.

이 책은 세 명의 시각장애 어머니와 세 자녀의 관계에 대한 이야기지만 이는 시각장애를 가진 가족 구성원을 둔 다른 가정에 대한 이야기일 수도 있고, 다른 종류의 장애를 가진 가족 구성원을 둔 가정에 대한 이야기일 수도 있으며, 이 세상의 모든 다른 가정에 대한 이야기일 수도 있다. 나아가 세 시각장애 어머니와 세 자녀의 이야기는 나의 이야기일 수도 있고, 우리의 이야기일 수도 있다. 이 책을 통해 많은 분들이 자신을 이해하고, 다름을 이해함으로써 인간과 인간의 진정한 만남을 지향하는 관계 맺기를 할 수 있기를 바라고 기대한다.

이들의 이야기가 여러분의 삶에도 자연스럽게 스며들기를 바라며, 자신의 이야기를 진솔하게 꺼내어주고 타인에게 기꺼이 곁을 내어준 세 명의 엄마와 세 명의 아이에게 감사의 인사를 전하고 싶다.

마지막으로, 이 책이 세상에 나오기까지 모든 과정을 계획하시고 주관하신 하나님께 진심으로 감사드린다.

출처

1 Berger, R. J. (2013). *Introducing disability studies*. 박승희, 우충완, 박지연, 김원영 역(2016). *장애란 무엇인가? : 장애학 입문*. 서울: 학지사.

2 김경화 (1999). 장애여성의 육체와 정체성의 형성. *한국여성학*, 15(2), 185-217.

3 심귀연 (2015). 신체와 장애에 관한 현상학적 연구 : 메를로-퐁티와 푸코를 중심으로. *철학논총*, 82, 305-324.

4 신종호 (2001). 특수교육에 대한 사회 구성주의 이론의 시사점-비고스키의 장애론(Defectology)을 중심으로. *아시아교육연구*, 2(1), 37-54.

5 이동희 (2014). 장애에 대한 이분법적 시선과 담론의 극복. *한국학*, 37(4), 163-190.

6 김경화 (1999). 장애여성의 육체와 정체성의 형성. *한국여성학*, 15(2), 185-217.

7 이진경 (2011). *불온한 것들의 존재론*. 서울: 휴머니스트.

8 고강호 (2011). 시각장애인이 경험한 장애 의미에 대한 현상학적 연구, *시각장애연구*, 27(1), 25-47.

9 김은정 (2002). 장애의 사회적 구성과 장애여성의 경험. *여성건강*, 3(1), 31-49.

10 Berger, R. J. (2013). *Introducing disability studies*. 박승희, 우충완, 김은선, 김원경 역(2016). *장애란 무엇인가? : 장애학 입문*. 서울: 학지사.

11 Ingstad, B., & Whyte, S. R. (1995). *Disability and culture*. 김도현 역(2011). *우리가 아는 장애는 없다 : 장애에 대한 문화인류학적 접근*. 서울: 그린비.

12 Ingstad, B., & Whyte, S. R. (1995). *Disability and culture*. 김도현 역(2011). *우리가 아는 장애는 없다 : 장애에 대한 문화인류학적 접근*. 서울: 그린비.

13 Ingstad, B., & Whyte, S. R. (1995). *Disability and culture*. 김도현 역(2011). *우리가 아는 장애는 없다 : 장애에 대한 문화인류학적 접근*. 서울: 그린비.

14 이진경 (2011). *불온한 것들의 존재론*. 서울: 휴머니스트.

15 Miller, N. B., & Sammons C. C. (1999). *Everybody's different: Understanding and changing our reactions to disabilities* (7th ed.). Baltimore, MD: Paul H. Brookes Publishing.

16 강종구 (2009). 사회구성주의 이론의 소개 및 사회구성주의 관점을 통한 장애의 고찰. *시각장애연구*, 25(1), 125-142.

17 Berger, R. J. (2013). *Introducing disability studies*. 박승희, 우충완, 박지연, 김원영 역(2016). *장애란 무엇인가? : 장애학 입문*. 서울: 학지사.

18 서덕희 (2010). "나를 넘어선다는 것" : 홈스쿨링을 통해 본 "부모-되

기"의 교육적 의미. *교육철학*, 41, 121-153.

19 박미숙 (2007). 장애인이 경험한 편견의 현상학적 연구-중도장애인을 중심으로-. *한국장애인복지학*, 6, 86-123.

20 김경화 (1999). 장애여성의 육체와 정체성의 형성. *한국여성학*, 15(2), 185-217.

21 박혜준 (2020). 장애아동 학부모의 학교참여를 위한 첫걸음 : '사회적 다름'으로서의 장애 이해를 시작으로. 학부모정책연구센터.

22 고강호 (2011). 시각장애인이 경험한 장애 의미에 대한 현상학적 연구, *시각장애연구*, 27(1), 25-47.

23 이동희 (2014). 장애에 대한 이분법적 시선과 담론의 극복. *한국학*, 37(4), 163-190.

24 강영안 (1995). 레비나스:타자성의 철학. *철학과 현실*, 25, 147-166.

25 노영주 (1998). 초기 모성경험에 관한 문화기술적 사례연구. 서울대학교 대학원 박사학위논문.

26 김경화 (1999). 장애여성의 육체와 정체성의 형성. *한국여성학*, 15(2), 185-217.

27 이연정 (1995). 여성의 시각에서 본 '모성론'. *여성과 사회*, 6, 160-183.

28 최문정 (2010). 장애여성의 모성경험에 대한 현상학적 연구. *한국사회복지질적연구*, 4(1), 91-117.

29 최은영 (2014). 한국 여성의 모성 기획과 균열에 관한 질적 연구. 서울대학교 대학원 박사학위논문.

30 이진희·배은경 (2013). 완벽성의 강박에서 벗어나 '충분히 좋은 어머니(good-enough mother)'로 : 위니캇의 유아정서발달이론과 어머니노릇을 중심으로, *페미니즘연구*, 13(2), 35 - 75.

31 김경화 (2003). 장애여성과 모성경험의 이중적 의미. *가족과 문화*, 15(3), 3-35.

32 O'Toole, C. J., & Doe, T. (2002). Sexuality and disabled parents with disabled children. *Sexuality and Disability*, *20*(1), 89-101.

33 Killoran, C. (1994). Women with disabilities having children: It's our right too. *Sexuality and Disability*, *12*(2), 121-126.

34 홍승아·이상원·이영미·김윤지 (2007). *여성장애인의 자녀양육 지원방안 연구*. 서울: 한국여성정책연구원.

35 홍승아·이상원·이영미·김윤지 (2007). *여성장애인의 자녀양육 지원방안 연구*. 서울: 한국여성정책연구원.

36 Claudia, M. (2009). Performing motherhood in a disablist World: Dilemmas of motherhood. *Femininity and Disability. International Journal of Qualitative Studies in Education, 22*(1), 99-117.

37 김경화(2003). 장애여성과 모성경험의 이중적 의미. *가족과 문화*, 15(3), 3-35.

38 김정애 (1999). 여성장애인의 이중차별에 관한 연구. 가톨릭대학교 대학원 석사학위논문.

39 유명화·엄미선 (2007). 여성장애인의 임신·출산·육아와 사회적 지원, *재활복지*, 11(2). 131-157.

40 최길선 (2012). 중증여성시각장애인 자녀양육 경험에 관한 연구. 울산대학교 정책대학원 석사학위논문.

41 Claudia, M. (2009). Performing motherhood in a disablist World: Dilemmas of motherhood. *Femininity and Disability. International Journal of Qualitative Studies in Education, 22*(1), 99-117.

42 최문정 (2010). 장애여성의 모성경험에 대한 현상학적 연구. *한국사회*

복지질적연구, 4(1), 91-117.

43 최문정 (2010). 장애여성의 모성경험에 대한 현상학적 연구. *한국사회복지질적연구*, 4(1), 91-117.

44 최은영 (2014). 한국 여성의 모성 기획과 균열에 관한 질적 연구. 서울대학교 대학원 박사학위논문.

45 최길선 (2012). 중증여성시각장애인 자녀양육 경험에 관한 연구. 울산대학교 정책대학원 석사학위논문.

46 Kent, D. (2002). Beyond expectations: Being blind and becoming a Mother. *Sexuality and Disability*. *20*(1), 81-88.

47 김은영 (2015). *인간관계의 이해와 적응*. 서울: 동문사.

48 문혁준·양성은·김혜금·천희영·권영인·조한숙 (2012). *가족관계*. 서울: 창지사.

49 Bigner, J. J. (1979). *Parent-child Relations: an introduction to parenting*. 박성연, 성숙자, 김상희, 김지신, 박응임, 전춘애,...이주연 역(2007). *부모-자녀관계: 부모교육의 이해*. 성남: 교문사.

50 Sahoo, R., & Suar, D. (2009). Do young carers deserve justice? Young caring in the context of illness. *Psychology and Developing Societies, 21*(1), 133-150.

51 Banks, P., Cogan, N., Deeley, S., Hill, M., Riddell. S., & Tisdall, K. (2001). Seeing the invisible children and young people affected by disability. *Disability & Society, 16*(6), 797-814.

52 Newman, T. (2002). 'Young carers' and disabled parents: Time for a change of direction?. *Disability & Society, 17*(6), 613-625.

53 김미희 (2003). 장애인 부모를 가진 자녀의 경험에 관한 사례 연구. *질적연구*, 4(1), 76-87.

54 Sahoo, R., & Suar, D. (2009). Do young carers deserve justice? Young caring in the context of illness. *Psychology and Developing Societies, 21*(1), 133-150.

55 손경숙 (2019). 장애부모를 둔 비장애 아동의 행복한 삶에 대한 현상학적연구. *한국융합학회논문지*, 10(5), 297-311.

그냥 엄마

초판 1쇄 인쇄일 2022년 2월 15일
초판 1쇄 발행일 2022년 3월 4일

지은이 윤소연

발행인 박헌용, 윤호권
편집 엄초롱 **디자인** 양혜민
발행처 ㈜시공사 **주소** 서울시 성동구 상원1길 22, 6-8층(우편번호 04779)
대표전화 02-3486-6877 **팩스(주문)** 02-585-1755
홈페이지 www.sigongsa.com / www.sigongjunior.com

ISBN 979-11-6579-897-0 03810